Grosser
Leuchtturm
Finsterbrook
-Dorf
Kneipe
»Der schwarze
Storch«
Supermarkt
Hafen
Schule
ERBROOK

SAUERLÄNDER

Emily Gräf

Der 1964 geborene deutsche Autor hat in Berlin und Bonn Germanistik, Komparatistik und Theaterwissenschaften studiert und anschließend als Redakteur und Lektor gerbeitet, bevor er schließlich Game Designer wurde. Seit 1997 arbeitet der Schriftsteller freiberuflich und verfasst neben Romanen und Radiohörspielen auch Drehbücher. Peter Schwindt lebt und arbeitet in der Nähe von Frankfurt am Main.

Alexander von Knorre ist seit 2010 Diplomdesigner, freischaffender Illustrator und Comiczeichner. Er lebt mit seiner Familie in Weimar und arbeitet für zahlreiche Kinderbuchverlage in Deutschland. Außerdem ist er am Projekt ILLUMAT – Der Illustrationsautomat beteiligt.

Weitere Informationen zum Kinder- und Jugendbuchprogramm der S. Fischer Verlage finden Sie unter www.fischerverlage.de

Peter Schwindt

FINSTERBROOK

Vier Freunde und ein Höllenhund

Mit Bildern von
Alexander von Knorre

SAUERLÄNDER

Aus Verantwortung für die Umwelt hat sich der Fischer Kinder- und Jugendbuch Verlag zu einer nachhaltigen Buchproduktion verpflichtet. Der bewusste Umgang mit unseren Ressourcen, der Schutz unseres Klimas und der Natur gehören zu unseren obersten Unternehmenszielen. Gemeinsam mit unseren Partnern und Lieferanten setzen wir uns für eine klimaneutrale Buchproduktion ein, die den Erwerb von Klimazertifikaten zur Kompensation des CO_2-Ausstoßes einschließt. Weitere Informationen finden Sie unter: www.klimaneutralerverlag.de

MIX
Papier aus verantwortungsvollen Quellen
FSC® C083411

Erschienen bei FISCHER Sauerländer

Hedderichstr. 114, D-60596 Frankfurt am Main

Umschlaggestaltung und -abbildung: Alexander von Knorre
Satz: Fotosatz Amann, Memmingen
Druck und Bindung: CPI books GmbH, Leck
Printed in Germany
ISBN 978-3-7373-5860-6

»Manchmal«, sagt Papa heute noch, »reicht ein Blick in den Briefkasten, um sich den Tag zu versauen.«

Meistens war der zerbeulte und angeschrammte Blechkasten leer, wenn ich aus der Schule kam. Oder es lag im besten Fall der Flyer einer Pizzeria oder eines Nagelstudios drin. Dann wieder, das waren die halbversauten Tage, gab es eine Rechnung. Oder eine Mahnung. Das wusste man aber erst, wenn der Brief geöffnet wurde, womit sich Papa meistens Zeit ließ. Richtig versaut waren die Tage, wenn die Kuverts grau waren. Oder – absolut versaut – senfgelb.

Papa hasste versaute Tage. »Du bist jung, du bist stark, du bist resilient«, hatte er gesagt, als er den kleinen Briefkastenschlüssel an meinen Bund drehte. »Du schaffst das.«

Ich wusste nicht, was er mit *resilient* meinte, war aber misstrauisch, als das Wort fiel. *Resilient* klang nach einer gefährlichen Krankheit, an der man starb, wenn sie nicht anständig behandelt wurde. Oder wenn sie zu spät erkannt wurde.

»*Resilienz*«, so hieß es im Internet, »*ist die Fähigkeit, Krisen zu bewältigen und sie durch Rückgriff auf persönliche und sozial vermittelte Ressourcen als Anlass für Entwicklungen zu nutzen.*«

Krisen bewältigen klang nicht schlecht. Also gab ich meinem Vater den Schlüssel nicht zurück, sondern leerte von da an Tag für den Tag den Briefkasten und legte ihm die Post neben den Toaster auf den Küchentisch. Dort würde er sie in jedem Fall sehen, wenn er gegen Mittag aufwachte und sich zu einem späten Frühstück einen Kaffee machte, der so stark war, dass der Löffel förmlich drin stehen blieb.

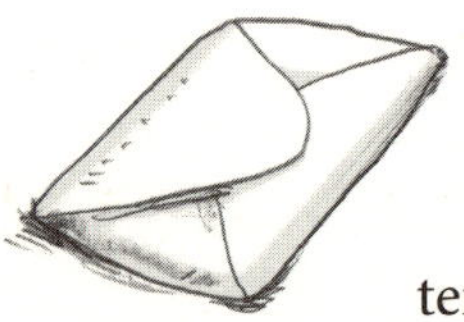

Papa war früher mal ein Punk gewesen. Keiner von denen, die mit einem Kasten Bier vor der Post die Zeit totschlagen, wie er immer wieder betonte. Er hatte Anspruch! Als Jugendlicher hatte er Scheppergitarre in einer Band gespielt, die sich *Goofy und die Strobolichter* nannte. Goofy, das war er, Justus Aufdermauer. Den Spitznamen hatte er heute noch weg, obwohl er ihn nicht mehr so toll fand. Goofy ist der treue beste Freund von Micky Maus. Das wusste ich, weil ich Papas alte Comics gelesen hatte, auf denen noch D-Mark-Preise stehen.

Also, ich konnte verstehen, warum Papa mit dem Namen auf Kriegsfuß stand. Goofy ist nämlich englisch und heißt so viel wie *albern und tollpatschig*, und das war Papa eigentlich gar nicht. Er war eher traurig und müde, weil er mindestens so häufig an Mama dachte wie ich. Aber da ich ja resilient war, kam ich damit wohl besser zurecht als er.

Ab und zu bekamen wir unangemeldeten Besuch von ernsten Männern und Frauen, die wissen wollten, ob Papa in der letzten Zeit Geld verdient hatte.

Deshalb hängte er die Scheppergitarre irgendwann an den Nagel und verlegte sich aufs Handwerken. Da verdiente er auch nicht mehr, aber DAS konnte er wirklich! Er war keine musikalische Niete. Wenn er in »angerührter Stimmung« war, wie er es nannte, kramte er alte Kassetten hervor, und wir hörten seine Punkmusik. Nicht, weil er so atemberaubend Gitarre spielte, sondern weil Mama sang.

Eigentlich kannte ich nur ihre Stimme, und die war hell und klar und sehr lebendig. Papa kannte mehr von ihr. Er wusste, wie sie sich anfühlte und wie sie roch, und darum beneidete ich ihn. Wenn wir Mama singen hörten, weinten wir immer ein bisschen, und das fühlte sich erstaunlicherweise gut an. Papa schämte sich dann, aber in diesen Momenten betete ich ganz still, er möge niemals so husten, wie Mama es getan hatte.

Als es an diesem Tag klingelte – es war der erste Montag der Sommerferien, und ich lag noch im Bett –, klang die Klingel ein wenig anders. Das fiel mir sofort auf. Nicht so schrill. Eher wie ein Glöckchen, das die Erwachsenen läuten, wenn die Bescherung unterm Tannenbaum ansteht. Ich weiß, das hört sich ziemlich bescheuert an. Weihnachten im Sommer, lachhaft! Aber ich wusste, vor der Tür stand kein Gerichtsvollzieher und niemand vom Jobcenter.

Es war ein kleiner knubbeliger Mann mit dicken Brillengläsern und einer abgewetzten Ledertasche, aus der tatsächlich eine Thermoskanne herausschaute. Er trug unter seinem grau karierten Jackett einen grünen Rollkragenpullover, der nach verkleckertem Frühstück aussah.

Der Mann seufzte erleichtert, als ich die Tür öffnete.

»Nur zur Sicherheit: Wohnt hier die Familie Aufdermauer?«

Ich nickte vorsichtig.

Der Mann streckte mir seine Hand entgegen. »Mein Name ist Dingeldein. Ich bin Anwalt. Und ich bin nicht gekommen, um irgendwelche Schulden einzutreiben«, sagte er. »Ganz im Gegenteil!«

Ich traute dem Braten nicht. »Was heißt das: ganz im Gegenteil?«

»Ich kann Ihnen alles erklären, aber das würde ich ungern im Treppenhaus machen«, sagte Herr Dingeldein.

Er siezte mich! Dabei war ich erst zwölf. Das verwirrte mich so sehr, dass ich tatsächlich einen Schritt zur Seite trat und den Anwalt hereinließ.

»Was ist denn los?«, brummte mein Vater, der auf einmal verschlafen in der Küche stand und sich die Augen rieb. Es störte ihn nicht, dass er unter seinem ausgeleierten T-Shirt von den *Dead Kennedys* nur ein knappes Höschen trug. Als er Herrn Dingeldein sah, ließ er die Schultern sacken.

»Ich geh wieder ins Bett. Nacht.«

»Herr Aufdermauer?«

»Nein.«

»Herr Justus Aufdermauer?«

»Nein!«

»Großneffe von Käthe Aufdermauer?«

Jetzt hielt Papa inne und drehte sich langsam um.

»Ich muss Ihnen leider die traurige Nachricht übermitteln, dass ihre Großtante vor einem halben Jahr verstorben ist.«

»Vor einem halben Jahr?« Ich konnte es nicht glauben. Was für ein Anwalt war das, der sechs Monate brauchte, um Hinterbliebenen die Nachricht vom Ableben einer Großtante zu übermitteln?

Herr Dingeldein ignorierte die Frage. »Darf ich mich setzen?«

Papa zeigte auf den stabilsten Stuhl am Küchentisch. »Kaffee?«

»Das wäre reizend.« Der Anwalt strahlte und öffnete seine Ledertasche, um einen schmalen Ordner auf den Tisch zu legen.

Papa schaute mich mit einem Blick an, der fragte, wer dieser komische Vogel war.

Ich konnte nur mit den Schultern zucken. »Milch? Zucker?«, fragte ich.

»Ich trinke meinen Kaffee gern schwarz«, sagte Dingeldein vergnügt.

Papa goss heißes Wasser in die French Press und stellte die Kanne auf den Tisch. Ich holte drei Tassen aus dem Schrank.

»Wer ist Großtante Käthe?«, fragte ich.

»Ganz ehrlich?«, sagte Justus und setzte sich. »Ich habe keine Ahnung. Also, ich weiß zwar, dass es sie gab und sie irgendwo oben im Norden wohnte. Aber sie ist im wahrsten Sinne des Wortes eine entfernte Verwandte gewesen, mehr nicht.« Er schenkte Dingeldein etwas Kaffee ein. »Hab ich was geerbt?«

So ist Papa. Immer geradeheraus, ohne Rücksicht auf Verluste. Er füllte jetzt meine Tasse und stellte dann missmutig fest, dass der Rest in der Kanne nicht mehr für ihn ausreichte. Er stand auf, um sie auszuspülen und neu zu befüllen.

»Ja«, sagte Herr Dingeldein und sah uns über den Rand seiner Tasse an, »das haben Sie.«

»Wie viel?«, fragte Justus, dessen Interesse plötzlich geweckt war.

»Papa!«, rief ich entrüstet.

»Käthe Aufdermauer war die alleinige Eigentümerin eines Hotels auf einer kleinen Insel namens Finsterbrook.«

Ich riss die Augen auf. »Und das hat sie meinem Vater hinterlassen?«

»Direkt hinterlassen nun nicht. Sagen wir mal, er ist der Erste in der Erbfolge. Gefolgt von Ihnen.« Er zeigte auf mich.

Justus kratzte sich die haarige Pobacke, während der Wasserkocher geräuschvoll heiß lief.

»Kann man es verkaufen? Wie viel ist es wert?«

»Ich weiß nicht, wie viel es wert ist«, sagte Herr Dingeldein. »Aber die Frage stellt sich auch nicht.«

»Warum?«

»Weil Sie das Erbe nur antreten dürfen, wenn diese touristische Gewerbeimmobilie in Ihrem Besitz bleibt.«

»Dann will ich den Schuppen nicht«, sagte er kopfschüttelnd.

»Papa!«, entfuhr es mir wieder.

»Wer will denn so was haben?«, sagte er komplett uninteressiert. »Das Hotel ist außerdem bestimmt in einem katastrophalen Zustand. Oder täusche ich mich?«

Herr Dingeldein zuckte gut gelaunt mit den Schultern. »Nein. Da müsste einiges dran getan werden.«

»Na also«, sagte Justus und löffelte Kaffeepulver in die ausgespülte Kanne. »Danke, aber nein danke.«

»Ich nehm es«, sagte ich. Adrian Aufdermauer, zwölf Jahre alt und Besitzer einer touristischen Gewerbeimmobilie, wie Dingeldein es nannte. Das hatte was. Das klang nach einer gesicherten Karriere im Hotel- und Gaststättengewerbe. »Hat es Meerblick?«

»Er hat doch gesagt, dass Finsterbrook eine Insel ist. Da hat das Hotel bestimmt auch Meerblick«, sagte Papa.

»Was nun?«, fragte ich den Anwalt. »Hat es, oder hat es nicht?«

»Es hat.«

»Ich nehme es!«, wiederholte ich mich.

»Nein, wirst du nicht«, sagte Papa.

»Doch!«

»Nein!« Er wurde langsam ungeduldig. »Du bist noch keine achtzehn. Und ich binde mir das Ding auf keinen Fall an die Backe.«

Ich beugte mich zu Herrn Dingeldein herüber, legte meine Hand auf seinen Arm und zwinkerte ihm zu. »Ich nehme es.«

Herr Dingeldein stand auf. »Sie können es sich ja noch überlegen, nicht wahr?« Er legte seine Visitenkarte neben die Unterlagen auf den Tisch. »Rufen Sie mich einfach an. Oder schicken Sie mir eine Mail. Dann werde ich für Sie den Erbschein beantragen.«

Herr Dingeldein klappte den Deckel seiner Aktentasche zu.

Papa hielt ihm die French Press entgegen. »Keinen Kaffee mehr?«

Der Anwalt hob abwehrend die Hände und klopfte auf seine Brust. Dorthin, wo das Herz saß. »Haben Sie noch einen guten Tag.«

»Der Kaffee war zu stark«, sagte ich, als die Wohnungstür ins Schloss gefallen war.

Justus roch an der Kanne und füllte seine Tasse. »Ich finde ihn genau richtig.« Dann schlurfte er zurück in sein Zimmer und ließ mich in der Küche allein.

In den darauffolgenden Tagen vermied ich es, Großtante Käthe zu erwähnen. Dafür beschäftigte ich mich ausgiebig mit der Mappe, die Herr Dingeldein nicht wieder mitgenommen hatte. In ihr lag auch ein abgegriffener Prospekt, der aus einer Zeit stammte, als das Hotel noch Gäste hatte.

Villa Seelenfrieden

Wer um Gottes Willen kam nur auf so einen Namen! Und die Fotos! Mein lieber Scholli! Die Frauen trugen kurze bunte Röcke und weiße Lackstiefel mit Sohlen, die so dick wie Ziegelsteine waren. Die Frisuren waren hoch aufgeplustert. Die der Männer auch, nur dass sie die Haare fein säuberlich zur Seite gescheitelt hatten. Die rosa Hemden lagen eng an und waren bis zur haarigen Brust aufgeknöpft.

Und sie tanzten offensichtlich zu einer mitreißenden Musik, die aus einer alten Musikbox zu kommen schien.

Mama hatte auch gern Musik gehört, aber erstaunlich wenig Punk. Unsere Plattensammlung war noch von ihr. Papa hatte sie nie verkauft, obwohl darunter rare Schätzchen waren, für die manche Sammler einiges an Kohle auf den Tisch legen würden. Und diese Plattensammlung hätte uns beinahe das Genick gebrochen.

Die erste Ferienwoche war schon rum, als mein Vater mich weckte. »Du musst aufstehen, Adrian«, flüsterte er.

Ich brauchte einen Moment, bis ich mich aus meinem Traum heraussortiert hatte.

Ich war in einem hohen Raum gewesen, der eine Bibliothek zu sein schien. Und in der Mitte stand auf einer Säule eine Kristallkugel. Eine von der Art, die Hellseher immer benutzten. Irgendwas war mit ihr. Ich wusste, dass ich in sie hineingeschaut und sich mir etwas gezeigt hatte, das sehr seltsam gewesen sein musste.

Jedenfalls nahm ich das Gefühl der Verblüffung mit ins Erwachen.

»Was ’n los?«, brummte ich ein wenig orientierungslos.

»Wir müssen weg«, sagte Papa.

»Was heißt weg?« Die letzten Reste des Traums lösten sich auf. Das Licht der aufgehenden Sonne fiel durch die Jalousienschlitze und blendete mich.

»Erzähl ich dir nachher«, sagte mein Vater ziemlich nervös. »Ich habe das Nötigste ins Auto gepackt.«

Unser Auto, das war ein alter Ford Taunus Kombi. Papa fuhr ihn nur ganz selten, denn das Ungetüm verbrauchte zehn Liter auf hundert Kilometer. Und das konnten wir uns überhaupt nicht leisten. Wenn er ihn also mit unseren Habseligkeiten vollpackte, dann hatte Papa sich diesmal mit den falschen Leuten angelegt. Dann waren wir auf der Flucht. Vor wem oder was auch immer.

Papa hatte mir saubere Klamotten ans Fußende des Bettes gelegt. Meinen Kleiderschrank hatte er bereits leergeräumt. Wie ich davon nichts mitbekommen konnte, ist mir bis heute ein Rätsel, denn wenn Papa eines nicht ist, dann leise.

»Komm, beeil dich!«, drängte er, die Klinke der Wohnungstür schon in der Hand.

»Moment!«, sagte ich. »Hast du die Platten?«

Mamas Sammlung. Die wollte ich auf keinen Fall zurücklassen.

Papa ließ die Schultern hängen und nickte. »Die hätte ich beinahe vergessen«, gab er zerknirscht zu. »Trag du die restlichen Sachen ins Auto, und mach die Ladefläche frei. Ich bring die Platten runter.«

Ich holperte mit zwei Taschen in der Hand die Treppe hinab und musste erst einmal schauen, wo mein Vater den Kombi abgestellt hatte. Er stand hinter der Litfaßsäule beim Kiosk am Ende der Straße, die Klappe weit offen.

»Alles gut?«, fragte Gopal, dem der Kiosk gehörte und bei dem ich mir ab und zu nach der Schule eine *Schnucktüte für'n Euro* holte. Gopal mochte mich, und ich mochte ihn, weil er als

Einziger in der Stadt *Spunk* hatte, das Salzlakritz für Profis. Außerdem hatte er immer ein offenes Ohr für mich. Wenn es mir mal schlecht ging, packte er einfach zwei Spunkis obendrauf.

»Keiner war dran. Verreist ihr?«

»Frag einfach nicht«, stöhnte ich und schob die Ladefläche frei, damit Papa die drei Kisten mit Mamas Platten verladen konnte.

»Ich frage nicht«, antwortete Gopal todernst. »**Omerta**, wie die Mafia sagt: Schweigen.«

»Mafia?«, fragte ich. Ein ganz und gar unangenehmer Gedanke schoss mir durch den Kopf, und ich sah ihn misstrauisch an. Gopal begann hastig, die Zeitschriften in der Auslage zu sortieren, obwohl die gar nicht sortiert werden mussten.

»Weißt du was, was ich nicht weiß?«

Gopal ließ die Schultern sacken. »Zwei Kerle waren da. Groß wie Kühlschränke. Die haben mir ein Foto deines Vaters vor die Nase gehalten.«

»Uuund?«, fragte ich gedehnt.

»Nichts und.«

»Rück schon raus!«

»Womit soll Gopal rausrücken?«, fragte Papa keuchend.

Er hatte jetzt die erste der drei Kisten heruntergetragen, verschwitzt und vollkommen außer Atem.

»Hast du was mit der Mafia am Hut?«

Papa zuckte regelrecht zusammen. »Wer erzählt dir denn so was?« Mir entging der wütende Blick nicht, den er dem Kioskbesitzer zuwarf.

Gopal kam aus Südindien. Genaugenommen aus Kerala, ganz unten im Südwesten, wo es immer regnete, wie er mir einmal erzählt hatte. Seine Hautfarbe war sehr dunkel, fast schwarz. Und trotzdem wirkte er jetzt erstaunlich bleich.

Papa hastete ins Haus zurück, um die zweite Kiste zu holen.

»Gopal?«, fragte ich misstrauisch.

»Spunk?«, fragte er nervös zurück und hielt mir ein kleines Schächtelchen mit Lakritzpastillen hin. »Geht aufs Haus.«

»Hat Papa sich irgendwelchen Ärger eingebrockt?«

»Auf einer geraden Straße ist noch nie jemand verlorengegangen.« Er schüttelte einladend die kleine Box und lächelte unsicher, wobei seine unglaublich weißen Zähne blitzten. Nur seine Augen flackerten ein wenig ängstlich.

Papa schleppte die zweite Kiste heran, warf einen nervösen Blick über die Schulter und hastete wieder ins Haus.

In diesem Moment fuhr ein schwarzer SUV mit dunkel getönten Scheiben im Schritttempo die Straße entlang und blieb dann abrupt stehen. Ich kannte mich mit den Dingern nicht aus, wusste aber, dass sie nicht billig waren. Und dieses Auto da, das spielte preistechnisch noch mal in einer ganz anderen Liga. Ich kniff die Augen zusammen.

»Es-ca-lade«, las ich auf der Heckklappe. Mann, das war kein Auto, sondern ein verdammter Panzer!

Ich sah, wie Gopal hastig das Fenster seines Kiosks zuschob und das Schild von **Geöffnet** auf **Geschlossen** drehte.

»So, das war die letzte Kiste«, keuchte Papa und drückte den Rücken durch, dass die Wirbel knackten.

»Kennst du die beiden?«, fragte ich ihn und zeigte auf die zwei Männer, die gerade aus dem Geländewagen stiegen.

Und wenn ich Männer sage, dann meine ich die Sorte, die volle Bierfässer mit bloßen Händen zerquetschen können. Wie groß mochten die beiden sein? Eins neunzig bestimmt, aber das konnte täuschen, denn sie waren auch BREIT! Die schwarzen Anzüge, die sie trugen, mussten maßgeschneidert sein. Solche Übergrößen bekam man nicht bei C&A. Die Glatzen glänzten schwitzig, obwohl der Escalade garantiert eine Klimaanlage hatte. Die Kerle sahen aus wie Zwillinge. Einer von ihnen holte einen Zettel aus der Innentasche seines Jacketts und faltete ihn auf. Offensichtlich konnte er nicht lesen, was darauf stand, denn der andere riss ihm den Wisch aus der Hand und drehte ihn um. Der Sehbehinderte tastete seine Taschen ab, bis ihm sein Partner eine Lesebrille hinhielt. Beide studierten den Zettel und zeigten auf unser Haus.

»Fuck«, flüsterte Papa. »Fuckfuckfuckfuckfuck!« Er warf die Heckklappe zu.

Das weckte die Aufmerksamkeit der beiden Türsteher. »Hey! Du!«, brüllten sie.

»Steig ein!«, rief mein Vater, riss die Fahrertür auf und steckte den Schlüssel ins Schloss.

Doch ich rührte mich nicht. Es war zu faszinierend zu sehen, wie diese beiden Muskelberge versuchten zu rennen. Wahrscheinlich konnten sie sich noch nicht mal die Schuhe alleine zubinden, weil ihre Muskeln ihnen im Weg standen. So viel unbewegliche Kraft steckte in ihnen.

»Adrian!« Die Stimme meines Vaters überschlug sich in Panik. »Beweg verdammt nochmal deinen Hintern ins Auto!«

Ich tastete, die Augen noch immer weit geöffnet, nach der Lehne des Beifahrersitzes. Die beiden waren wie eine Lawine, die auf uns zurollte. Papa packte mich von hinten beim Gürtel und zerrte mich hinein.

»Mach die Tür zu, und schnall dich an!«

Der Motor jaulte auf. Papa legte den ersten Gang ein und ließ die Kupplung so schnell kommen, dass die Reifen erst durchdrehten und dann der Wagen einen Satz nach vorn machte. Er blickte nervös in den Rückspiegel. Ich drehte mich um. Die beiden Riesen hatten kehrt gemacht und kletterten wieder erstaunlich ungelenk in ihren schwarzen SUV.

»Wer sind die?«, schrie ich schrill.

»Die beiden?«, sagte Papa. »Wladimir und Estragon. Die beiden haben auf mich gewartet, aber ich bin nicht gekommen.«

»Was wollen die von dir?«

»Kohle«, sagte Papa und bog halsbrecherisch in die nächste Straße ein. »Die beiden sind Geldeintreiber.«

Ich sackte in meinem Beifahrersitz zusammen. Mir war ganz flau.

»Was sollte ich denn machen?«, rief Justus frustriert. »Ich war mit der Miete im Rückstand, und uns wäre diese Woche der Strom abgedreht worden. Das wollte ich dir nicht antun!«

»Ach Papa …« Mir schossen die Tränen in die Augen.

»Und fang jetzt bloß nicht an zu heulen, hörst du? Sonst heule ich auch. Und das wäre kacke, denn dann sehe ich nichts mehr.« Er kramte aus der Tasche seiner Jeans ein Päckchen Taschentücher, wobei der Taunus kurz ins Schlingern geriet.

Ich schnäuzte kräftig. »Und was machen wir nun?«

»Halt dich fest!«

Papa riss das Steuer herum und zog die Handbremse. Das Heck brach aus, und der Taunus nahm ganz knapp die Kurve in eine Seitenstraße hinein. Dem Escalade ging das zu schnell, und er schoss an der Einmündung vorbei. Papa lenkte unseren Wagen durch die engen Straßen eines Wohnviertels, bis er schließlich auf dem Hof eines Mietshauses parkte.

Wir warteten. Für den Fall, dass Wladimir und Estragon doch noch zurückkamen.

Zwei Minuten.

Drei Minuten.

»Ich habe Gopal einen Schlüssel zu unserer Wohnung gegeben«, sagte Papa leise und mit zitternder Stimme. »Er wird sich um unsere Sachen kümmern.«

»Treue Seele«, sagte ich und musste an seine Spunkspenden denken. Ich hätte auf sein Angebot eingehen sollen, denn jetzt hatte ich Lust auf Lakritz.

Papa nickte. »Treue Seele. Es gibt einige Menschen, bei denen ich ganz tief in der Schuld stehe. Gopal. Du …«

Ich griff nach seiner Hand und drückte sie. »Ich finde, **FINSTERBROOK** klingt spannend.« Und das tat es wirklich. Ich meine: allein der Name! *Finsterbrook.* Im Kopf ließ ich die beiden R rollen. Das klang nach dunklen Geheimnissen und übernatürlichen Ereignissen.

Ich hatte ja keine Ahnung, wie recht ich damit haben sollte.

Die Fahrt dauerte lange. Sehr lange. Da der *Taunus* bei Vollgas alle drei Stunden eine Tankstelle ansteuern musste, nahm Papa den Fuß vom Gas, so dass wir mit achtzig Sachen hinter einem moldawischen Lastwagen her zockelten. Im Handschuhfach lagen noch die alten Hörspielkassetten, mit denen ich als kleines Kind immer ruhiggestellt worden war. Ihre Wirkung auf mich war immer noch dieselbe. Ich hatte anderthalb Episoden von *Drei Bären in der Nacht* gehört, da war ich auf der Rückbank eingeschlafen. Mir war es wurscht, dass es eigentlich eine Weihnachtsgeschichte war. Nach langer Zeit wieder in diese alte Welt einzutauchen, fühlte sich gut an. Behaglich. Und so träumte ich von verlassenen Plüschbären, freundlichen Kanaligatoren und herzlosen Robotern …

… als ich jäh aus dem Schlaf gerissen wurde.

Papa war auf die Bremse gestiegen und fluchte mit Wörtern,

die alle mit **F** anfingen. Oder mit einem zischigen **Sch**. Ich kollerte von der Rückbank in den Fußraum, berappelte mich aber schnell und schaute hinaus.

Es hatte zu regnen begonnen, und der Scheibenwischer schrubbelte widerspenstig über die Windschutzscheibe. Vor uns, auf einer Landstraße irgendwo im trübnebligen Nirgendwo, stand eine Kuh. Sah uns gelangweilt an. Und kaute.

Papa drückte wütend die Hupe. »Beweg dich, Klarabella!«

Doch Klarabella, schwarzgefleckt wie sie war, hob nur den Schwanz und kackte einen Flatsch auf den nassen Asphalt. Papa ließ den Kopf auf das Lenkrad sinken und seufzte.

»Wo sind wir?«, fragte ich noch immer ein wenig schlaftrunken.

Die Gegend war flach. Einige Bäume verloren sich im grauen Dunst des Straßenrandes, aber das war es dann auch schon.

»Keine Ahnung.« Er zerknüllte die Landkarte, die auf dem Beifahrersitz lag und warf sie hinter sich.

Ich entknüllte sie. »Wie hieß denn der letzte Ort, durch den wir gefahren sind?«

»Oberpupsmannshausen oder so. Ist aber schon ein paar Kilometer her.« Papa drehte die Scheibe herunter und hupte erneut.

»Wir sind falsch«, sagte ich, als ich Oberpupsmannshausen, das eigentlich Poppenbühl hieß, endlich gefunden hatte. »Wir müssen umkehren und …«, ich drehte die Karte auf den Kopf, »… an der nächsten Kreuzung links abbiegen. Dann immer geradeaus, bis wir Dustersiel erreichen. Da legt wohl eine Fähre nach Finsterbrook ab.«

»Dustersiel?« Papa dreht sich zu mir um und hob eine Augenbraue. »Ehrlich jetzt?« Er legte den Rückwärtsgang ein und wendete den Wagen. »Das alles klingt nicht besonders freudvoll. Wahrscheinlich tragen hier alle denselben Nachnamen, sind Bluter und schielen.«

»Warum sollten sie das tun?«, fragte ich verwirrt und drehte die Karte wieder um.

Papa winkte ab. »Vergiss es.«

»Das war kein Kompliment, oder?«

»Nein«, antwortete Papa trocken. »War es nicht.«

Dustersiel war überhaupt nicht duster, sondern eigentlich ganz niedlich. Alles war irgendwie knuffig und überschaubar. Die reetgedeckten Backsteinhäuser, die um die kleine Mole herumstanden, waren ganz klein, und ich war mir sicher, dass die Menschen, die in ihnen lebten, auch ganz klein waren, von winzigen Tellerchen aßen und in Bettchen schliefen, in die selbst ich nicht hineinpasste.

Zur Information: Ich war nur eins fuffzich groß. Papa sagte, ich lebte an der Grenze zur *Mikrosomie*. Das ist Ärztedeutsch für Kleinwuchs. Aber Papa fand, dass es auf Latein nicht so schlimm klang. Mir persönlich war es schnurps, ob ich groß oder klein, dick oder dünn war.

Okay, es gab schon Einschränkungen. Ich ging zum Beispiel gern allein aufs Klo. Wenn ich so kurze Arme gehabt hätte, dass ich mir nicht selbst den Hintern hätte abwischen könnte, wäre das natürlich oberkacke gewesen. Oder ich hätte mir nicht allein die Schuhe zubinden können und dann für den Rest meines Lebens Gummistiefel tragen müssen, das wäre genauso unmöglich gewesen.

Nein, mal rundheraus: Selbst meine eins fuffzich lagen an der Schmerzgrenze.

Der Ford Kombi tuckelte und ruckelte über das nass glänzende Kopfsteinpflaster. Ich kannte dieses Geräusch, das der Wagen von sich gab. Ich hörte es nicht zum ersten Mal. Dem Taunus ging der Sprit aus.

»Puh«, sagte Papa nur, als er am Straßenrand zum Stehen kam, wo der Motor mit einem ungesunden Leiern endgültig erstarb.

Der Regen drieselte aufs Dach.

»Und nun?«, fragte ich.

»*No se*«, sagte Papa. Das war Spanisch und hieß so viel wie: Ich habe keinen blassen …

Ich zog mir meine Schuhe an, die ich die Fahrt über ausgezogen hatte, und stieg aus.

»So richtig schön ist das nicht hier«, sagte ich, als ich mich einmal im Kreis gedreht und mir die Kapuze meines Hoodies übergezogen hatte.

»Nein«, sagte Papa schlecht gelaunt. »Hier sieht es aus, als wäre jeden Tag Totensonntag. Gott sei Dank sind wir nur auf der Durchreise.«

Ich zeigte auf ein Schiff, das an der Mole vertäut war. »Schau mal.«

Papa kniff die Augen zusammen, um den Namen zu lesen. »*Maischolle*«, sagte er. »Gehört zur Ordnung der Plattfische. Gibt unpassendere Namen für einen Kutter.«

»Das ist kein Kutter«, brummte eine Stimme hinter uns.

Papa stieß einen spitzen Schrei aus und wirbelte herum. Und auch mein Herz machte drei Schläge lang eine Pause.

Der Mann, der an einer längst erloschenen Pfeife nuckelte, war groß gewachsen und sah wie das Abziehbild eines wetterknorrigen Seebären aus. Blaue Augen blitzten unter struppigen Augenbrauen. Der Kinnbart war grau und sah irgendwie krautig aus. Auf dem Kopf trug der alte Mann einen gelben Südwester, dessen Krempe vorn hochgeklappt war

»Das ist ein Motorschiff. Steht da auch. MS. Ist eine Abkürzung. Für …«

»Motorschiff. Ja, ja. Ich weiß«, sagte Papa nur. »Und auf einem Kutter wird dann gerudert?«

Der Mann stutzte und runzelte ein wenig durcheinander die Stirn. »Jedenfalls ist die *Maischolle* kein Kutter. Ich fange keine Fische. Sie ist ein Postschiff. Ich bringe jeden Tag die Briefe

und Päckchen nach Finsterbrook.« Er reichte meinem Vater die Hand. »Kummerbunt. Kilian Kummerbunt. Kapitän. Und ihr seid?«

»Justus Aufdermauer. Das ist mein Sohn Adrian.«

Kapitän Kummerbunt fiel beinahe die Pfeife aus dem Mund. »Du bist ein Aufdermauer?«

»Ja.« Papa zeigte erst auf sich und dann auf mich. »Also, wir beide.«

»Da trifft mich doch der Schlag. Käthe war …?«

»Meine Großtante.«

»Ah«, machte der Kapitän nur, als verstünde er plötzlich. Er grinste über beide Ohren. »Na, das kann ja mal lustig werden. Kommt, ich bring euch rüber.«

»Mein Auto passt aber nicht auf Ihr Postschiff.«

»Oh, das bleibt auch hier«, sagte Kapitän Kummerbunt. »Auf Finsterbrook fahren keine Autos.«

»Na prächtig«, sagte Papa und ließ die Schultern sinken. »Und wo stelle ich die Kiste ab?«

»Hinter dem Hafen ist eine alte Fischfabrik, die hat einen Parkplatz. Da kann euer Auto bleiben.«

»Der Sprit ist alle. Der Wagen fährt nirgendwo mehr hin«, sagte Papa.

Der Kapitän sah mich an, als wollte er fragen, ob mein Vater heute seinen humorigen Tag hatte.

Ich zuckte nur entschuldigend mit den Schultern.

Kummerbunt seufzte.

»Na dann. Wartet kurz, ich bin gleich wieder da.«

»Was kann da mal lustig werden?«, fragte mein Vater irritiert, als er dem Kapitän hinterherschaute.

Ich krabbelte auf die Rückbank, um meine Sachen zusammenzuraffen. »Die haben nicht mit uns gerechnet. Ich sag es dir.«

Er öffnete missmutig die Beifahrertür und packte seine Sachen in eine große Sporttasche. Die leeren Flaschen und Schokoriegelverpackungen ließ er im Fußraum liegen.

»Willst du wieder umkehren?«, fragte ich ihn.

»Am liebsten.«

»Und dann? Wladimir und Estragon warten immer noch auf uns. Wenn sie uns nicht bereits auf der Spur sind.«

»Hier, an diesem Ende der Welt, findet man uns nur, wenn man *nicht* nach uns sucht.« Er ratschte den Reißverschluss seiner ausgeleierten orangefarbenen Trainingsjacke hoch, als sei ihm plötzlich kalt.

Zwei Scheinwerfer tanzten wimmernd auf uns zu, und ein kleiner elektrisch betriebener Gepäckwagen bremste neben dem *Taunus*. Der Kapitän sprang von seinem Sitz, schlug die nassglänzende Plane des Anhängers nach oben und warf einen Blick in unseren Kofferraum.

»Viel habt ihr ja nicht. Aber nach Urlaub sieht es auch nicht aus, oder?«

»Wir treten unser Erbe an«, sagte ich, nicht ganz ohne Stolz.

Der Kapitän hievte die erste Kiste auf den Hänger. »Die *Villa Seelenfrieden*. Sommerfrische der Reichen und Betuchten. War sie zumindest mal. So vor fünfzig Jahren. Jetzt ist das Hotel ein wenig auf den Hund gekommen.«

»Leben Sie auch auf Finsterbrook?«, fragte ich und reichte ihm die nächste Kiste, während Papa unsere Taschen auf die Ladefläche warf.

»Adrian, so verrückt kann ich gar nicht sein, als dass ich freiwillig auf dieses Eiland ziehen würde.«

»Dann haben sie hier in Dustersiel ein Haus?«, fragte Papa, der die Plane festzurrte.

»Ich lebe auf der *Maischolle*. Mein ganzes Leben lang bin ich zur See gefahren.«

»Keine Familie?«, fragte ich.

»Das Meer ist eine eifersüchtige Braut. Und duldet keine andere Liebschaft neben sich«, sagte der Kapitän und stopfte sich die Pfeife. Es hatte aufgehört zu regnen. »Kommt. Lasst uns das Gepäck an Bord bringen. Dann kümmern wir uns um euer Auto.

Wir leierten mit dem kleinen Elektrokarren zur *Maischolle* und schoben den Gepäckwagen über die Gangway an Bord, wo er in einer überdachten Aussparung achtern festgetäut wurde. Kapitän Kummerbunt öffnete eine Kiste und holte einen kleinen Kanister hervor, den er kurz schüttelte, um zu prüfen, wie voll er war. »Diesel oder Benziner?«

»Unser Auto? Benziner«, sagte Papa.

»Gut. Dann lasst uns mal euer Flaggschiff zu seinem Ankerplatz karriolen.«

Der eine Liter reichte aus, um den Taunus wieder fahrtüchtig zu machen. Papa pumpte ein wenig mit dem Gaspedal, und der Wagen sprang ohne Murren sofort an. Der Kapitän klopfte an die Scheibe, die Papa daraufhin herunterkurbelte.

»Der Parkplatz ist hinten rechts bei der kleinen Lagerhalle der alten Fischfabrik. Eigentlich nicht zu verfehlen.« Er gab Papa einen kleinen Schlüssel. »Der hier öffnet die Schranke.

Stellt den Wagen ab und kommt dann zur *Maischolle*. Ich mach uns in der Zwischenzeit einen schönen Tee.«

Der Kapitän klopfte jetzt aufs Dach, und Papa kurbelte die Scheibe wieder hoch. Dann legte er den ersten Gang ein und fuhr los.

Der Parkplatz, wenn man ihn denn wirklich so nennen wollte, war nur eine bessere Brache, auf der kniehohe Disteln und buschweise Brennnesseln wuchsen. Über der Einfahrt hing ein großes Schild:

FISCHKONSERVEN SÜVERKRÜP

Wenn man sich aber zur Rechten das alte Fabrikgebäude mit seinen eingeworfenen Scheiben und dem eingestürzten Dach anschaute, war klar, dass hier die letzte Makrele vor sehr langer Zeit eingedost worden war.

»Mich laust der Affe«, flüsterte Papa. »Adrian, schau dir das mal an.«

»Oh«, machte ich nur, denn mehr brachte auch ich nicht hervor.

Der Parkplatz war nämlich nicht leer. Ein gutes Dutzend Autos stand von Unkraut überwuchert in Reih und Glied an der Umfriedungsmauer. Manche waren so alt wie unser Kombi, manche noch älter. Einige waren sogar regelrechte Oldtimer, wie man sie bestenfalls aus Stummfilmen kennt.

»Das sind Schätze!«, rief mein Vater aufgeregt, der ausgestiegen war. »Hier! Ein Opel Admiral, 1969er Baujahr. Und da! Ein 220er Benz Cabrio von 1951.« Er zeigte auf ein drittes Auto. »Ein BMW 327. Un-glaub-lich!«

Nun muss ich sagen, dass Papa schon immer alte Autos geliebt hat. Sonst hätte er sich nicht den Ford Taunus gekauft, bei dem man die Scheiben noch mit der Hand herunterkurbeln musste. Als ich klein war – also, als ich noch jünger war –, haben wir immer Karten gespielt. *Angeberquartett,* wie wir es nannten. Da ging es nicht drum, vier von einer Sorte zu sammeln, sondern man rief den Wert auf, von dem man glaubte, dass der andere nicht mithalten konnte: Hubraum 1500 Kubik. Was, du hast nur 1000? Her mit deiner Karte. Es ging immer um Höchstgeschwindigkeit, Umdrehungen pro Minute (oder *U/min*, wie der Kenner sagte), Anzahl der Zylinder, PS. Jeder bekam sechzehn Karten, und los ging es. Meistens fing ich an. Und ich lernte schnell. Die *Isetta*, eine alte dreirädrige Knutschkugel von BMW war immer die Loserkarte. Das *Green Monster*, ein – wer hätte das gedacht – ziemlich grünes Jet-Auto aus den 60ern, hingegen war unschlagbar. Wer diese Karte hatte, konnte eigentlich nicht verlieren. Und so verstand ich, dass ihm der Anblick der verrosteten Autos schier das Herz brach. Ich zupfte ihn vorsichtig am Ärmel.

»Wir müssen los«, sagte ich leise.

»Die Welt«, sagte Papa und schloss den Taunus ab, »ist in der Tat ein ungerechter Ort. Wenigstens ist unser Auto in guter Gesellschaft.«

»Ihr habt Glück«, sagte Kapitän Kummerbunt, als er die Leinen losgemacht hatte und uns jetzt auf seiner Brücke wie versprochen mit einem heißen Tee begrüßte. An Bord der *Maischolle* war es sauberer und aufgeräumter, als es je bei uns zu Hause war. Kapitän Kilian Kummerbunt liebte sein Schiff, so viel war schon mal klar. »Es gibt keine Fahrrinne, die Dustersiel mit der Insel verbindet. Nur bei Flut hat die *Maischolle* so viel Wasser unter dem Kiel, dass sie übersetzen kann. Außerdem ist die Insel sommers wie winters ständig von einer Nebelbank umgeben.«

Papa begutachtete die sehr altertümliche Instrumententafel mit ihren Zeigern und abgegriffenen Kippschaltern. »Nicht, dass ich jetzt nervös wäre, aber … hat dieses Schiff eigentlich einen Radar?«

»Nein.«

»Ein GPS?«

»Ein was?«

»Eine Satellitenortung.«

»Nein. Ich habe einen Kartentisch und einen Sextanten. Und draußen gibt es Bojen. Mehr brauch ich nicht. Der Rest ist Spielerei.«

»Aber vielleicht ein Funkgerät?«, fragte Papa vorsichtig. »Falls doch mal was ist?«

Kummerbunt zeigte auf einen schwarzen Kasten, neben dem ein kleiner Wackelelvis zusammen mit einer Hawaiianerin im schaukelnden Seegang einen Hula tanzte.

»Dann bin ich ja erleichtert«, brummte Papa.

»Na ja«, sagte der Kapitän und grinste schief. »Was wisst ihr über Finsterbrook?«

»Nur das, was in der Mappe des Anwalts steht«, sagte ich.

»Adam Dingeldein.«

»Sie kennen ihn?«, fragte ich.

»Er ist mein Schwager.«

»Ich dachte, Sie wären nicht verheiratet«, sagte Papa.

»Bin ich auch nicht. Aber ich habe eine Schwester auf Finsterbrook.« Der Kapitän nahm einen Schluck aus seiner Tasse. »Wo waren wir stehen geblieben? Ach ja. Finsterbrook. Ein paar hundert Einwohner, eine Schule, ein Polizeiposten, ein Supermarkt, eine Bibliothek, eine Schützenbruderschaft und ein Fußballverein, der aber eher mit sich selbst spielt. Um es mal so auszudrücken. Alles sehr beschaulich.«

»Warum stehen auf dem Parkplatz die ganzen alten Autos? Wem gehören die?«, fragte ich?

»Gästen der *Villa Seelenfrieden*«, sagte Kummerbunt.

»Und diese Gäste sind ohne ihre Autos wieder nach Hause gefahren?«, fragte Papa misstrauisch.

»Das habe ich nicht gesagt.«

»Das verstehe ich jetzt nicht«, sagte Papa. »Sind die etwa auf Finsterbrook geblieben?«

»Vermutlich.«

Es dauerte eine gute Stunde, bis wir die Nebelbank hinter uns gelassen hatten und der Anleger eines Hafens zu sehen war.

»Ein bisschen erinnert mich das Ganze hier an Skull Island«, sagte Papa, als er sich im strömenden Regen die gelbe Jacke zuknöpfte, die ihm der Kapitän gegeben hatte. Ich hatte auch eine bekommen, nur dass sie bei mir wie eine Zeltplane aussah. Kummerbunt war groß, ich war klein.

»Was ist Skull Island?«, wollte ich wissen und zuppelte am Reißverschluss herum. Er klemmte.

»**King Kong**. Nie davon gehört?«

»Nein. Woher denn auch?« Ich war genervt. Die Jacke war so steif, dass ich mich wie ein Gummibärchen bewegte.

»*King Kong* war ein Riesengorilla, der auf einer geheimnisvollen, von Monstern bevölkerten Insel lebte, die wie Finsterbrook immer von einer Nebelbank umgeben war.«

»Aha«, machte ich nur. »Und was heißt das jetzt?«

Papa rollte mit den Augen. »Nichts. Nur dass mir Finsterbrook ein bisschen unheimlich ist. Und dass du mehr gute Filme schauen solltest.«

»Seht ihr da vorn die Lichter?«, sagte der Kapitän. »Das ist der *Schwarze Storch*. Dort werdet ihr was zu essen und ein Bett für die Nacht bekommen.«

»Und Sie?«, fragte ich. »Wo kommen Sie unter?«

Kummerbunt zeigte über seine Schulter auf die *Maischolle*. »Schon vergessen? *My ship is my castle*. Ich hätte euch auch eine Koje angeboten, wenn ich noch eine hätte. Na ja, man sieht sich.«

Ich wollte Kummerbunt zum Abschied winken, bekam aber meinen Arm nicht hoch.

Papa hatte unsere Tasche über die Schulter gehängt, und gemeinsam trotteten wir auf die Lichter zu. Jedes Geräusch ging im Rauschen des Regens unter. Es roch nach Meer – und nach Bratkartoffeln, Speck und Zwiebeln, wie ich plötzlich hungrig feststellte.

»Die Küche hat noch geöffnet.«

Papa stieß die Tür auf.

Also, ich kenne mich eigentlich gut mit alten Filmen aus, so ist es ja nun nicht. Schwarz-weiß muss nicht sein, und *King Kong* hatte ich wirklich nicht auf dem Schirm, Asche auf mein Haupt. Aber Western, die kannte ich. Papa hat mir einige gezeigt. Ich finde sie heute noch witzig. Männer, die auf Pferden reiten. Frauen, die ihren Mann stehen. Nur die Indianer, wie man sie früher nannte, die kamen nie gut weg. Das war das Einzige, was mich wirklich störte. Aber ansonsten erinnerten sie mich immer an Fantasyfilme – nur ohne Drachen und Magie. Allein die Titel! *Die Glorreichen* 7! *Für eine Handvoll Dollars*! Und *Django* rauf und runter. Auch wenn Clint Eastwood heute neunzig ist und Krampfadern hat.

»Ach du Heiliger Hering«, brummte Papa, als wir die Gaststube betraten.

Man konnte an so einem Ort nichts Hippes erwarten wie in

der Großstadt, wo alles durchgestylt war bis zum Limonadenglas und wo auf der Speisekarte Gerichte standen, deren Namen man noch nicht mal aussprechen konnte.

Der *Schwarze Storch* war anders.

Alles war in Eiche gehalten, glaube ich. Jedenfalls war das Holz sehr dunkel. Es gab Eckbänke und lange Tische, auf denen Gewürzsets mit Salz, Pfeffer, Zahnstochern und Maggi standen – die Dinger nannten sich *Menagen*, wie mir Papa später erklärte. Weiß der Teufel, wie er sich solche Sachen immer merkte. An den Wänden hingen sogenannte Seestücke, Bilder von stürmisch wogenden Wellen unter einem bleischweren Himmel. Die Fenster hatten gefakete Butzenscheiben und waren mit schweren Vorhängen eingerüscht. Und die ausgeblichene Blümchentapete war nicht wirklich geschmackvoll.

Am bemerkenswertesten war die Musik, die im Hintergrund lief. Irgendein Typ gab mit zusammengebissenen Zähnen einen uralten Schlager zum Besten.

Junge, komm bald wieder, bald wieder nach Haus.
Junge, fahr nie wieder, nie wieder hinaus.

Es war ein echter Saloon-Moment: Als wir den Gastraum betraten, erstarben alle Gespräche. Und jeder, wirklich jeder drehte sich zu uns um, während sich die Mutti in dem Schlager noch immer Sorgen um ihren Jungen machte.

»Einen schönen guten Abend«, rief ich, vielleicht eine Spur

zu laut, während ich mich aus der nasstropfenden Regenjacke quälte.

Papa brummte nur ein »N'abend«, das außer mir niemand hören konnte.

»Moin«, kam es vom Tresen. »Na, Ihr bringt ja ein schönes Schietwetter mit.«

Es saßen nur Männer zu dieser späten Stunde an den Tischen und an der Theke. Einige hielten sich an ihren Biergläsern fest, einige spielten Karten, aber alle hatten ihr Gespräch unterbrochen und starrten uns an.

»Für das Wetter können wir nichts. Das war schon so, als wir angekommen sind«, sagte ich. Haha.

Keine Reaktion. Kein Lachen. Nicht mal ein Grinsen.

Wir setzten uns an einen Tisch. Der Wirt trocknete sich die Hände ab, er hatte gerade Gläser gespült, und kam zu uns herüber. Er war groß. Sehr groß. Und rund! Sein Resthaar hatte er sauber über den kahlen Schädel gescheitelt, den Bart exakt gestutzt. Nicht wie bei Kapitän Kummerbunt, den man sich gar nicht in einem geordneten Zustand vorstellen konnte.

»Was kann ich euch bringen?«, fragte der Wirt und warf das Geschirrtuch über seine Schulter

»Für mich ein Bier«, sagte Papa. Er zeigte mit beiden Händen an, wie groß es sein sollte.

»Für mich eine Apfelschorle«, sagte ich.

»Hat die Küche noch auf?«, fragte Papa.

Der Wirt dreht sich um. »Magda?«, donnerte er durch die Schankstube.

»Was ist denn?«, kam es genervt aus der Küche zurück. Eine Stimme wie ein Reibeisen.

»Gibt es noch was zu essen?«

»Kartoffelsalat. Würstchen. Frikadellen. Nichts Heißes mehr, ich hab schon sauber gemacht.«

»Das reicht uns«, sagte Papa, obwohl er ein wenig enttäuscht klang. Ihm hätte ein Jägerschnitzel mit Pommes bestimmt sehr gefallen. Mir auch.

»Für mich zwei Frikadellen zum Kartoffelsalat.«

»Ich nehm die Würstchen«, sagte ich.

Der Wirt wandte sich zum Gehen ab, hielt dann aber doch inne und schaute meinen Vater mit zusammengekniffenen Augen an. »Sagen Sie mal, kennen wir uns?«, fragte er.

»Nicht, dass ich wüsste«, antwortete Papa ein wenig nervös. Er hatte wohl noch Kilian Kummerbunts Warnung im Ohr: Sobald die Finsterbrooker wussten, wer wir waren, würde es hier lustig werden.

Der Wirt kratzte sich das bärtige Kinn. »Hm«, machte er nur und ging wieder hinter die Theke zurück, um das Bier zu zapfen und die Schorle einzuschenken.

»Irgendwann müssen wir die Katze aus dem Sack lassen«, raunte ich Papa zu.

»Aber erst, wenn ich mein Bier getrunken habe«, sagte er unbehaglich. »Und was gegessen.«

Die Tür zur Küche schwang auf, und eine kleine dralle Frau in Dauerwelle und rosa Kittelschürze brachte unser Essen.

»Guten …«, sagte sie mit ihrer verraspelten Stimme, als sie uns die Teller hinstellte. Doch auch sie hielt inne, um uns mit zusammengekniffenen Augen zu mustern. »Sagen Sie, kennen Sie …«

»Nein, kennen wir nicht«, sagte Papa hastig. »Haben Sie vielleicht etwas Senf?«

Sie kramte aus der Tasche ihrer Schürze vier kleine Plastikpäckchen und legte sie auf den Tisch. »Ich könnte wetten, ich habe Sie schon mal gesehen.«

»Wir sind noch nie auf Finsterbrook gewesen«, sagte Papa.

»Aha«, machte die Köchin, die von der Antwort irgendwie nicht besonders überzeugt war. Dann schlappte sie nachdenklich wieder davon.

»Bist du wirklich sicher, dass du noch nie auf Finsterbrook warst?«, flüsterte ich.

Mein Vater sah mich an, als hätte ich sie nicht mehr alle.

»Schon gut, ich frag ja nur«, sagte ich hastig.

»Ein Bier, eine Schorle«, sagte der Wirt, als er die Gläser vor uns abstellte. »Kann ich sonst noch was für euch tun?« Der Blick, den er uns bei dieser Frage zuwarf, hatte etwas Unangenehmes. Irgendwie bohrend, das konnte auch das falsche Lächeln nicht verbergen. So als hätte er mehr als nur eine Ahnung, wer seine unverhofften Gäste waren.

»Wir bräuchten ein Zimmer«, sagte Papa.

»Wir sind das beste Haus am Platz«, sagte der Wirt.

»Und auch das Einzige«, kam es von ganz hinten aus der Schankstube. Allgemeines Gelächter, das aber sofort erstarb, als sich der Wirt zu seinen Gästen umdrehte.

Schau an, dachte ich. Zwei Dinge gelernt: Hier blieb keine Unterhaltung unbeachtet. Und ohne die Erlaubnis des Wirts durfte keiner lachen.

Na, das konnte ja wirklich lustig werden.

»Wie lange bleibt ihr?«

»Eine Nacht nur«, sagte Papa zwischen zwei Schlucken Bier.

»Und dann geht es wieder zurück?«, fragte der Wirt unschuldig.

»Nein, wohl nicht«, erwiderte Papa ebenso unschuldig.

»Aha«, sagte der Wirt, den es ganz offensichtlich wunderte, dass wir nicht unser ganzes Privatleben mit ihm teilten. Er zog seine Cordhose über den mächtigen Bauch und ging zurück zum Tresen, wo er einige Schubladen durchwühlte, aber nicht fand, wonach er suchte.

»Paula?«, rief der Wirt wieder mit donnernder Stimme, diesmal die Treppe hinauf. »Bring mir mal die Meldezettel.«

Einen kurzen Moment später kamen Schritte herunter, und die Tochter des Wirts erschien. In der Hand einen alten, dünnen Aktenordner.

Paula war ganz eindeutig die Tochter ihres Vaters, nur dass sie einen dreiviertel Kopf größer war als er. Ihre Frisur genau wie ihre Klamotten waren nicht unbedingt der letzte Schrei. Aber hey, wir waren auf Finsterbrook. Hier lebte man hinter einer Nebelbank.

Papa füllte den Meldezettel aus und gab natürlich nicht unseren echten Namen an, sondern den Geburtsnamen meiner Mutter Rosalie.

»Claireveaux«, las der Wirt, der sich zum Lesen eine Brille aufgesetzt hatte. »Aha. Franzosen?«

»*Tout à fait, morse pompeux.*«

Ich hätte mich beinahe an der Schorle verschluckt. *Aufgeblasenes Walross!* Oh Mann! Aber offensichtlich verstand der Wirt nicht nur keinen Spaß, sondern auch kein Französisch. Er faltete den Meldezettel sehr nachlässig zusammen und stopfte ihn in die Brusttasche seines karierten Hemdes.

»Mein Name ist übrigens Niederstedt«, sagte er ein wenig spöttisch und streckte meinem Vater die Hand entgegen. »Friedbert Niederstedt. Mir gehört der *Schwarze Storch*. Ach ja, und ich bin auch der Bürgermeister von Finsterbrook.«

»Und ich sag dir, er weiß, wer wir sind!«

Niederstedt hatte uns ein Doppelzimmer mit zwei getrennten Betten gegeben, und ich hatte mir das unter dem Fenster ausgesucht, das ich jetzt trotz des unaufhörlichen Regens gekippt hatte. Auf einem kleinen Tisch stand ein Röhrenfernseher, der mindestens so alt wie unser Ford Taunus war und außer einem verschneiten Rauschen kein Bild zustande brachte. Das Bett war klamm und roch muffig, als hätte man es das letzte Mal Weihnachten vor drei Jahren neu bezogen. Das würde auch zu dem künstlichen Schnee passen, der noch immer auf den Scheiben klebte.

»Und wenn schon«, sagte mein Vater, als er das Licht im Bad ausschaltete. Der Lüfter röchelte noch eine Weile asthmatisch nach, bis er erstarb. »Was will er schon tun?«

»Er hätte uns ein besseres Zimmer geben können«, sagte ich.

»Ich hab schon Schlimmeres erlebt«, sagte Papa, kroch unter die Decke und holte aus seiner Reisetasche ein zerlesenes Buch.

Ich strampelte meine Decke beiseite und drehte mich zu meinem Vater um. »Erzähl mir, wie du Mama kennengelernt hast.«

»Die Geschichte hast du doch schon Hunderte Male zu hören bekommen«, brummte er, als er die Seite mit dem Lesezeichen aufschlug.

»Bütte«, sagte ich.

Papa tat so, als hätte er mich nicht gehört. Aber er war kein guter Schauspieler.

»Büttebüttebütte«, sagte ich in meiner süßesten Kleinkindstimme und plinkerte Papa wie Bambi an.

Er seufzte und legte das Buch beiseite. »Wo soll ich anfangen?«

»Da, wo alle guten Aufdermauer-Geschichten anfangen.«

»In a galaxy far, far away …«, sagte Papa mit einer ziemlich überzeugenden Darth-Vader-Stimme.

Ich warf ihm mein Kissen an den Kopf. »Du bist blöd.«

»Also gut.« Er warf das Kissen wieder zurück. »Unsere Geschichte beginnt in der erstaunlichsten Stadt des Universums.«

»In Paris!«

»In Paris!«, schwärmte er. »Ich war Ferienschüler. Französisch. Damals nicht mein stärkstes Fach. Es bestand sogar die Gefahr, dass ich deswegen hängenblieb. Also fand ich mich in den Osterferien ohne meine Kumpels, dafür mit einem Haufen anderer Französisch-Nieten in einem TGV Richtung *Gare de L'Est* wieder. Man lernt eine Sprache am besten da, wo sie auch gesprochen wird. Und meine Schule hatte eine Partnerschaft mit dem *Lycée Montaigne*. Vom Bahnhof aus brachte uns ein Bus dorthin. Wir wurden ausführlich von der Direktorin begrüßt, die in vollem Ornat vor uns stand, mit blau-weiß-roter Schärpe und so …«

»Und du hast kein Wort verstanden …«

»Nichts, aber auch gar nichts. Ich fühlte mich wie der letzte Verlierer. Am liebsten wäre ich auf der Stelle wieder nach Hause gefahren. Und wenn es per Anhalter gewesen wäre.«

»Aber dann hat *sie* dich gesehen«, schwärmte ich, weil ich wusste, was jetzt kam.

»Nach der Rede gab es einen Empfang, mit Schampus, Häppchen, tralala. Fast alle kannten sich, die meisten machten diese Reise ja nicht zum ersten Mal. Nur ich stand wie bestellt und nicht abgeholt in einer Ecke und tat verzweifelt so, als wäre ich zu cool für diese Welt. Plötzlich stand da dieses Mädchen vor mir. Mit zwei unterschiedlich farbigen Augen, die so lebendig waren, dass ich mich auf einmal für mein Verhalten schämte.«

»Ach Papa«, seufzte ich.

»Ist doch so«, brummte Papa. »Diese Augen waren das Erstaunlichste, was ich jemals gesehen hatte. Absolut nicht von dieser Welt. Wenn Mama einen anschaute, wusste man: Alles ist gut. Vollkommen in bester Ordnung.« Er griff hinter sich und zog das Kopfkissen hoch, damit er sich bequemer anlehnen konnte. »Sie hatte Augen, die viel gesehen haben. Sie war eine alte Seele.«

Alte Seele.

Ich verstand nicht, was Papa damit meinte. Seelen – wenn es sie denn gab, ich war mir da nicht so sicher – waren doch einfach nur da, oder? *Ich denke über mich nach, also weiß ich, dass es mich gibt, oder so.* Papa hatte mir das mal erklärt: Im Prinzip funktionierte das wie bei unserem Ford. Dein Körper war das Auto, deine Seele der Fahrer, und die setzte sich hinters Steuer. Die meisten hatten einen ultrakonkretkrassen Plan und wollten ohne Umwege von Köttelskramersdorf nach Oberpups-

mannshausen, am besten noch mit einem Automatikgetriebe. Papa gehörte da eher zu den Reisenden, die gern auch mal auf Karte und Navi pfiffen.

Ohnehin gab es Menschen, die waren echte Naturtalente und konnten so ein Auto ziemlich gut fahren, den Ellbogen lässig aus dem Fenster gelehnt mit cooler Mucke aus dem Radio. Sagte Papa. Die beherrschten Gasgeben und Bremsen und konnten zur Not auch mal um eine Kurve driften, ohne dass sich die Kiste überschlug. Und deshalb machten sie gern einen auf dicke Hose und nitroboosteten durch jede verkehrsberuhigte Zone.

Andere würden das Fahren vermutlich nie lernen, weil sie immer Angst hatten, einen Unfall zu bauen. Die rutschen mit dem Sitz so weit nach vorn, dass sie sich die Nase an der Windschutzscheibe plattdrückten und würden am liebsten zu Fuß laufen. Was ja okay wäre, wenn es nicht diese andere Kategorie von Fahrern gäbe.

Papa sagte, dass Mama für ihn jedenfalls eine gute Fahrlehrerin gewesen war. Sie hatte ihm gezeigt, wie er den Sitz einstellen konnte, wann er schalten musste – und wo die Bremse war. Papa fuhr inzwischen gut, auch wenn er sich manchmal Geld von seltsamen Leuten lieh oder Deals einging, die ein bisschen ungesund für ihn waren. Er schniefte.

»Ich vermisse sie auch«, sagte ich und zog auch die Nase hoch.

»Sollen wir mal schlafen?«, sagte Papa. »Vielleicht träumen wir von ihr. Dann ist sie uns nah.«

»Ja«, sagte ich und gähnte. »Außerdem, *mon cher papa*, wartet morgen ein echt spannender Tag auf uns.«

Herr Niederstedt hatte uns gefragt, wann wir denn frühstücken wollten. Normalerweise gäbe es morgens nämlich ein großes Frühstücksbuffet mit Rührei, Würstchen, Müsli, Obst, Aufschnitt und allem Drum und Dran. Aber da wir nun mal die einzigen Gäste seien, müssten wir uns mit dem Sparprogramm zufriedengeben. Halb acht war die Zeit, zu der wir unseren Kaffee brauchten.

Der *Schwarze Storch* hatte natürlich keinen extra Frühstücksraum. Man hatte uns in der Schankstube an dem Tisch eingedeckt, den wir auch gestern Abend hatten. Es war interessant, die Gaststätte bei Tageslicht zu sehen, obwohl die billigen Butzenscheiben nicht wirklich viel Licht in den zigarrenqualmbraunen Raum ließen. Die Tapete mit dem seltsamen Muster aus Blumen und Tannenzapfen reichte allerdings aus, um keine heitere Urlaubsfreude aufkommen zu lassen.

Papa und ich, wir waren nun wirklich nicht verwöhnt, was das Frühstück in Hotels anging. Ganz einfach, weil wir uns Unterkünfte dieser Art gar nicht leisten konnten, so abgeranzt sie auch sein mochten. Campen im Urlaub war für uns in Ordnung. Mit Instantbröselkaffee auf dem Gaskocher und Brötchen vom Supermarkt. Mehr brauchte es nicht.

»Mein lieber Herr Gesangsverein«, sagte Papa schwer beeindruckt, als er unseren Tisch sah. Und auch ich stieß einen leisen Pfiff aus.

Herr Niederstedt hatte sich nicht lumpen lassen.

Allein die Vielzahl der Marmeladen konnte verwöhnte Naturen in einen Entscheidungsnotstand stürzen. Ich zählte ein halbes Dutzend Käsesorten und vier verschiedene Sorten Schinken. Der Wurstaufschnitt war eine Leistungsschau ländlichen Fleischerhandwerks und hatte nichts, aber auch gar nichts mit dem abgepackten Supermarktmist zu tun, den wir uns irgendwann mal geschenkt hatten, weil er schlicht zu eklig war.

»Guten Morgen«, flötete uns die Köchin mit ihrer unvergleichlichen Raspelstimme an. »Kaffee oder Tee?«

»Kaffee«, sagten Papa und ich wie aus einem Mund.

Ich hob zaghaft den Finger. »Könnte ich vielleicht einen koffeinfreien Cappuccino haben?«

»Natürlich. Möchten Sie Eier?«, fragte Magda.

Ich blies die Backen auf und sah Papa fragend an.

»Zwei mal zwei?«, fragte er. »Weich?«

»Eine gute Wahl, die Herrschaften«, sagte die Köchin in der geblümten Kittelschürze, als wäre das hier ein feines Hotel und nicht ein Landgasthof irgendwo im Nirgendwo.

Als die Köchin den Tisch abgeräumt hatte, kam sie noch mal zurück und setzte sich zu uns an den Tisch.

»Ja?«, fragte Papa ein wenig verwirrt.

»Sie sind Justus Aufdermauer. Und das ist ihr Sohn Adrian«, sagte sie. Anscheinend redete sie nicht gern um den heißen Brei herum.

Papa seufzte. »Ist wohl ziemlich offensichtlich?«

»Nein, nicht unbedingt. Kilian hat es mir erzählt.«

»Und jetzt weiß es die ganze Insel«, sagte ich.

Die Köchin zuckte mit den Schultern, als sei der schnelle Austausch von Informationen auf Finsterbrook so was wie ein hiesiges Naturgesetz. »Der Kapitän hat euer Gepäck schon in die Kutsche verladen. Wenn ihr möchtet, kann ich euch gleich zur *Villa Seelenfrieden* bringen. Ich koche nämlich nicht nur im *Storchen*, ich habe auch den einzigen Mietstall hier auf Finsterbrook. Und das macht mich gleichzeitig zur Fuhrunternehmerin. *Wer keine weiche Birne hat, fährt seine Möbel mit Halberstadt*, sag ich immer. So heiße ich, Magda Halberstadt. Aber so viele ziehen hier nicht um. Und Urlauber gibt es auch nur wenige. Die Nebelbank schreckt viele ab. Ganz zu schweigen von Zuzüglern. Wie euch.« Sie kramte aus ihrer Kittelschürze einen Schlüsselbund und schob ihn zu Papa herüber. »Die braucht ihr. Sonst kommt ihr nicht rein.«

»Wie kommen Sie denn an die Schlüssel zur *Villa Seelenfrieden*?«, fragte ich misstrauisch.

»Bevor ich anfing für Friedbert Niederstedt zu kochen, stand ich vierzig Jahre bei deiner Großtante Käthe in der Küche«, sagte Magda. »Niemand weiß, dass ich die Schlüssel habe. Schon gar nicht Niederstedt und seine Freunde.« Das Wort betonte sie mit einem ganz langen *oi*, so dass es ganz verdreht klang.

»Ach!«, machte Papa überrascht, obwohl er es, glaub ich, gar nicht war.

»Und wie kommt es, dass ausgerechnet Sie die jetzt haben?«, sagte ich und schaute mir den Bund genauer an. Die meisten Schlüssel waren recht modern, sie hatten nur ein wenig Rost angesetzt. Andere waren alt. So alt, dass ich mir nicht einmal das dazugehörige Schloss vorstellen konnte.

»Ich war die Letzte, die die Tür zugemacht hat«, sagte Magda.

»Aha«, machte Papa.

Irgendwie war er nicht überzeugt von dem, was Magda Halberstadt uns da auftischte. Und ganz ehrlich? Ich war es auch nicht.

Magda merkte das, denn sie lächelte auf so eine Wenn-ihr-wüsstet-Art, die ich ein wenig creepy fand. »Na, egal. Ihr werdet Finsterbrook noch kennenlernen«, sagte sie. »Ich räume die Küche auf und ziehe mich um. Dann können wir los.«

Finsterbrook bei Tageslicht zu sehen war zugegebenermaßen eine angenehme Überraschung. Besonders nach unserem Zwischenhalt drüben in Dustersiel, wo ich einen langen … sehr langen Moment an unseren Umzugsplänen gezweifelt hatte. Wladimir hin, Estragon her.

Magda Halberstadt saß auf dem Bock einer Kutsche, die wie ein riesiger Bollerwagen aussah, vor den ein unglaublich großes Pferd gespannt war.

»Das ist Hansi«, sagte Magda. Sie hatte ihre Kittelschürze

gegen ein kariertes Hemd getauscht, darüber trug sie eine wattierte Weste. Irgendwie sah sie darin zünftig aus. Frisch geschrubbt und heiter durchgepustet vom Wind, der auf Finsterbrook immer zu wehen schien. »Den bringt nichts aus der Fassung, und er zieht mehr weg als jeder Lastwagen.«

»Hansi?«, fragte Papa. »Ehrlich jetzt? Ist das nicht eher ein Name für einen Wellensittich?«

Magda hob nur eine Augenbraue. Und das reichte aus, dass Papa eine entschuldigende Geste machte und tatsächlich ein wenig den Kopf einzog, als würde er einen Klaps in den Nacken erwarten.

»Kilian hat wie gesagt schon alles aufgeladen, ihr braucht euch um nichts zu kümmern.«

Magdas ganzes Wesen hatte sich geändert. Klar, sie wirkte noch immer ruppig und raubauzig. Aber hier draußen, mit der Peitsche in der Hand und den hochgekrempelten Ärmeln, war sie frei und zu Hause. Ich fragte mich nur, warum sie für diesen Niederstedt als Köchin arbeitete. Aber wahrscheinlich brauchte sie einfach die Kohle. Denn auch auf einer abgelegenen Insel wie dieser hier galt bestimmt, was überall galt:

OHNE MOOS IST NIX LOS

Da fiel mir ein: Es war schon lange her, dass mir Papa mein Taschengeld hatte geben können.

»Finsterbrook hat auch eine Schmalspurbahn.« Magda deutete nach links und steckte sich mit der anderen Hand einen Kaugummi in den Mund. »Früher hat sie die *Villa Seelenfrieden* direkt mit dem Hafen verbunden.«

Hansi klippediklopppte mit trägem Schritt über eine Straße, deren Seitenstreifen schon lange nicht mehr gemäht worden war.

»Kapitän Kummerbunt hat gesagt, dass es lustig werden könnte, wenn wir unser Erbe antreten. Haben Sie eine Ahnung, was er damit meinte?«

Ich hatte mich auf die Ladefläche gesetzt und mich gegen die Seitenwand gelehnt. Kutschfahrten entspannten ungemein, wie ich feststellte. Man schaukelte gemächlich durch die Welt, und wenn man die Augen zumachte, roch man, was um einen herum geschah.

Magda lachte laut auf. »Sagt mal, ihr wollt mir doch nicht weismachen, dass ihr überhaupt keine Ahnung habt?«

»Keine Ahnung wovon?«, fragte ich.

»Na, von Finsterbrooks Geschichte!«

»Bis dieser Dingeldein bei uns aufkreuzte, wussten wir noch nicht einmal, dass es Finsterbrook überhaupt gibt!«, sagte Papa, der respektvollen Abstand zu Magda hielt und dabei fast vom Kutschbock fiel.

»Also, was hat es denn jetzt mit dieser Insel auf sich?«, hakte ich nach.

»Früher«, sagte Magda, »lebte man auf Finsterbrook wie überall an der Küste vom Fischfang. Ein ehrliches Handwerk, mit dem man aber keine Reichtümer anhäuft. Damals schon mal gar nicht. Was man aus dem Meer holte, reichte gerade mal aus, dass man nicht verhungerte.« Sie zeigte auf dem Berg zu ihrer Linken. »Das ist der echte Leuchtturm von Finsterbrook.«

»Der *echte* Leuchtturm?«, fragte Papa. »Gibt es auch einen falschen?«

»Oh ja. Finsterbrook ist eine Insel mit zwei erstaunlich hohen Bergen. Im Großen Bruderberg – es gibt auch einen kleinen, der ist rechts von uns – stieß man vor gut zweihundert Jahren auf Silber. Alle wurden reich. Richtig reich. Quasi stinkend reich. Und leichtsinnig. So schnell man auf Finsterbrook das Geld verdiente, so schnell gab man es auch wieder aus. Alle lebten auf sehr großem Fuß, mein lieber Herr Gesangsverein! Noch heute erzählt man sich da sehr unschickliche Geschichten. Und dann, fast von einem Tag auf den anderen, war es vorbei, die Silberader war erschöpft.« Magda ließ einen imaginären Luftballon platzen. »Natürlich hatte danach keiner mehr Lust, der ehrlichen Profession des Fischereihandwerks nachzugehen. Wisst ihr, man kann sich sehr schnell an unanständig viel Kohle gewöhnen.«

Dieser Gefahr hatten wir uns bisher glücklicherweise entziehen können. Ich musste erneut an Wladimir und Estragon denken, die wiederum sehr wahrscheinlich immer noch an Papa dachten.

»Es war Grusilla Aufdermauer, der schließlich die Idee zu einem neuen Geschäftsmodell kam.«

»Was denn? Import/Export?«, fragte Papa.

»Strandpiraterie.«

»Moment, Moment, Moment!«, unterbrach ich ziemlich verwirrt. »Grusilla *Aufdermauer*?«

»Die, lass mich nachdenken, Urururur-Großtante deines Vaters.«

»Wow«, sagte Papa.

»Wow«, sagte ich.

»Man nannte sie auch *Grusilla die Schreckliche*«, fuhr Magda fort, der es sichtlich Spaß machte, diese Geschichte zum Besten zu geben. »Sie ließ auf der Westseite der Insel, am Kap Silberblick, da wo die *Villa Seelenfrieden* ist, ein zweites Leuchtfeuer errichten. Das wurde in stürmischen Nächten entzündet und lenkte die Schiffe auf ein Riff unterhalb des Kliffs, wo sie dann mit Mann und Maus untergingen.«

»Und die, die es an Land schafften?«, fragte Papa.

Magda fuhr sich mit dem Zeigefinger über die Kehle und machte leise ein gurgelndes Geräusch.

»Oh«, machte Papa.

»Oh«, machte ich.

Magda ließ die Peitsche aufschnalzen, damit Hansi nun doch mal einen Schritt schneller ging. »Auf die Dauer konnte das natürlich nicht gut gehen. Die Insel wurde von den Dustersielern besetzt, denn man wollte Grusilla den Prozess machen und sie in den Knast stecken. Aber darauf hatte sie überhaupt keine Lust. Also sagte sie dem Leben Lebewohl, hüpfte von der Klippe und ward nicht mehr gesehen.«

»Das Meer hat sie geholt«, sagte Papa leise.

»Hat es nicht«, sagte Magda. »Wisst ihr, unter dem Kliff ist ein Sandstrand. Schmal, aber immerhin breit genug, dass einen die Brandung nicht holen kann. Grusilla ist verschwunden. Auf dem Weg von ganz oben nach ganz unten hat sie sich einfach in Luft aufgelöst.«

»Und damit ist die Geschichte zu Ende«, sagte ich.

»Nein«, sagte Magda grimmig. »Damit beginnt sie erst. Man erzählt sich nämlich, dass Grusilla die Beute der letzten Raubzüge irgendwo auf der Insel versteckt hat. Finsterbrook mag zwar klein sein, aber gute Verstecke gibt es hier reichlich. Allein

das alte Silberbergwerk ist ein vertracktes, weitläufiges Labyrinth. Wenn man sich dort einmal verlaufen hat, findet man nie wieder heraus.«

»Und trotzdem wurden die Stollen bestimmt durchsucht.«

»Immer wieder, aber vergeblich. Der einzige Ort auf der Insel, der von der Suche ausgenommen werden musste, war die *Villa Seelenfrieden.*«

»Wegen der Aufdermauers, die die Kohle nicht teilen wollten«, sagte ich. »Bis hin zu Tante Käthe.«

Magda nickte. »Ihr habt nicht nur ein Hotel geerbt, sondern sehr wahrscheinlich auch einen verdammt großen Schatz. Wenn ihr ihn findet, will ich damit sagen. Jedenfalls werden die eingeborenen Bewohner Finsterbrooks, die übrigens alle irgendwelche Nachfahren von Grusillas Strandpiratenbande sind, nicht gut auf euch zu sprechen sein. Noch Fragen?«

»Ein Schatz, sagen Sie?« Papa zupfte sich am Ohrläppchen und hob nachdenklich die Augenbrauen. Ich kannte diese Geste. Die machte er immer, wenn er plötzlich einen Film vor Augen hatte, den nur er sehen konnte.

»Ein Schatz, in der Tat. Man weiß zwar nicht, wie groß er ist. Aber wenn ihr den findet, könnt ihr die *Villa Seelenfrieden* wieder auf Vordermann bringen.«

»Und was ist mit Ihnen?«, fragte ich. »Sie haben nicht danach gesucht?«

»Doch, natürlich«, gab Magda zu.

»Aber sie haben es aufgegeben.«

Sie zuckte mit den Schultern. »Ich habe das Interesse daran verloren. Es gibt Wichtigeres im Leben, als irgendwelchen Schätzen hinterherzujagen.«

Aber das, liebe Kinder, nahm ich Magda natürlich nicht ab! Sie hatte jahrelang in diesem Hotel gearbeitet, kannte es in- und auswendig und war im Besitz aller Schlüssel gewesen. Jeder, der auch nur einen Funken Abenteuerlust besitzt, hätte sich die Gelegenheit, den Schatz zu finden, niemals entgehen lassen.

Die Straße zur *Villa Seelenfrieden* zog sich schnurgerade durch den dunklen Wald eines tiefen Tals. Der Wind rauschte in alten Buchen und hohen Fichten. Amsel, Drossel, Fink und Star zwitscherten munter vor sich hin. Irgendwo plätscherte ein lieblicher Bachlauf, und die Bienen summten.

Nach vielleicht vier Kilometern weitete sich der Blick, und der Wald wurde lichter. Magda drehte sich zu mir um. »Ich glaube, es wird dir hier sehr gefallen.«

Ich sah nach vorn an Magda vorbei, mein Mund klappte sperrangelweit auf. Papa ließ leise das F-Wort hören.

Die *Villa Seelenfrieden* war ein von der Zeit vergessenes Schloss, anders konnte man es nicht nennen. Mit Türmchen und Erkern und Säulen und Zinnen stand es ziemlich abgerockt am Rand des Kliffs, das steil zum Meer herabfiel. Ich musste an ein paar meiner Bücher denken, die Papa mir immer vorgelesen hat. Da gab es oft geheimnisvolle englische Landhäuser, wo der verarmte Lord mit seiner Lady saß, den Fünf-Uhr-Tee zu sich nahm, seinen Schrullen nachhing und ansonsten weltfremd in einer staubigen Vergangenheit ausharrte, die zur Atemnot reizte.

»Du hast die Schlüssel«, sagte Magda zu mir, als sie vom Kutschbock sprang und die Seitenwände löste, damit ich leichter herunterklettern konnte. »Nimm den großen, er öffnet die Eingangstür.«

Ich ging durch das kniehohe vertrocknete Gras und stieg

langsam die Treppe hinauf, wo das Laub des letzten Winters unter meinen Füßen raschelte. Noch bevor ich die *Villa Seelenfrieden* betrat, wusste ich, dass sie lebte. Ihr Geist musterte mich mit seinen verschlossenen Fenstern wie durch blinde Augen. Und obwohl es ein warmer Sommertag war, spürte ich, wie ein kalter Finger meine Wirbelsäule hinabstrich und ich eine Gänsehaut bekam.

Magda beobachtete mich sehr genau, als meine leicht zitternde Hand den Schlüssel ins Schloss steckte.

Das Schloss entriegelte sich mit einer Leichtigkeit, als sei es über die Jahre gut geölt worden. Die beiden Flügel der Tür schwangen lautlos nach innen auf. Ein Schwall muffiger Luft schlug mir entgegen, die nach verblühten Blumen und alten Omas roch.

Magda entspannte sich und grinste.

»Hab ich gerade so etwas wie eine Prüfung bestanden?«, fragte ich nervös.

»Oh ja«, sagte sie, ohne mir zu erklären, worin diese Prüfung eigentlich bestanden hatte. »Willst du nicht hineingehen? Das Haus steht dir offen.«

Ich trat über die Schwelle.

Es dauerte einen Moment, bis sich meine Augen an die Dunkelheit gewöhnten. Ich fand mich in einer Eingangshalle wieder, die ich aus dem alten Prospekt wiedererkannte. Nur dass die einstmals kräftigen Farben des Teppichs und die Bezüge der Sessel mittlerweile verblasst waren. Einen kurzen Moment glaubte ich, das Lachen von Gästen zu hören. Und schon wieder so einen schrecklichen alten Schlager wie im *Schwarzen Storch*.

Auf der Straße nach San Fernando

da stand ein Mädchen wartend in der heißen Sonne.

Dann war es still. Ich drehte mich zu Papa um, der nun hinter mir stand.

»Ich habe es auch gehört«, flüsterte er unbehaglich.

»Wenn die *Villa Seelenfrieden* gute Laune hat, singt sie manchmal.« Magda begann, die Fenster zu öffnen und die Schlagläden zu entriegeln. Tageslicht fiel in die Lobby, frische Luft strömte herein. Der Anflug des Unheimlichen löste sich auf. Dafür stellte sich ein anderes Gefühl ein.

Es war, als käme ich endlich heim.

»Was für eine Prüfung habe ich vorhin bestanden?«, fragte ich Magda.

»Das Haus hat dich hereingelassen. Der Schlüssel allein hätte nicht gereicht. Er muss sich in den richtigen Händen befinden, sonst hätte sich das Schloss nicht entriegeln lassen.«

»Das ist Humbug«, platzte es aus Papa heraus. »Humbug und Spökenkiekerei.«

»Ach wirklich?«, sagte Magda. »Dann gehen wir vor die Tür, ziehen sie zu und probieren es noch mal aus.«

Das taten wir, ich gab Magda den Schlüssel. Sie steckte ihn ins Schloss und versuchte, ihn umzudrehen – aber irgendetwas schien ihn zu blockieren. Sie konnte so kräftig drehen, wie sie wollte, der Riegel löste sich nicht. »Seht ihr? Seit Käthe gestorben ist, hat sich die *Villa Seelenfrieden* verschlossen. Sie lässt niemanden hinein, der nicht zur Familie gehört.«

»Geben Sie mal her«, sagte Papa und versuchte nun selbst sein Glück. Das Schloss ließ sich öffnen, wenn auch nicht ganz so leicht wie bei mir. Es knirschte widerständig, als wollte es sagen: »Na, wenn es denn sein muss.«

»Das ist der Grund, warum nach Käthes Tod niemand aus Finsterbrook ins Haus eindringen konnte.«

»Sie auch nicht«, sagte ich.

»Nein, ich auch nicht«, gab Magda zu.

»Wann ist Käthe gestorben?«, fragte Papa, als müsste er sich das Datum noch mal in Erinnerung rufen.

»Vor sechs Monaten«, antwortete Magda. »Aber nicht hier. Sondern unten, am Fuß des Kliffs.«

»Oh!«, entfuhr es mir.

»Sie ist nicht gesprungen, wenn du das meinst«, sagte Magda. »Käthe saß da, als wäre sie beim Blick auf den Sonnenuntergang ganz friedlich eingeschlafen.«

»Und vorher hatte sie das Hotel verriegelt und verrammelt«, sagte Papa.

Magda zuckte mit den Schultern. »Ja.«

»So dass selbst Sie als ihre engste Vertraute die Villa nicht mehr betreten konnten.«

Magda nickte erneut. »Ja.«

»Und wo ist sie begraben?«, fragte Papa.

Magda seufzte. »Das ist das Problem mit den Aufdermauers. Sie haben die Angewohnheit, sich nach ihrem Ableben in Luft aufzulösen. Ich werde jetzt schauen, ob sich der Strom wieder einschalten lässt.« Sie trollte sich davon.

Papa drehte sich einmal im Kreis und schaute dabei hoch zur Decke, als würde ihm dieser Blick zu einer tieferen Erkennt-

nis verhelfen. »Hab ich das gewollt?«, fragte er sich laut. »Oder noch besser gefragt: Brauche ich das hier wirklich?«

»Papa!«, rief ich entrüstet. »Das ist immerhin dein Familienerbe.«

»Na ja«, brummte Papa. »Ich meine, schau dich mal um. Das hier könnte ein erstklassiges Spukhaus aus einem Roman von Henry James sein.«

»Von wem?«, fragte ich verwirrt.

Plötzlich flammte der riesige Kronleuchter über uns auf.

Ich hielt an und fragte: »Wohin?«

Sie sagte: »Nimm mich bitte mit nach Mendocino.«

»Was ist denn das?«, fragte ich Papa und zeigte auf einen bunt leuchtenden Schrank, der bei einer Sitzgruppe im hinteren rechten Eck stand.

»Oh, ein Groschengrab«, sagte Papa plötzlich wie verzaubert. »Eine alte Musikbox. Eine *Wurlitzer*. Man wirft Geld ein und darf sich dann ein Lied wünschen.« Er untersuchte den bunten Kasten genauer. »Ich werd verrückt! Das Ding ist noch eins a in Schuss.«

Mendocino war verklungen, und die kleine Vinylsingle wieder in ihrem Fach verschwunden. Papa rückte den Apparat von der Wand.

»Ganz im Ernst, wenn ich es nicht besser wüsste, würde ich sagen, dass diese Wurlitzer neu ist. Siehst du die Plakette? Da steht das Baujahr.«

»1951«, las ich.

»Und trotzdem ist sie im Gegensatz zu dem ganzen Rest hier überhaupt nicht staubig! Kein bisschen! Und die Musikauswahl! Wenn ich ein Hotel hätte, das aussieht, als käme es geradewegs aus den Siebzigern, würde ich haargenau so eine Playlist erstellen.«

»Papa?«

»Ja?«

»Du *hast* ein Hotel, das aussieht, als käme es geradewegs aus den Siebzigern.«

Papa kratzte sich den Hinterkopf. »Hab ich, nicht wahr?«

»Vielleicht ist diese Musikbox ein Freundschaftsangebot für dich.«

Papa konnte den Blick nicht vom Musikautomaten wenden. Er drückte zwei Knöpfe und eine neue Platte wurde aufgelegt.

Immer wieder sonntags kommt die Erinnerung.
Dubdidubdidubdub dub.
Ich hör die Bouzukis spielen.
Grade so wie in der Sonntagnacht,
als das Glück uns zwei nach Haus gebracht.

»Und offensichtlich hast du Kredit«, sagte ich. »Du musst nichts einwerfen.«

Papa gefiel es. Irgendwie berührten diese alten Schlager seine schmalzige Ader.

Wir luden unsere Sachen von der Kutsche und trugen sie ins Hotel, wo wir sie auf den Tresen der Rezeption stellten. Ein wenig wirkte es mit all den Platten so, als wäre Papa ein DJ, der wegen eines Raves hier eincheckte, um dann aufzulegen.

Ich war ganz hibbelig, ich wollte unbedingt die *Villa Seelenfrieden* erkunden. Bis in den letzten Winkel. Ich meine, hallo? Dieses Haus sprach mit uns! Also, nicht so wie die Kassiererin an der Supermarktkasse. Oder wie Gopal, der immer Lust auf ein Schwätzchen hatte und den neuesten heißen Scheiß aus dem Viertel erzählen konnte (dass er mir das mit den Geldeintreibern nicht erzählt hatte, nahm ich ihm immer noch übel). Nein, die *Villa Seelenfrieden* sprach nicht mit Worten, sondern eher mit Bildern, Gefühlen und Musik. Sie war sehr wählerisch, wen sie hineinließ und wen nicht.

»Ich zeig euch erst mal eure neue Bleibe«, sagte Magda.

»Wo schlafen wir denn?«, fragte ich. »Hier im Hotel?« Ich erinnerte mich, ein wenig abseits der *Villa* noch so etwas wie einen großen Schuppen gesehen zu haben.

»Ich schlage vor, in Käthes Wohnung.« Magda zeigte auf eine Tür neben der Rezeption.

Wir betraten einen kurzen Flur, von dem fünf Türen abgingen. Direkt gegenüber des Eingangs war ein kleines Bad. Die Tür stand offen, deshalb sah ich, dass es kein Fenster hatte. Aber eine alte Badewanne, die auf massiven Löwenfüßen stand. Tante Käthes Sachen standen noch in einem kleinen

Regal. Ihre Zahnbürste, ein Becher und ihre Schminkutensilien, die alle durch die Bank ziemlich teuer aussahen, wie ich feststellte. Das Bad war sauber, die Handtücher frisch gewaschen.

In der Küche sah es nicht viel anders aus. Die Küchenschränke hatten ihre Jahre auf dem Buckel, waren aber gepflegt. Ich musste grinsen, als ich die Eckbank sah. Ich mochte Eckbänke, auch wenn manche sie spießig finden. Man konnte so schön auf ihnen herumlümmeln. Ich checkte den kleinen Stauraum unter der Sitzfläche und fand frisch gewaschene und gemangelte Tischdecken, ein *Mensch ärger dich nicht*- und ein *Dame*-Spiel.

Es gab einen Gasherd, und dafür allein liebte ich Tante Käthe, obwohl ich sie ja leider nie kennengelernt hatte. Ich kochte für mein Leben gern. Papa hatte dafür kein Händchen. Aber in unserer alten Wohnung hatte es nur einen altmodischen Herd mit schwarzen Elektroplatten gegeben. Bei denen dauerte es immer, bis sie richtig heiß wurden. Gas ging schneller.

Der Kühlschrank war ausgeschaltet und gründlich ausgewischt. Eine Spülmaschine stand unter der Arbeitsplatte, nur eine Waschmaschine fehlte.

Aber dann fiel mir ein, dass das hier ja ein Hotel war, mit zwölf Zimmern und jeder Menge Bettwäsche und Handtüchern, die regelmäßig gewaschen werden mussten. Deshalb musste es eine Waschmaschine geben. Wahrscheinlich stand sie im Keller.

Das Wohnzimmer war ein Fall für sich. *Gelsenkirchener Barock* nannte Papa das Ganze mit einem leise schuddernden Seufzen. Ich bin noch nie in Gelsenkirchen gewesen. Und

Barock kannte ich nur vom musikalischen Hörensagen, Bach und so.

Tatsächlich konnte einem die Farbgebung ein wenig aufs Gemüt schlagen. Die Wände waren mit weinrotem Samt tapeziert. Es gab ein braunes Ledersofa und drei dazu passende Sessel. Auf die setzte man sich besser nicht mit kurzen Hosen, wenn man nicht wollte, dass man mit seinen schwitzigen Schenkeln kleben blieb.

Auf dem niedrigen, gekachelten Tisch lagen einige alte Magazine. In einem großen Vitrinenschrank hatte Tante Käthe Sammeltassen ausgestellt. In den Schubladen befand sich gutes, aber angelaufenes Silberbesteck, das wohl nur an Sonn- und Feiertagen hervorgeholt wurde. Dann hatte es bestimmt Filterkaffee mit Schlagsahne gegeben. Ich stellte mir vor, dass Tante Käthe eine gute Köchin war, die auch etwas vom Kuchenbacken verstand. Schließlich gab es hier keine Konditorei, bei der man mal auf die Schnelle ein paar Stücke Bienenstich oder Rosinenschnecken kaufen konnte.

Im Schlafzimmer machte sich ein Doppelbett mit jägergrüner Tagesdecke breit. Über dem Kopfende hing querformatig ein großes, wuchtig eingerahmtes Bild, dem Seestück, das wir in der Gaststube des *Schwarzen Storchen* gesehen hatten, nicht unähnlich. Der Kleiderschrank war nicht ausgeräumt und roch irgendwie nach Teer. Mottenkugeln, erklärte Papa. Es gab einen Frisiertisch mit aufklappbaren Spiegeln, so dass man sich sowohl von vorn als auch von beiden Seiten sehen konnte. Da lagen eine Bürste, ein Kamm und eine Dose Haarspray, die sehr alt aussah. Ich musste an den Werbeprospekt von Dingeldein denken, wo die Frauen alle so aufgeplusterte Haare hatten.

Und dann gab es noch ein kleines Zimmer, wenn man hereinkam gleich links von der Wohnungstür. Es war ein Gästezimmer mit einem leeren Schrank. Das Bett war unbezogen, daneben stand ein winziges Nachttischchen. Das einzig Interessante dort war eine Nähmaschine, so eine altmodische zum Treten. In einem Regal standen jede Menge Ordner mit Schnittmustern aus Modeheften. Ich zog einen heraus und schaute mir die Bilder an.

»Gefällt mir«, sagte Papa. »Deine Mutter hatte auch mal so ein Kleid. Blau mit großen weißen Tupfen. Sie sah verboten gut darin aus.« Er seufzte, und ich strich ihm über den Rücken.

Das Wohnzimmer war cool. Also, nicht auf so eine coole Art cool wie die Hotellobby. Eher wie die Kulisse eines Gruselfilms. Fehlte nur noch eine Sammlung von Porzellanpuppen, deren Augen einen auf Schritt und Tritt beobachten. Stattdessen hingen überall Fotografien, die ein kleines Mädchen mit einem kurzbeinigen buntgefleckten Hund zeigten.

»Ist das Käthe?«, fragte ich Magda.

Sie nickte.

»Wie alt ist sie da?«

»Zwölf, glaube ich. So alt wie du.«

Woher wusste Magda, wie alt ich war? Dann fiel mir wieder ein, dass Finsterbrook ein Dorf war. Wenn es einen juckte, wusste wahrscheinlich der ganze Ort am nächsten Tag, womit man sich gekratzt hatte. Und Dingeldein hatte es mit der anwaltlichen Verschwiegenheitspflicht ja auch nicht ganz so genau genommen. Jeder hatte gewusst, dass Papa und ich über kurz oder lang dieser sehr seltsamen Insel Besuch abstatten würden. Deshalb hatten uns gestern Abend im *Schwarzen Storch* alle so angestarrt.

»Und der Hund?«

»Das ist Garm.«

»Der sieht klug aus.«

»Ihr kommt zurecht?«, wechselte sie plötzlich das Thema. »Ansonsten würde ich mich jetzt verabschieden. Auf mich wartet zu Hause noch jede Menge Arbeit.«

»Ähm, eine Sache wäre da noch«, sagte ich vorsichtig. »Wie kommen wir ins Dorf? Unser Ford steht auf dem Festland. Mal ganz abgesehen davon, dass Autos hier ja sowieso nicht erlaubt sind.«

»Stimmt«, sagte Magda. »Das hätte ich fast vergessen. Kommt mit, ich zeig euch was.«

Neben der *Villa Seelenfrieden* stand ein Gebäude, dass mir schon bei unserer Ankunft aufgefallen war, denn es war groß wie eine Scheune. Und sah auch so aus. Dunkelrot gestrichen war es, mit weißen Balken. Irgendwie passte es gar nicht zur *Villa*. Auch weil die Scheune in einem besseren Zustand als das Hotel war.

Wir stiefelten durch das hohe Gras zum Tor, als Papa plötzlich stolperte und mit einem lauten Aufschrei der Länge nach hinschlug.

»Au, verdammt!«, fluchte er. »Was war das?«

»Ah, das sind die Schienen der Schmalspurbahn«, sagte Magda und wandte sich dann mir zu: »Adrian, mein Lieber, es ist der kleine Sicherheitsschlüssel.«

Das Tor der Scheune war mit einer schweren Kette ver-

schlossen, an der ein blitzblankes Vorhängeschloss aus Messing hing, das ich jetzt öffnete. Mit einem Rasseln rutschte die Kette zu Boden. Papa war aufgestanden und wischte sich die Hände an seiner Hose ab.

»Die *Villa Seelenfrieden* hat einen eigenen Zuganschluss. Sagte ich schon, oder?« Magda schob ächzend das schwere Tor beiseite. »Käthe hatte ihn bauen lassen, als der Rubel noch rollte. Kilian brachte die Gäste mit seiner *Maischolle* auf die Insel, ich fuhr sie mit der Bahn zum Hotel. So war das …«

Ich erwartete etwas, das wirklich wie eine kleine Eisenbahn aussah. Nicht unbedingt eine Dampflok mit Schlot und Kohlenfeuer, aber alt und angeschrammt.

Nun, alt und angeschrammt war sie, die Bahn. Nur war es keine Lok, sondern ein blau lackierter Reisebus, bei dem man die Gummireifen gegen Eisenbahnräder ausgetaucht hatte, damit er auf Schienen fahren konnte. Es gab einen abgewetzten Fahrersitz, ein Lenkrad und sogar eine Gangschaltung. Das Dach, auf dem man einen Kofferträger geschraubt hatte, war aus Glas.

Papa, die alte Autoquartettnase, stieß einen bewundernden Pfiff aus. »Eine *Setra S6*! Henschel Motor. Vier Zylinder Diesel. 90 PS.« Er strahlte über beide Ohren. »*S6* heißt er, weil er sechs Sitzreihen hat. Und der fährt noch?«

»Na ja, man müsste den Motor vielleicht ein wenig überholen«, sagte Magda. »Aber ansonsten wüsste ich nicht, was dagegenspricht.«

Und plötzlich fiel bei mir mit einem ganz lauten Klimpern der Groschen. »Das Fahrverbot! Es gilt ja nur für Autos! Also auch für Busse. Aber nicht für Züge. Käthe hat mit diesem Bus auf Schienen die Vorschrift auf geniale Weise außer Kraft gesetzt.«

»Ja«, sagte Käthe. »Und ich glaube, dass dein Vater keine Schwierigkeiten haben wird, das Vehikel auf Vordermann zu bringen. Ich mache mich jetzt mal auf den Heimweg.«

Papa war da schon nicht mehr ansprechbar, er hatte mir den Schlüsselbund aus der Hand gerissen und begann, den Bus von innen zu untersuchen.

»Sieht so aus, als hätte dein Vater seine Aufgabe gefunden«, sagte Magda, als ich sie zu ihrer Kutsche begleitete. »Ich hoffe, du findest deine auch.«

Sie kletterte auf den Bock und reichte mir eine abgegriffene Aktentasche. Ich erkannte sie wieder, es war die Tasche von Anwalt Dingeldein.

»Hier ist der Erbschein und eine Aufstellung all der Sachen, die euch Käthe hinterlassen hat. Ein bisschen Geld ist auch dabei. Ihr werdet in den nächsten Monaten also nicht verhungern.« Sie ergriff die Zügel, hielt dann aber inne. »Die *Villa*

Seelenfrieden ist nicht böse. Sie ist vielleicht ein wenig schrullig und hat ihren eigenen Willen. Aber sie würde nie jemandem schaden. Im Gegenteil. Na, du wirst es noch erleben.«

»Sie und Käthe waren sehr gute Freundinnen«, sagte ich.

»Mehr als das, mein Lieber«, sagte sie leise. »Mehr als das.«

Magda wollte gerade losfahren, aber ich hielt das Pferd am Zügel fest.

»Kommen Sie, wann immer Sie wollen«, sagte ich, ohne groß über meine Worte nachzudenken. »Sie sind hier jederzeit willkommen.«

Ich spürte, tief in ihr drin gab es einen weichen Kern. Magda hatte wie wir einen Menschen verloren, der für sie wohl sehr wichtig gewesen war, und das verband uns.

Magdas Augen glänzten ein bisschen. Kurz schien es, als wollte sie etwas sagen, doch dann wischte sie sich mit einer energischen Geste die Tränen aus dem Gesicht und holperte – **klippediklopps** – mit der Kutsche davon.

Ich hatte bei der ersten Sichtung der Hotelküche gleich einen Menüplan aufgestellt. Es gab Spaghetti mit Tomatensauce, allerdings ohne all das frische Zeug. Zwiebeln, Basilikum und so. Dafür gab es zum Nachtisch die guten Pfirsiche aus der Dose.

»Hände waschen«, rief ich, als Papa sich mit seinen Ölfingern an den Tisch setzen wollte. Er betrachtete sie ein wenig verschämt, hielt sie unter den Küchenhahn und benutzte Spülmittel statt Seife. Als er fertig war, wischte er sich die Hände an einem Geschirrtuch ab, streckte sie mir entgegen und drehte sie ein paarmal um.

»Besser?«

»Viel.«

Wir hatten uns in Tante Käthes Küche gesetzt, die jetzt unsere war. Aßen von Tellern, die ihr gehört hatten (und die nebenbei bemerkt hässlich waren wie die Nacht, so blumig und goldrandig kitschten sie). Und beschäftigten uns mit dem, was sie uns hinterlassen hatte. Nun, Papa tat das. Er hatte den Inhalt von Dingeldeins Tasche auf dem Küchentisch ausgebreitet und sortiert. Den Erbschein, ein Stück Papier mit wichtig aussehendem Siegel, hatte er in eine Schutzhülle geschoben und beiseitegelegt.

»Möchtest du hierbleiben?«, fragte Papa mich mit vollem Mund, ohne von seinem Teller aufzuschauen. Es sollte wohl irgendwie entspannt klingen. Aber ich durchschaue es, wenn Papa entspannt klingen will, es dann aber doch nicht ist. Dann weicht er mir nämlich immer mit seinem Blick aus.

Es war erstaunlich. In der Wohnung, die wir so überstürzt verlassen mussten, hatte ich mein ganzes Leben lang gelebt. Sie war mein Zuhause gewesen. Ich hatte nicht viele Freunde gehabt, aber trotzdem wäre es mir im Traum nicht eingefallen, von dort wegzuziehen, wenn da nicht plötzlich Wladimir und Estragon aufgetaucht wären.

Aber das hier, die Insel Finsterbrook und die *Villa Seelenfrieden*, das hier fühlte sich – ich war selber überrascht, dass dieser Gedanke plötzlich so klar in meinem Kopf ein buntes Fähnchen schwenkte – wie etwas ganz Besonderes an.

Wie Heimat.

Ich sagte nichts, sondern nickte nur knapp.

»Dachte ich mir«, brummte Papa.

»Was ist mit dir?«, fragte ich vorsichtig.

Papa schaute mich an. »Wenn wir hierbleiben, müssen wir uns um ein paar Dinge kümmern«, wich er meiner Frage aus.

»Du meinst, wie wir den Laden hier auf Vordermann bringen?«

Papa lachte trocken. »Darüber können wir nachdenken, wenn ich sechs Richtige im Lotto habe. Nein, mein Lieber, du musst in die Schule.«

Mir fiel die Gabel aus der Hand. »Papa!«

»Es gibt so was wie eine Schulpflicht.«

»PAPA!«

»Nix Papa. Morgen schnappen wir uns den Zug und fahren mit Pauken, Trompeten und Tschingderassabums nach Finsterbrook. Die Bimmelbahn fährt wieder.« Er machte eine relativierende Handbewegung. »Also, eben sprang der Motor jedenfalls noch an.«

»Na denn«, sagte ich vorsichtig.

»Ein wenig mehr Begeisterung, wenn ich bitten darf. *Du* wolltest das Erbe antreten.«

»Ist ja schon gut«, brummte ich und rollte meine Nudeln auf. Papa hatte natürlich recht. Das hier war so eine Ganz-oder-gar-nicht-Nummer. Natürlich musste ich irgendwann wieder in die Schule. Aber: Die Betonung lag auf *irgendwann*. Da, wo ich herkam, hatten die Ferien gerade erst begonnen. Hier waren sie bereits zu Ende. Man raubte mir meine Kindheit! Zumindest sechs Wochen davon.

»Ich nehme Tante Käthes Plüschgruft«, sagte Papa. »Dann kannst du das Gästezimmer haben. Okay?«

»Danke«, sagte ich erleichtert.

»Ich setze mich noch an die Unterlagen und gehe dann auch

ins Bett. Lass einfach alles stehen.« Er zog die Mappe zu sich heran und vertiefte sich augenblicklich in die Papiere.

Ich sah Papa misstrauisch an.

Er schaute auf. »Was?«

»Ist alles gut bei dir?«

»Ja«, sagte er. »Alles gut. Schlaf schön.«

»Ähm, du auch.« Ich stand auf und zögerte noch einen Moment. Papa sagte nichts mehr. Er war zu sehr mit den Dokumenten beschäftigt, die Anwalt Dingeldein uns überlassen hatte.

Ich klopfte seufzend das Kopfkissen zurecht und kuschelte mich im Gästezimmer unter die dicke Decke. Es roch frisch und einladend und nach Freitagabend in unserer alten Wohnung, wenn wir alles auf Vordermann gebracht und die Betten frisch bezogen hatten. Ich fühlte mich überhaupt nicht fremd. Selbst das Wogen der Meeresbrandung, das durch das gekippte Fenster hereindrang, klang so vertraut, dass ich wohlig seufzte. Der Mond stand voll an einem sternenübersäten Himmel und lächelte freundlich auf mich hinab. Manche mochten in den Schattierungen der Oberfläche einen Hasen sehen, ein Krokodil oder einen alten Mann mit einem Reisigbündel auf dem Rücken. Ich kannte die ganzen Gutenachtgeschichten. Für mich war es immer ein Gesicht, das über einen ewigen Witz lachte, den außer ihm keiner verstand. Mir war das egal. Ich musste da nichts verstehen. Aber jedes Mal, wenn ich den Vollmond sah, diese runde käsige Kugel, fühlte ich mich angenommen und behütet. Als wenn der Gott der Träume persönlich über mich wachen würde.

Du und ich, das wäre schön,
sagte mir dein allererster Blick bereits.

Ich schreckte hoch. Ich war eingeschlafen, denn der Mond war jetzt ein ganzes Stück über den Himmel gewandert.

Dir und mir war klar, das war
echte Liebe meiner- und auch deinerseits!

Ich brauchte einen Moment, bis ich verstand, was ich da hörte: Es war die Musikbox, die mitten in der Nacht angesprungen war. Ich schaute auf den kleinen Wecker, der auf dem Nachttisch stand. Stunden-, Minuten und Sekundenzeiger zeigten alle auf zwölf Uhr. Und zu dieser Zeit war die Uhr auch stehen geblieben, denn keiner der Zeiger rührte sich.

Ich schlug die schwere Bettdecke beiseite und wollte das kleine Licht einschalten. Aber es blieb dunkel, egal wie häufig und heftig ich an dem Kettchen zog, das unter dem Lampenschirm baumelte.

Ein kleines Glück wird einmal groß.
Wenn du nur warten kannst,
dann fällt es auch in deinen Schoß.

»Papa?«, rief ich, als ich in den Flur trat.

Doch Papa gab keine Antwort. Er war am Küchentisch eingeschlafen, den Kopf auf die verschränkten Unterarme gelegt. Ich wollte ihn anstupsen, aber irgendetwas sagte mir, dass das keine gute Idee war. Auch die Küchenuhr zeigte Schlag zwölf und keine Sekunde weniger.

Ich öffnete die Tür zur Lobby, und das Lied wurde lauter. Langsam tapste ich in den großen Saal und rieb mir die Augen. Neben der alten neuen Wurlitzer, die jetzt wie eine ganze Weihnachtsfeier leuchtete, stand ein Hund. Genau genommen ein Beagle, mit wachen Augen und steil aufgestellten Ohren.

Die Musikbox verstummte. Der Hund klickerte auf dem Parkett zur Treppe, die er trotz der kurzen Beine gewandt und geschmeidig hinaufhoppelte. Oben angekommen blieb er stehen und drehte sich zu mir um.

»Okay. Du möchtest wohl, dass ich dir folge. Willst du mir etwas zeigen?«

Unter normalen Umständen hätte ich mir jetzt vor Angst in die Hose gemacht: Uhren, die Punkt Mitternacht stehen blieben; ein Haus, das alte Schlager liebte und über eine Jukebox mit mir redete plus ein Hund, der mitten in der Nacht aus dem Nichts auftauchte – das waren nicht gerade Dinge, die man als normal bezeichnen konnte.

Und trotzdem war für mich an der ganzen Geschichte aus irgendeinem Grund nichts beängstigend. Deshalb folgte ich

dem Hund hinauf in den ersten Stock, wo sich die zwölf Gästezimmer befanden.

Nur dass ich plötzlich vor einer Tür mit der Zahl 13 stand.

»**Heilige Makrele**«, flüsterte ich. Das war unmöglich! Da, wo jetzt Zimmer 13 war, war heute Vormittag noch kein Zimmer gewesen!

Um mal ganz kurz den Grundriss der *Villa Seelenfrieden* zu beschreiben: Das Hotel war wie ein großes U gebaut. Ein Flügel links, ein Flügel rechts. Und in der Mitte der prachtvolle Treppenaufgang. Am oberen Treppenabsatz angekommen, schaute man geradewegs durch einige große Fenster direkt aufs Meer. Aber statt des Fensters war hier plötzlich eine Tür.

Die Tür war aus rotem Holz, und sie hatte nicht nur ein Schloss, wie die anderen zwölf Türen. Sie war mit vier Schlössern verriegelt, die sich in der Mitte befanden! Und alle unterschieden sich voneinander. Das eine war rund, das zweite quadratisch, das dritte dreieckig und das vierte sah wie ein Pluszeichen aus.

»**Heilige Doppelmakrele** …« Ich musste den Schlüsselbund holen, den ich von Magda bekommen hatte. Verflixt, wo hatte ich den hingelegt? Richtig, in die Küche. Papa hatte ihn an einen Haken bei den Geschirrtüchern gehängt.

»Papa, du musst aufwachen«, rief ich atemlos, als ich in die Küche schlidderte und den Schlüsselbund vom Haken riss. Dann rüttelte ich ihn unsanft an der Schulter. »Los, hoch mit dir!«

In dem Moment durchfuhr *mich* ein schwindelerregender Ruck, und *Papa* holte tief Luft. »Was'n los?«, murmelte er. »Brennt's irgendwo?«

»Quatsch!«, rief ich ungeduldig. »Ich muss dir was zeigen!«

»Um zwölf Uhr? Mitten in der Nacht?«, blinzelte er müde.

Die Küchenuhr bewegte sich wieder. Zumindest der Sekundenzeiger tickte langsam voran.

»Egal!«, rief ich, noch immer ein wenig benommen. »Komm mit! Du wirst nicht glauben, was ich entdeckt habe.«

»Hat das nicht bis morgen Zeit?« Papa streckte und reckte sich, so dass sein Rücken knackte.

»Nein, hat es nicht. Los jetzt!«

Wir stiegen die Treppe hinauf. Die Jukebox war verstummt und stand dunkel in ihrer Ecke.

»Was! Ist! Das?«, fragte Papa misstrauisch, fast ein wenig erschrocken, als er oben angekommen war.

»Du siehst es auch?«, rief ich triumphierend

»Es? Ihn!« Er zeigte auf den Beagle. »Wo kommt der Köter her?«

»Ach, vergiss den Hund! Hier war vor fünf Minuten noch ein Zimmer, das es gar nicht geben dürfte. Zimmer Nummer 13!«, rief ich verzweifelt. Doch da waren nur wieder die Fenster, durch die der käsige Mond schien.

Papa beugte sich zu dem Beagle hinab, der leise knurrte, aber nicht zurückwich. Vorsichtig schnupperte er an Papa, nieste zweimal schnaubend und schüttelte sich dann, als hätte er etwas gerochen, das eher unangenehm war. Trotzdem ließ er zu, dass Papa einen Blick auf seine knochenförmige Hundemarke warf.

»Da macht sich jemand einen Spaß mit uns«, sagte er.

Ich las den Namen. »Garm!«

»Das kann nicht Garm sein!«, sagte Papa bestimmt. »Denn dann wäre er siebzig Jahre alt. Mindestens. Magda will uns auf den Arm nehmen.«

Ich kraulte Garm hinterm Ohr, woraufhin der Hund zufrieden hechelte.

»Mir fällt keine andere Erklärung ein.« Er richtete sich auf. »Ich werde morgen mit ihr reden. Aber jetzt gehen wir erst mal wieder ins Bett.«

»Und Garm?«, fragte ich.

Papa seufzte. »Der kommt mit. Wir können ihn ja nicht vor die Tür setzen.« Er klopfte mit der flachen Hand auf seinen Oberschenkel, doch der Hund schaute ihn nur mit gelangweilter Hochnäsigkeit an.

»Na los! Komm mit«, sagte Papa ungeduldig.

Garm reagierte nicht. Zumindest nicht so, wie Papa es erwartete, denn der Beagle sah jetzt mich an, als wäre ich derjenige, der hier das Sagen hatte.

»Hast du Hunger?«, fragte ich.

Der Hund winselte leise und leckte sich unruhig das Maul.

»Na dann«, sagte ich. »Auf in die Küche. Mal schauen, ob wir da was finden.«

Garm wedelte mit dem Schwanz und folgte mir die Treppe hinab.

»Ach, und ich bin seiner wohl nicht würdig?«, fragte Papa.

Garm, der den Treppenabsatz erreicht hatte, blieb stehen und ließ einen fahren, ziemlich laut für einen Hund seiner Größenordnung.

Papa ließ erschöpft die Schultern hängen.

»Garm!«, entfuhr es mir. »Das war jetzt nicht nett!«

Der Hund schnüffelte am Teppich herum und tat vollkommen unbeteiligt.

»Du wirst dich bei Papa entschuldigen!«, rief ich.

Garm gab etwas von sich, das wie ein Seufzen klang, und schaute mich ein wenig schuldbewusst an.

»Lass es gut sein«, sagte Papa. »Das übersteigt seinen Verständnishorizont.«

Garm drehte sich zu ihm und legte den Kopf schräg. Dann streckte er die rechte Pfote aus und berührte Papa leicht am Bein.

Ich wollte den Hund schon loben, als er breit grinsend ein zweites Mal furzte.

»Hast du das gesehen?«, rief Papa und zeigte empört mit dem Zeigefinger auf das Tier. »Er macht sich lustig über mich!«

»Aber er hat sich entschuldigt«, verteidigte ich Garm.

»Nicht wirklich, mein Lieber! Nicht wirklich!«

»Jetzt stell dich nicht so an«, sagte ich. »Eigentlich müsste dir der Hund gefallen. Er mag keine Regeln. Genau wie du.«

Papas Mund klappte auf, aber er schloss ihn wieder, ohne etwas zu sagen. Und ich musste grinsen. Es passierte nicht oft, dass Papa sprachlos die Fassung verlor

In der Hotelküche öffnete ich der Reihe nach alle Schränke. Papa lehnte sich mit überkreuzten Armen an den Türrahmen.

Er hatte sich offensichtlich vorgenommen, zumindest für den Moment die Rolle des unbeteiligten Beobachters zu übernehmen.

Garm kratzte an einem Unterschrank. Papa wollte die Schranktür öffnen, doch Garm knurrte Papa an.

»Das reicht mir jetzt«, sagte Papa. »Ich geh ins Bett.« Ohne eine Antwort abzuwarten, drehte er sich um und verschwand.

Ich strich über Garms Kopf, woraufhin der Beagle freudig mit dem Schwanz wedelte.

»Hör mal, du Höllenhund, Papa tut dir nichts. Der ist lieb und will nur spielen. Manchmal ist er etwas anstrengend, aber ansonsten schwer in Ordnung. Ich bin sicher, ihr werdet noch gute Freunde.«

Garm rümpfte die Nase.

»Nicht jetzt. Nicht heute oder morgen. Aber irgendwann ganz bestimmt.«

Garm stupste mit der Pfote gegen die Tür.

»Dein Abendessen, ja. Aber kannst du mir versprechen, dass du ein bisschen netter zu Papa bist?«

Garm gab wieder dieses seufzende Geräusch von sich.

»Kein Furzen mehr?«

Der Beagle kratzte an der Tür.

»Du wirst nett zu Papa sein?«

Das Kratzen wurde energischer.

»Tun, was er sagt?«

Der Hund winselte jetzt.

»Lenk nicht ab! Kann ich mich auf dich verlassen?«

Garm seufzte, und jetzt klang das Geräusch wirklich sehr menschlich. Dann bellte er einmal laut – und widerwillig – auf.

»Braver Hund«, sagte ich. »Und jetzt schauen wir mal, ob es da drinnen für dich was zu fressen gibt.«

Gopal hatte mir mal erzählt, dass Hunde nicht merken, wenn sie satt sind. Sie fressen einfach immer weiter, bis sie platzen. Und ich dachte, er müsste es wissen, denn er hatte mal einen Kurzhaardackel gehabt, den er einfach nur *Wurst* nannte, weil er so lang und rund wie – na ja – eine Wurst gewesen war.

Wurst fraß alles. Hundefutter. Katzenfutter. Kartoffelbrei. *Edle Tropfen in Nuss*. Nichts war vor ihm sicher. Gopal hatte Wurst nie Einhalt geboten. Der Dackel machte seinem Namen immer mehr Ehre, bis sein Bauch so durchhing, dass er auf dem Boden schleifte. Eines Tages war Wurst über Gopals Lieblingsgericht hergefallen. Irgendwas mit Curry und einem unaussprechlichen Namen. Drei Dinge hatten meinem *Spunk*-Dealer zufolge das Leben des armen Wurst beendet:

Erstens: Das Curry war vegetarisch. Zweitens: Es war scharf (also so richtig südindisch scharf). Und drittens: Es war eine Menge, die eigentlich für sechs hungrige Erwachsene hätte reichen müssen.

Nun, als Gopal vom Einkaufen zurückkam – ihm hatte noch der Joghurt für sein Bhang-Lassi gefehlt –, war der Topf leer und Wurst tot.

So geht das.

Aber ich war mir ziemlich sicher, dass der Magen des Dackels nicht geplatzt war. Und auch, dass die Kombination aller drei Umstände nicht zwingend lebensverkürzend wirkte. Obwohl so eine Geschichte natürlich spannender klang, als dass der mopsig speckige Dackel an einem schlichten Herzversagen gestorben war.

Garm fraß. Eine Dose *Rinti*. Eine Dose *Country Hunter*. Und zum Schluss, sozusagen als Gutsi obendrauf, ein kleine Portion *Cesar*. Ich musste wieder an die Fürze denken, die sich in mein Geruchsgedächtnis gebrannt hatten, und mich wunderte nun gar nichts mehr.

Garm platzte natürlich nicht. Nach drei Dosen war er satt und müde und wollte getragen werden.

»Komm mit, mein Alter«, flüsterte ich, als ich ihn auf den Arm nahm und mit dem Ellbogen das Licht ausmachte. »Heute darfst du in meinem Bett schlafen. Aber morgen suchen wir dir etwas eigenes.«

In meinem Zimmer legte ich Garm ans Fußende des Betts, wo er sich sofort einrollte und leise zu schnarchen begann.

Ich klopfte an Papas Tür. Keine Antwort. Ich drückte vorsichtig die Klinke hinunter und schob meinen Kopf durch den Spalt. »Schläfst du schon?«, flüsterte ich.

»Ja«, sagte Papa und öffnete müde ein Auge. »Tief und fest.«

»Dann träum was Feines«, sagte ich leise.

»Du auch.«

Ich wollte gerade die Tür schließen, als Papa auch das zweite Auge öffnete. »Adrian?«

»Ja?«

»Ich hab dich lieb.«

Ein leises bittersüßes Ziehen machte sich in meiner Brust bemerkbar. »Ich dich auch.«

»Weckst du mich um halb sieben?«, fragte Papa.

»Warum denn so früh?«

»Morgen ist Schule. Und ich muss noch ein paar Sachen erledigen.

Ich seufzte. »Dann um halb sieben. Mit Kaffee und Frühstück.«

»Okidoki.« Er schloss lächelnd beide Augen, zog die Decke etwas höher und schlief augenblicklich ein.

Kaffee und Frühstück, dachte ich, als ich Garm vorsichtig von der Bettdecke schob. Es konnte sein, dass ich da den Mund ein wenig zu voll genommen hatte. Kaffee war vielleicht noch da. Aber ganz bestimmt kein Brot, keine Milch und keine Butter. Von Eiern und Käse ganz zu schweigen.

Morgen früh würde ich mir Gedanken darüber machen. Aber nicht jetzt. Die Müdigkeit hüllte mich in eine warme, dunkle Decke. Ich schaffte es gerade noch, den Wecker zu stellen, dann war auch ich eingeschlafen.

Vor ihm ist eine Tür, alt und ganz in Rot, und in der Mitte befinden sich vier Schlösser, wie sie unterschiedlicher nicht sein können. Er streckt seine Hand aus, doch die Tür schwingt von alleine auf, und er geht durch sie hindurch. Unter seinen Füßen spürt er feinen, warmen Sand. Er öffnet die Augen und schaut hinauf in den Himmel, an dem eine Schar kreischender Möwen kreist.

»Deiner Großmutter hat es hier immer gefallen«, sagt Rosalie, die plötzlich neben Adrian steht und aufs Meer schaut. Sie hat die Hände in ihrer ausgebeulten Hose vergraben und lächelt Adrian an.

»Mama?« Seine Kehle ist wie zugeschnürt.

Seine Mutter nimmt seine Hand in ihre, ohne den Blick vom Horizont zu wenden.
Er hat sie auf unzähligen Fotos gesehen. Ihre Stimme hat sich in sein Herz gebrannt. Sie ist ihm immer nah gewesen, obwohl sie starb, als er noch ein Baby war.
Adrian weiß nicht, was er tun soll. Also sagt er nur: »Ich finde das Meer auch sehr schön.«
Rosalie holt tief Luft. »Sollen wir hinunter zum Strand gehen?«

Adrian nickt, und gemeinsam gehen sie die Dünen hinab. Die Luft ist kühl und erfrischend, der Horizont weit und klar. Ein Beagle, der mit einem Stück Treibholz spielt, blickt auf und packt den Stock mit den Zähnen, als er Adrian sieht. Wie ein Hund, den man nach langer Zeit endlich von der Leine gelassen hat, kommt er ihnen entgegengelaufen. Er lässt den Ast fallen und springt an Adrian hoch, um ihn zu begrüßen.
»Garm!«, ruft Adrian und streichelt dem Tier über den Kopf.
Adrian legt den Kopf in den Nacken und blinzelt in die Sonne. Das hier ist nicht Finsterbrook. Da ist kein Hotel, keine Klippe, keine Nebelbank. Noch immer springt Garm um sie herum und forderte sie auf, mit ihm zu spielen. Adrian bückt sich nach dem Stock und wirft ihn in hohem Bogen in die Wellen. Garm sprintet los und stürzt sich, ohne zu zögern, in die Brandung. Das Wasser scheint ihm nichts auszumachen.

»Wo bin ich?«, fragt Adrian und

bückt sich nach einer der Kristallkugeln, die wie Treibgut an den Strand geschwemmt worden sind.

»An dem Ort, der alle Träume wahr werden lässt«, antwortet Rosalie.

Plötzlich ist Adrian wieder ein dreijähriger Junge, der von seiner Mutter in den Arm genommen wird. Er drückt sein Gesicht in ihre Halsbeuge und hält sich mit seinen kurzen Armen so fest, wie er nur kann.

»Ich hab dich so vermisst«, schluchzt Adrian mit der hohen Stimme eines kleinen Kindes, das verlorengegangen war und nun durch ein Wunder, ein echtes, wahrhaftiges Wunder seine Mutter wiedergefunden hat.

»Ich dich auch, Adrian«, flüstert Rosalie.

Adrian blickt auf und wischt mit einer winzigen Hand die Tränen von den Wangen seiner Mutter.

»Kann ich bei dir bleiben?«, flüstert Adrian. »Bitte, es ist so schön hier.«

Rosalie schüttelt traurig den Kopf. »Dich erwartet eine Aufgabe.«

»Ich verstehe nicht. Welche Aufgabe?«, fragt Adrian. Doch dann fällt sein Blick wieder auf die unzähligen Kristallkugeln. »Was muss ich tun?«

»Du wirst es wissen, wenn es so weit ist«, sagt Rosalie. »Aber du bist nicht allein. Garm wird auf dich aufpassen. Justus. Deine Freunde. Sie alle werden für dich da sein, so wie du für sie.«

Rosalie setzt Adrian wieder ab und gibt ihm einen zärtlichen Kuss auf die Stirn.

»Werde ich dich wiedersehen?«, fragt Adrian.

»Die Zeit wird es erweisen«, sagt Rosalie.

Dann ist sie fort.

Ich schreckte keuchend hoch.

Schräg! Eigentlich war ich ein großer Fan von Träumen. Je wirrer desto besser. Doch der hier? Der machte mir Angst, obwohl es eigentlich kein Albtraum gewesen war. Dazu hatte er sich zu gut angefühlt. Aber genau das war das Beunruhigende! Es war so … echt gewesen. Als hätte ich wirklich mit meiner Mutter einen Strandspaziergang gemacht. Ich spürte sogar noch den Sand unter meinen Füßen und die Sonne auf meiner Haut.

Ich atmete tief durch, rieb mir die Augen und schaute auf den Wecker. Es war erst Viertel nach sechs. Noch fünfzehn Minuten, bis er klingeln würde.

Ich sackte kurz in das Kopfkissen zurück, schlug dann aber die Decke beiseite. Garm musste bestimmt mal raus. Ich hatte keine Lust auf einen vollgepullerten Teppich.

»Auf, du Beagle«, sagte ich.

Garm hob müde den Kopf, gähnte und blinzelte mich an, als wäre nur sein Hundekörper in diese Welt zurückgekehrt. Sein Geist war noch nicht ganz da. Das änderte sich, als ich mich angezogen hatte und wir vor die Tür traten.

Es war ein waschechter Sommermorgen, mit allem Zipp und Zapp: im Wind wogendes Gras, duftende Blumen und Vögel, die sich die Seele aus dem gefiederten Leib zwitscherten.

Garm hüpfte wie eine Ziege über die Wiese, auf und ab, auf und ab. Dann schnüffelte er am Boden und beglückte mit gehobenem Bein einen Flieder, der Gott sei Dank schon verblüht war, sonst hätte er vermutlich schlagartig seine Blüten verloren. Bei Garm, das ahnte ich, musste man mit allem rechnen.

Dann flog der Beagle mit angelegten Ohren wie eine Boden-Boden-Rakete auf mich zu, sprang an mir hoch und leckte mein Gesicht ab. In der Lobby sprang die Musikbox an.

»Schön ist es, auf der Welt zu sein«,
sagt die Biene zu dem Stachelschwein.
Du und ich wir stimmen ein:
»Schön ist es, auf der Welt zu sein.«

»Morgen«, brummte Papa, der plötzlich in der Eingangstür stand. Garm war auf einen Schlag ruhig. Sein Schwanz wedelte ganz langsam, fast nachdenklich. Er roch am nackten Bein meines Vaters – und stupste ihn vorsichtig mit seiner feuchten Nase an, wobei für einen kurzen Moment ganz klein die rosa Zunge sehen war.

»Oh«, sagte Papa. »Es geschehen noch Wunder.« Er wollte Garm über den Kopf streicheln, doch der Hund duckte sich unmissverständlich weg.

»Na, egal«, fuhr Papa fort. »Frühstück ist gemacht. Garms Napf ist gefüllt. Wir müssen uns ein bisschen beeilen, es ist schon spät. Du musst zur Schule. Und ich muss mich um alles Mögliche kümmern.« Er zählte auf: »Die Bank, der Notar, die Einkäufe.«

Schule. Da war doch was, das mir extrem schlechte Laune bereitete. Nämlich die geklauten Ferien. Da wo ich herkam, hatte man sie noch vor sich. Hier, wo wir hingezogen waren, waren sie schon rum.

»Was machen wir mit Garm?«, fiel mir ein, als ich meinen Kaffee trank, in den ich vorher eine Scheibe Zwieback getunkt hatte. Urgroßtante Käthe hatte es wohl öfters mit dem Magen zu tun gehabt. Zwieback gab es bei uns nämlich nur, wenn einer von uns die *Kackeritis* hatte, wie Papa das immer nannte. Aber es war okay. Mit Honig, von dem wir noch einige Gläser gefunden hatten, schmeckte es sogar. Und meinen Kaffee trank ich eh immer schwarz, deswegen fehlte mir auch die Milch nicht.

»Der bleibt hier«, sagte Papa. »Auf mich hört er nicht, und ich befürchte, die Schule steht nicht auf drollige kleine Hunde.«

Klein und drollig. Aha. »Willst du ihn hier einsperren?«

»Ich habe nirgendwo eine Hundehütte gesehen«, antwortete Papa. »Außerdem kann er offensichtlich auch gut auf sich selbst aufpassen.«

Ein Punkt für Papa. Ich fragte mich auch, wie Garm das halbe Jahr überstanden hatte, als das Hotel geschlossen war. »Vielleicht hat ihn jemand aus Finsterbrook durchgefüttert.«

Papa schaute mich an, als müsste ich wissen, dass ich mit dieser Vermutung ziemlich schief gewickelt war. Hier in Finsterbrook, das ahnte ich, mochte man eigenwillige Beagles nicht. Auch wenn sie auf den ersten Blick klein und drollig daherkamen.

»Wie auch immer«, sagte er. »Der Hund muss hierbleiben.«

Garm hatte seinen Napf leer gefressen und leckte sich satt das Maul. Er schaute er von Papa zu mir, als wollte er fragen: *Und jetzt?*

Papa stand auf und drückte mir eine Pausendose in die Hand.

»*On y va*«, sagte er. Auf geht's.

Garm trippelte hinter uns her, als wir zu Scheune gingen, um in den Schienenbus zu steigen. Papa setzte sich hinter das Lenkrad, ließ die Knöchel knacken und drehte den Zündschlüssel um. Der Motor erwachte tatsächlich mit einem heiseren Blubbern zum Leben. Ich stieg ein und drehte mich um.

»Garm, mein Lieber, du musst hierbleiben.«

Der Beagle schaute erst mich an, dann an mir vorbei zu meinem Vater, der sich räusperte und den Blick starr nach vorn richtete.

»Pass auf das Hotel auf, während wir in der Stadt sind«, sagte ich. »Willst du das für mich tun?«

Garm rührte sich nicht von der Stelle.

»Wir bringen dir auch was mit«, sagte ich. »Hundekuchen! Oder ein schönes Spielzeug! Eins, das quietscht!«

Garm blinzelte nicht. Und er bellte auch nicht, als Papa die Tür schloss, den ersten Gang einlegte und losfuhr. Ich setzte mich auf den Platz neben der Tür, der sonst wohl älteren Herrschaften mit steifer Hüfte vorbehalten war, und schaute aus dem Fenster. Garm rührte sich immer noch nicht, sondern schaute uns nach.

»Das war nicht nett.«

»Papperlapapp«, sagte Papa und legte den zweiten Gang ein. Damit war das Thema für ihn ganz offensichtlich erledigt.

Die Bahn fuhr parallel zur Straße auf dem erhöhten Schotterbankett, das wir auf der Hinfahrt gesehen hatten. Es war zwar zugewuchert, aber nicht so stark, dass der *Setra* Schwierigkeiten hatte, voranzukommen. Papa schaltete das Autoradio ein und hörte Nachrichten. Die Welt war noch immer voller Katastrophen. Nur hier auf Finsterbrook schien all das ganz weit weg zu sein – jenseits der dichten Nebelbank, die die Insel umgab.

Der Bus war schneller und bequemer als die Kutsche. Durch die Dachfenster konnte ich hinauf in den morgendlichen Sommerhimmel schauen, wo unter hingetupften Wolken eine Schar von Möwen ihre Kreise zog. Papa hatte das Fenster auf seiner Seite heruntergekurbelt. Die Luft, die hereinwehte, war frisch und roch nach Wald.

Als wir den Ort erreichten, nahm Papa den Fuß vom Gas. Die Menschen, die an dem Morgen schon unterwegs waren, blieben stehen und schauten uns verwundert nach.

»Das Schöne an so einem Schienenbus ist: Er braucht keinen Parkplatz«, sagte Papa, als er die Hafenmole ansteuerte, den Motor ausstellte und mit einem Ratschen die Handbremse anzog. Er packte seine Tasche und öffnete die Tür, blieb dann aber plötzlich stehen.

»Das ist jetzt nicht wahr!«, rief er.

Garm stand schwanzwedelnd neben dem Bus und schaute uns erwartungsvoll an. Er musste gerannt sein, um uns zu überholen. Aber er war alles andere als außer Atem, sondern vollkommen entspannt.

Mittlerweile hatte sich eine Gruppe von Leuten eingefunden,

die tuschelnd beieinanderstanden und uns nicht gerade wohlwollend anstarrten.

»Na, da haben wir ja einen super Auftritt hingelegt«, sagte ich.

»Unsere Ankunft hat eh schon die Runde gemacht«, sagte Papa, als er die Tür hinter uns abschloss. »Da können wir ruhig ein wenig auf die Kacke hauen.« Er grinste mich an. »Die Schule wartet. Schon gespannt?«

»Wie ein Flitzebogen«, murrte ich.

Papa legte einen Arm um meine Schulter. »Adrian, mein Lieber, ich sag dir, das ist der Beginn eines wunderbaren neuen Lebens.«

»Der Hund kommt hier nicht rein«, sagte die Sekretärin spitz.

Die Frau war klein und roch seltsam. So, als hätte sie sich heute Morgen mit schlechtparfümierter Gallseife waschen.

»Das wird schwierig. Er hat seinen eigenen Kopf«, sagte Papa.

»Dann sollten Sie ihn besser erziehen«, sagte sie. »Leinen Sie ihn draußen an.«

»Wir haben keine Leine«, sagte ich.

»Dann besorgen Sie sich eine. Wie gesagt: Der Hund kommt hier nicht rein.«

»Gibt es auf der Insel noch eine andere Schule?«, fragte Papa.

»Natürlich nicht«, sagte die Frau.

»Dann muss ich meinen Sohn hier anmelden«, sagte Papa.

»Aber ohne den Hund«, beharrte die Sekretärin.

»Und was ist mit der Schulpflicht?«, fragte Papa.

»Die gilt nicht für Haustiere«, schnippte sie zurück.

Plötzlich stand ein Mann in der Tür zum Nebenzimmer. Groß gewachsen, mit Bart und langem grauem Haar, das er zu einem Zopf zurückgebunden hatte. In seiner Jeans und dem karierten Hemd sah er wie ein Schrat aus, der gern in den Wald ging und Bäume fällte.

»Alles in Ordnung, Frau Schuchardt?«, fragte er in einem Brummelbass, der sehr sympathisch klang.

»Die Herrschaften weigern sich, den Hund draußen anzuleinen, Direktor Schreiber.«

»Aha«, machte er nur und ging in die Hocke. Garm trippelte auf ihn zu und schnüffelte an ihm. Dann bellte er einmal schwanzwedelnd.

»Ein Beagle?«

Ich nickte. »Er heißt Garm.«

»Ein interessanter Name. Legen Sie sich lieber nicht mit Garm an, Frau Schuchardt. Der tut nur so harmlos. Eigentlich ist er ein Dämon. Er bewacht die Unterwelt. Damit Leute wie Sie und ich nicht den Fehler begehen, sich in der Dunkelheit zu verirren.« Direktor Schreiber lächelte uns an. »Kommen Sie rein.«

Nachdem er die Tür hinter uns geschlossen hatte, setzte er sich an seinen Schreibtisch und zeigte auf zwei Stühle »Sie möchten Ihr Kind also am Palmatius-Püstele-Gymnasium anmelden.«

Wir setzten uns, und Garm rollte sich zu meinen Füßen zusammen.

»So könnte man sagen, ja«, antwortete Papa.

Direktor Schreiber öffnete eine Schublade und holte ein Formular hervor, dass er zusammen mit einem Stift über den

Tisch schob. Als er den Namen sah, den mein Vater eintrug, hob er beiden Augenbrauen.

»Aufdermauer!«

»Ja. Ich heiße Adrian. Und das ist mein Papa Justus.«

»Käthe Aufdermauer …«

»War meine Großtante«, sagte Papa.

»Na, das reicht, um hier in Sippenhaft genommen zu werden. Ich kenne die Geschichte Finsterbrooks.«

»Und?«, fragte ich.

»Die Finsterbrooker sind ein eigener Schlag. Man muss sie mögen. Aber sie machen es einem nicht leicht.« Er zeichnete das ausgefüllte Formular ab. »Du hast Glück, Adrian. In der fünften Klasse fangen alle irgendwie neu an. Bist du bereit?«

»Bereit für was?«, fragte ich verwirrt.

»Für den Unterricht.«

»Jetzt? Sofort?«, fragte ich erschrocken. Ich hatte wenigstens eine kleine Schonfrist erwartet.

Direktor Schreiber grinste. »Ans kalte Wasser des Meeres gewöhnt man sich am besten, indem man hineinspringt.«

»Es gibt da ein kleines Problem«, sagte Papa zögerlich. »Unser Hund hat seinen eigenen Kopf.«

»Er wird nicht von meiner Seite weichen«, erklärte ich.

»Das ist in der Tat ein Problem«, sagte der Direktor nachdenklich. »Dafür musst du leider eine Lösung finden.«

Ich seufzte und kraulte Garm hinterm Ohr.

»Na ja, er wäre nicht alleine im Hotel«, sagte Papa. »Ich wäre ja auch noch da.«

Garm schaute Papa an, als hätte er einen Knall, und gab ein rückwärtiges Geräusch von sich.

»Garm!«, rief ich. »Das ist peinlich!«

Garm hechelte, es klang wie ein atemloses Kichern.

»Alles gut«, sagte Direktor Schreiber. »Hunde haben ihren eigenen Unterhaltungswert. Da muss man durch.« Er stand auf. »Ich zeig dir mal die Schule. Damit du weißt, wo du die nächsten neun Jahre verbringen wirst.«

Wir standen auf.

Papa wurde hibbelig. »Ich kümmere mich dann mal um den Rest«, sagte er. »Herr Schreiber? Es hat mich gefreut, Sie kennenzulernen. Komm mit, Garm.«

Der Hund rührte sich nicht.

Gott, war der stur! »Jetzt geh schon!«, sagte ich. »Du kannst nicht bei mir bleiben.«

»Kein Halsband? Keine Leine?«, fragte Direktor Schreiber. Er klang nicht böse oder vorwurfsvoll. Nur ein wenig überrascht.

»Nein«, sagte Papa niedergeschlagen. »Steht aber auch auf meiner Einkaufsliste.«

Allein die Vorstellung, Garm so etwas anzulegen, war für mich vollkommen verrückt. Ich konnte mir nicht vorstellen, dass der Beagle so etwas duldete.

»Dann muss es heute so gehen«, sagte der Direktor.

»Professor Palmatius Püstele war Finsterbrooks bekanntester Sohn, wissenschaftlich betrachtet«, sagte Direktor Schreiber, als wir durch die Flure dieser angestaubten Bildungsanstalt schritten. »Seine Familie, die hier im wahrsten Sinne des Wortes gestrandet war, verließ Finsterbrook schon kurz nach Palmatius' Geburt wieder, ungefähr vor zweihundert Jahren. Er wurde einer der bekanntesten Andenforscher seiner Zeit.

Im fortgeschrittenen Alter war er dann aber etwas wirr im Kopf. Jedenfalls behauptete er, in den südamerikanischen Bergen eine Rasse von Hühnern entdeckt zu haben, die viereckige Eier legt.«

»Ehrlich jetzt?«, fragte ich.

»Schreibt zumindest seine Biografin.«

Garm trippelte neben uns her, schaute nach links, schaute nach rechts und schien alles interessant zu finden. Wenn ich ein Hund gewesen wäre, hätte mich der Schulmief verrückt gemacht. Ich roch unauffällig am Kragen meines T-Shirts und beschloss, morgen ein frisches anzuziehen.

»Wir sind da«, sagte Direktor Schreiber und klopfte an eine Tür, an der ein buntes Schild hing mit der Aufschrift

Bibliothek

Einen kurzen Moment blieb ich ihm Rahmen stehen. An der Buchausgabe saß ein Mädchen, dem ich schon einmal begegnet war.

»Guten Morgen, Paula.«

»Guten Morgen, Herr Direktor.«

Paula, die neben dem Direktor noch größer wirkte, als ich sie in Erinnerung hatte, schaute mich mit nach oben gezogenen Augenbrauen an.

»Das ist Adrian Aufdermauer«, sagte Direktor Schreiber.

Ich hob die Hand schüchtern zum Gruß.

Paula machte den Mund auf und schnell wieder zu.

»Adrian wird in die fünfte Klasse von Frau Schnippenkötter gehen. Und deswegen braucht er …

»… einen Satz Bücher«, vollendete Paula den Satz.

Ich war hin und weg von ihrer Stimme. Von ihrer Größe. Von ihrem was weiß ich nicht alles. Dass sie mich um einen Kopf überragte und Papa ganz bestimmt im Armdrücken besiegen konnte, war mir total schnurps.

»Ach, das ist für die fünfte Klasse alles noch überschaubar. Komm mal in die sechs, da wirst du echt was zu schleppen haben.«

Hast du daher die kräftigen Schultern?, wollte ich fragen. *Oder kommen die vom Rudern? Bist du gut im Armdrücken? Fingerhakeln? Baumstammwerfen?* Stattdessen sagte ich höflich und ein wenig schüchtern: »Danke.«

»Keine Ursache«, sagte Paula mit einer Stimme wie Vanillesahne. »Und du hast Glück, dass du bei Frau Schnippenkötter gelandet bist. Die ist nämlich zugereist und hat mit den Finsterbrooker Geschichten nicht allzu viel am Hut.«

»Ich lass euch mal alleine«, sagte der Direktor, der ganz offensichtlich merkte, dass es zwischen uns bitzelte. »Ihr kommt ja bestens zurecht.«

»Natürlich«, sagte Paula. »Hast du eine Tasche?«

»Meinst du mich?«, fragte ich verwirrt.

»Ja. Eine Tasche. Für die Bücher«, sagte Paula und sah mich an, als hätte ich nicht mehr alle Lichter am Weihnachtsbaum.

Und dann sah ich es. Das T-Shirt. Ihr T-Shirt. Paula trug so eine rosa Unmöglichkeit mit einem Einhorn. Unter einem Regenbogen. Mit Pailletten als Feenstaub. Oder so.

Also, um das mal klarzustellen, eigentlich waren mir Pferde egal. Jeder soll auf seine Art glücklich werden, und wer dazu einen Gaul braucht, der braucht dazu eben einen Gaul. War mir wurscht. Aber wenn daraus so ein Chichi-Mädchenkram wurde, in Pink, mit Freundschaftsbändchen und – jawoll – Pferdebüchern, konnte ich im Schwall kotzen.

»Ah«, machte ich nun vollkommen entzaubert und öffnete meinen Rucksack. Paula versenkte die Unterrichtsmaterialien, dann schriekte sie auf und schaute an sich herab.

»Ja, wo kommst du denn her?«, rief sie entzückt und hob einen Hund hoch. Genau genommen meinen Hund.

»Garm!«, rief ich.

»Der gehört dir?«, fragte Pferde-Paula ganz aufgeregt. »Der ist ja süß!«

Na klasse, jetzt stand sie auch noch auf Hunde. Was würde als Nächstes kommen? Katzen? Chinchillas? Zwergpinselohräffchen?

Sie machte ein spitzes Mündchen, und Garm leckte sie ab. Fast, als würde er ihr ein Küsschen geben. Und das war ziemlich eklig.

Paula stellte den Hund wieder auf den Boden. »Wie kommt er überhaupt in die Schule? Tiere sind hier verboten.«

»Garm hat so seinen eigenen Willen«, sagte ich erschöpft.

Der Pausengong ertönte, und die Kinder, die in der Bibliothek saßen, packten hastig ihre Sachen zusammen.

»Ich geh dann mal in die Pause, Frau Magenbrot!«, rief Paula und setzte Garm ab.

Eine Frau mit großer runder Brille und kurzen grauen Haaren streckte ihren Kopf hinter einem der Regale hervor. »Mach das. Danke für die Hilfe.«

Frau Magenbrot stutzte, als sie mich sah, und schielte kritisch über den Rand ihrer Brille, die sie jetzt auf die Nasenspitze geschoben hatte. Ich hob zaghaft die Hand zum Gruß und wollte Guten Morgen sagen, da zerrte Paula mich schon hinter sich her. Garm schüttelte sich und folgte uns.

Wir setzten uns unter eine Linde, die mitten auf dem Schulhof stand, und Paula packte ihre Pausendose aus.

»Hast du Hunger?«, fragte sie und hielt mir eine gewaltige Klappstulle hin, von denen man ihr zwei eingepackt hatte. »Leberwurst. Kannst auch Käse haben.«

Ich öffnete meine Dose und holte eine nackte Scheibe Zwieback hervor. Paula rollte mit den Augen und drückte mir das Leberwurstbrot in die Hand.

»Dein Vater kümmert sich nicht so richtig, oder?«, fragte sie mit vollem Mund.

»Na, eigentlich schon«, sagte ich, obwohl ich gar keine Lust hatte, mich vor Paula zu rechtfertigen. »Wir sind ja gestern erst angekommen, und der Kühlschrank war leer.«

Garm hatte sich vor Paulas Füßen zusammengerollt und schien zu schlafen. Ich verstand den Hund nicht. Papa schaute er noch nicht mal mit seinem Hundehintern an, aber diesem zu groß geratenen Mädchen mit Einhorn-Shirt lag er zu Füßen.

»Ah, okay«, mampfte sie, lächelte und schloss die Augen. Der Wind rauschte in der Linde und ließ ihre Blätter rascheln, während um uns herum der Schulhof lebte.

Ich kaute und betrachtete sie aus den Augenwinkeln. Paula hatte was, das mir gefiel. Aber es irritierte mich, dass sie so auf kleines Mädchen machte, obwohl sie viel älter aussah. Als würde sie sich verkleiden.

»Deinem Vater gehört der *Schwarze Storch*?«, fragte ich.

Paula nickte. »Und er ist der Bürgermeister von Finsterbrook. Ohne ihn läuft hier nichts.«

»Das hat er uns auch schon gesagt.«

Sie öffnete ein Auge und schaute mich mit einem warmen Lächeln an. »Unsere Familie mag eure Familie nicht besonders.«

»Na, irgendwie mag uns auf der Insel keiner. Ich hab da so Geschichten gehört.«

»Ja ja«, sagte Paula leichthin. »Mord und Totschlag, Neid und Verrat. Und alles nur wegen eines Schatzes, von dem keiner so richtig weiß, ob er tatsächlich existiert.«

»Was meinst du?«, fragte ich. »Gibt es ihn?«

»Natürlich!«, raunte sie kichernd und rempelte mir dabei ihren Ellbogen in die Seite.

»Autsch!« Beinahe hätte mich dieser Knuff von der Bank gefegt. Ich rieb mir überrascht die Rippen.

Paula zuckte zusammen. »Oh entschuldige. Ich wollte dir nicht weh tun.«

»Kein Problem«, sagte ich. »Du bist ziemlich kräftig … also stark, wollte ich sagen. Du hast echt Wumms!«

Was eigentlich als Kompliment gemeint war, kam bei ihr offensichtlich ganz anders an. Sie kniff die Lippen zusammen.

»Tut mir leid, ich wollte dir nicht auf die Füße treten«, sagte ich hastig.

Garm sprang Paula auf den Schoß und leckte ihre Hand.

»Ist schon gut«, flüsterte sie und kraulte Garm hinterm Ohr, der mich sehr eindringlich und auffordernd anschaute. Ich tätschelte ihr unbeholfen den Arm

Garm leckte erfreut meine Hand ab.

»Lass das«, flüsterte ich. »Das ist eklig.«

Paula lehnte sich an mich. »Er ist ein lieber Hund.«

Was immer hier gerade passierte, mir ging das eindeutig zu schnell. Ich wollte von Paula abrücken. Besonders, als ich sah, wie eine Gruppe von Kaugummi kauenden Mädchen tuschelnd und kichernd beieinanderstand und auf uns zeigte.

Paula richtete sich wieder auf und wischte sich schlirpfend die Nase mit dem Handrücken ab. »Ich geh besser«, sagte sie. Bevor ich etwas antworten konnte, setzte sie Garm auf den Boden und stand auf.

»Paula …«

»Nein, schon gut. Wir sollten wohl besser nicht miteinander befreundet sein. Du wirst es ohnehin schwer genug haben. Da brauchst du wegen mir nicht noch mehr Ärger.«

Garm sprang auf die Pfoten. Sah von Paula zu mir, von mir zu Paula und trottete dann hinter ihr her.

»Garm? Wo willst du hin?«

Doch Garm reagierte nicht. Und Paula bemerkte gar nicht, dass sie einen neuen Freund gefunden hatte, der jetzt brav hinter ihr her beagelte.

Sie ging an den Kaugummi-Bitches vorbei, die jetzt schallend lachten.

Und ich war wütend. Kackwütend. Ich hatte einen Hund, der sein eigenes Ding drehte, und war in einer Schule, die so piefig und stieselig war, dass ich Sehnsucht nach Distanzunterricht hatte.

Frau Schnippenkötter gehörte zu einer Sorte Lehrerinnen, von der ich dachte, sie wäre schon längst ausgestorben. Ihre Lesebrille baumelte an einer Bernsteinperlenschnur von ihrem sehr, sehr dünnen Hals. Ihre Frisur sah aus, als hätte sie Beton als Haarspray benutzt. Über einem hochgeschlossenen Karokleid trug sie ein beigefarbenes Strickjäckchen, das hervorragend zu ihren sehr gesund aussehenden Schuhen passte. Sie hatte etwas Scharfes, Unfrohes an sich, als sie in die Hände klatschte, um die Aufmerksamkeit der Klasse auf sich oder vielmehr auf mich zu lenken.

»Herrschaften!«, rief sie. »Könntet ihr kurz ruhig sein und euren neuen Mitschüler begrüßen? Ich möchte euch Adrian Aufdermauer vorstellen. Er ist gestern auf unsere schöne Insel gezogen.«

Als hätte es einen Stromausfall gegeben, war es plötzlich mucksmäuschenstill – bis auf einen Jungen in der letzten Reihe,

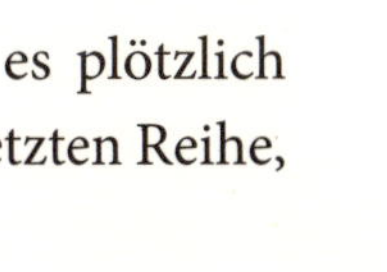

der nicht größer war als ich und die ganze Zeit irgendetwas vor sich hin zu brabbeln schien. Zweiundzwanzig Augenpaare waren jetzt auf mich gerichtet. Irgendwie schien sich der *Saloon*-Moment von unserer Ankunft zu wiederholen.

Frau Schnippenkötter räusperte sich unbehaglich. »Ein bisschen freundlicher könntet ihr schon zu Adrian sein.«

Keine Reaktion. Und das entspannte mich nicht wirklich.

»Na ja, dann setz dich mal zu Titus«, sagte Frau Schnippenkötter. Sie zeigte auf den einzigen freien Platz in der Klasse. In der letzten Reihe. Hinten links. Neben dem Jungen, der immer noch unaufhörlich brabbelte.

Super.

Frau Schnippenkötter fuhr mit dem Unterricht fort. Deutsch.

»Herzlichwillkommenkannichdanursagen«, brummelte Titus. »DashieristdasEckfürdieBescheuertenundVerrückten. DassagenzumindestdieanderenAllesNietenundVersagerinderKlasse. ObwohlsiedenkensiewärendietollsteWurst. Totalverlangsamt. Bistduauchverlangsamt?«

»Was?«, fragte ich entnervt. Wenn das hier so weiterging, würde ich morgen wirklich zu Hause bleiben. Schulpflicht hin oder her.

»Ichhabegefragtobduauchverlangsamtbist. SchneckigimDenken. Verquastverquirltundunklar.«

»Ich glaube nicht, dass ich verlangsamt im Denken bin«, antwortete ich.

Titus stutzte. Zum ersten Mal stand sein Körper still. Er vibrierte und zuckte noch nicht mal mehr. »Duverstehstmich?«

»Ja klar«, antwortete ich. »Warum sollte ich das nicht?«

»Dudenkstnichtlangsam?«

»Ich weiß es nicht«, sagte ich hilflos. »Nein, vermutlich nicht. Es ist ein wenig anstrengend, dir zuzuhören, aber es geht.«

Titus strahlte und begann jetzt wieder zu zappeln.

»Titus Henkelpott!«, rief Frau Schnippenkötter so schneidend durch die Klasse, dass selbst ich zusammenzuckte. »Ich gehe davon aus, dass Adrian in Ruhe lernen möchte, ohne von dir gestört zu werden.«

Titus saß jetzt in Habachtstellung auf seinem Stuhl. Die Hände waren ineinander verkrampft, sein Kopf rot angelaufen. Wie ein Dampfkochtopf, in dem sich rasant Druck aufbaute.

»AllesklarFrauSchnippenkötterokidoki.Ichwerdeganzruhigsein.«

»Titus!«, schrie die Lehrerin.

»Ja«, presste er hervor. »Ichbinjetztstill.«

Langsam begann er wieder zu vibrieren, was wohl half, diesen inneren Druck abzubauen, der in ihm brodelte. Ganz vorsichtig atmete er aus, sah mich an. *Tut mir leid,* wollte ich sagen, aber Titus legte ängstlich den Zeigefinger die Lippen.

Frau Schnippenkötter las aus einem Buch. Einem alten Buch. Das vielleicht sogar ihr gehörte, seit sie selbst ein Kind gewesen war. Es ging um irgendeinen Felix und sein Leben auf der Heide. Mit ganz viel Natur und noch mehr Gefühl. Aber sie las in einem so langweiligen Tonfall, dass ich Schwierigkeiten hatte, ihr zuzuhören. Also, nicht nur ich. Die ganze Klasse wirkte auf einmal wie narkotisiert, rollte mit den Augen und fand dennoch keinen Schlaf.

Ich legte meinen Kopf auf die Tischplatte und fragte mich verzweifelt, wie ich das hier neun Jahre! lang überstehen sollte.

Als diese seltsame Deutschstunde und somit die Schule für heute beendet war, packte ich hastig meine Sachen. Ich brauchte frische Luft, ganz dringend. Und ich musste Garm finden, der Paula irgendwohin gefolgt war.

»Kannichmitdirgehen?«, fragte Titus, als wäre der Satz ein Wort, das so schnell wie möglich ausgesprochen werden musste.

»Ja klar«, sagte ich.

»Danke«, sagte Titus erleichtert und raffte seine zerknickten und eingerissenen Hefte zusammen, die verstreut auf dem Tisch lagen. Das Innere seiner abgewetzten Tasche war ein einziges Durcheinander.

Keiner aus der Klasse redete mit uns, als wir uns an ihnen vorbeischoben. Sie standen da, mit verschränkten Armen vor der Brust und starrten mich an. Man mochte hier keine Aufdermauers. Schon klar. Als ich die Blicke erwiderte, wandten sie sich ab. Alle, bis auf ein Mädchen, das mich mitleidig angrinste.

Ich sagte ja bereits, dass ich nicht besonders groß gewachsen war. Und wenn man wie ich nur ein laufender Meter ist, hat man nur eine Wahl, wenn man nicht unter die Räder geraten will. Man muss auf die Kacke hauen. Oder cool bleiben.

»Da haben sich ja die richtigen Verlierer gefunden«, sagte das Mädchen, das eigentlich ganz normal aussah.

Ich habe mir in meinem kurzen Leben schon jede Menge dummer Sprüche anhören müssen, und der hier war nun wirklich nicht besonders originell. Also blieb ich cool. Im Gegensatz zu Titus. Der zitterte so sehr, dass ihm erst die Tasche und dann die Jacke von der Schulter rutschte. Ich ging einfach weiter, Titus im Schlepp, der ganz dicht aufrückte.

Doch wir kamen nicht weit. Auf dem Schulhof stellte sich uns das Mädchen mit seinem Gefolge in den Weg. Also gut, cool bleiben funktionierte hier nicht. Ich musste wohl auf die Kacke hauen. Ich hatte einen ganzen Vorrat von Sprüchen auf Lager, mit denen ich klarmachen konnte, dass ich alles andere als ein Opfer war.

Doch bevor ich einen dieser Sprüche loslassen konnte, lag ich schon auf dem Boden.

»Wir wollen dich hier nicht haben, Adrian Aufdermauer«, zischte das Mädchen und stellte sich über mich.

Ich fragte mich, ob sie Geige lernte. Oder Klavierunterricht bekam.

»Pack deine Sachen und verschwinde.«

Titus stand daneben, umklammerte ängstlich seine Tasche und sagte kein Wort.

»Hast du mich verstanden?«, giftete sie mich an. »Verschwinde von hier!«

»Lass ihn in Ruhe!«, rief eine Stimme, die ich kannte. »Er hat dir nichts getan, Dörte!«

Paula! Okay, ihr Spruch war auch nicht besonders einfallsreich. *Lass ihn in Ruhe, er hat dir nichts getan* wäre in einem Buch ein absolut lahmer Satz gewesen. Aber ich glaube, in Paulas Rahmen war das okay. Was mich jedoch zum Lachen brachte, war etwas ganz anderes.

»Dörte?«, prustete es aus mir heraus. »Ehrlich jetzt?«

»Was gibt es da zu lachen?«, giftete sie mich wieder an.

»Wir hatten mal ein Tee-Ei, das Dörte hieß.« Ich konnte nicht mehr. Ich hielt mir den Bauch vor Lachen und japste nach Luft. Das war wirklich keine erfundene Geschichte.

Ich weiß nicht, ob ihr wisst, was ein Tee-Ei ist. Das ist eine kleine – nun ja – eiförmige durchlöcherte Blechkugel, in die man losen Tee füllt, damit er in einer Tasse mit heißem Wasser ziehen kann.

Jetzt begannen auch die anderen Kinder zu kichern, was Dörte überhaupt nicht gefiel. Lachen und Angst schließen einander nämlich aus.

»Dörte!«, krähte ich. »Ich fass es nicht!«

Sie beugte sich herunter und packte mich am Kragen, das Gesicht wutverzerrt. Ich weiß nicht, was sie vorhatte, aber es war bestimmt etwas Gewalttätiges. Doch da hatte Garm seinen großen Auftritt.

Garm war ein lieber Hund, aber in seinem Inneren schlummerte etwas, das furchterregend sein konnte.

Er wuchs plötzlich zu einer gewaltigen Größe heran und verwandelte sich in etwas, das einem Werwolf ziemlich ähnlich war. Sein glattes Fell wurde struppig und wechselte die Farbe von Braun-Gescheckt zu Nachtschwarz. Die Augen leuchteten rot wie glühende Kohlen. Die Zähne, die er jetzt bleckte, waren lang und scharf.

Dörte, das Tee-Ei, stieß einen spitzen Schrei aus und taumelte zurück. Mit Ausnahme eines Mädchens, das eine sehr große Brille auf der Nase hatte und trotz des Sommers eine Indiomütze trug, lachten die anderen verwirrt, als würden sie noch immer einen harmlosen Beagle sehen. Was wohl auch so war. Nur Dörte, Paula und Titus sahen den Höllenhund. Bei dem Mädchen mit der Mütze war ich mir nicht sicher. Titus jedenfalls ließ sogar wieder die Tasche fallen und schnappte erschrocken nach Luft.

Dörte stieß einen Schrei aus, der wie der laute Pfiff eines Teekessels klang, schrill und durchdringend. Dann rannte sie armwedelnd davon. Ihre Freunde hatten überhaupt keine Ahnung, was los war. Sie lachten und schauten verlegen zu, wie ich mich aufrappelte. Dann zogen sie ab, als wäre das alles eine ganz normale Schulhofvergnügung gewesen. Nur das Mädchen mit der Brille blieb stehen.

»Was war das?«, flüsterte Paula heiser.

Garm hatte sich wieder zurückverwandelt und trippelte zu Titus, der rückwärts stolpernd auf die Bank unter der Linde plumpste.

»Weg!«, rief er. »Weg mit dir!«

Doch Garm legte vorsichtig den Kopf in seinen Schoß und schaute Titus mit treuem Dackelblick an.

»Alles gut«, sagte ich. »Garm tut dir nichts.«

»Ach?«, entfuhr es Titus. »Er will nur spielen? Und was war das gerade eben? Vom Beagle zum Biest kann ich da nur sagen! Und das haben wir uns nicht eingebildet!«

Ich stutzte. »Sag mal, bilde *ich* mir das nur ein, oder sprichst du jetzt langsamer?«

Titus hielt inne. »Ich weiß es nicht«, sagte er zögernd und tastete sich ab, als wollte er überprüfen, ob noch alles an ihm dran war. »Aber irgendwie fühle ich mich schon komisch. Und ihr seid auch anders. Irgendwie schneller.«

Das Mädchen mit der Brille holte seine Brotdose aus der

Umhängetasche und hielt Garm ein Stück Wurst entgegen. Der Hund hob witternd die Nase.

»Na komm«, flüsterte es. »Das wird dir schmecken.«

Der Hund trottete auf die Indiomütze zu und knibbelte ihm das Stück Salami aus der Hand

»Geht es dir jetzt besser?«, fragte es, an Titus gewandt.

»Daskannstdulautsagen. DerHundmachtmichechtnervös«, haspelte er und schlenkerte nervös mit den Armen. Dann verstummte er. »Hey! Wasistdenndasjetzt?«

Das Mädchen schickte Garm zu Titus zurück, der sich daraufhin augenblicklich wieder beruhigte.

»Ich glaub es nicht«, wisperte Paula.

»Garm wird euch nichts tun. Ganz im Gegenteil. Er ist da, um euch zu beschützen«, sagte die Indiomütze.

»Und du bist …?«, fragte ich.

»Das ist Lara«, sagte Paula. »Lara Magenbrot. Ihre Mutter leitet die Bibliothek.«

»Ah!« Mir ging ein ganzer Lampenladen auf. Deswegen kam sie mir so bekannt vor. Lara sah wie die jüngere Kopie ihrer Mutter aus.

»Und wer ist dann dieser Hund?«, fragte Titus, der den schwanzwedelnden Beagle noch immer argwöhnisch im Blick behielt.

Lara holte mit zitternden Händen eine dicke Kladde aus ihrer Pfadfindertasche. Sie schlug das Buch auf, und einige Zettel segelten zu Boden, die sie hastig aufhob.

»Also, jeder auf Finsterbrook ist seit über hundert Jahren hinter einem Schatz her, der angeblich irgendwo versteckt sein soll.«

»Das wissen wir schon«, sagte Titus.

»Ist mir klar«, antwortete Lara. »Ich will nur Adrian erzählen, was hier los ist.«

Im Prinzip wusste ich das ja auch schon, aber ich wollte Lara nicht bremsen.

»Also, alle suchen diesen Schatz«, sagte ich.

»Allen voran mein Vater«, ergänzte Paula. »Er ist geradezu besessen davon, ihn zu finden.«

»Man erzählt sich, dass dieser Schatz von einem Höllenhund bewacht wird«, fuhr Lara fort. »Einem großen, struppigen Tier, dessen Augen wie glühende Kohlen leuchten. Nicht jedem enthüllt sich dieser Höllenhund. Nur denen, die er beschützen muss. Und denen, die Angst vor ihm haben sollten.«

»Aha«, machte ich nur, denn ich wusste nicht, woher sie diese Idee hatte. Obwohl sie nachdem, was gerade passiert war, sehr glaubwürdig klang.

Lara holte tief Luft. »Was ist, wenn ich euch sage, dass sich alle eine vollkommen falsche Vorstellung von diesem Schatz machen? Dass es gar nicht um Gold oder Edelsteine geht.«

»Was?«, entfuhr es mir. Ich sah, wie sich meine Karriere im Hotel- und Gaststättengewerbe mit einem Schlag in Luft auflöste.

»Ich habe ein wenig recherchiert«, fuhr Lara fort.

»Recherwas?«, fragte Titus.

»Nachgeforscht«, sagte Paula.

»Ach so«, sagte Titus.

»Seit der Zeit, in der auf Finsterbrook nach Silber geschürft wurde, geschehen hier seltsame Dinge. Menschen verschwinden. Spurlos. Zum Beispiel Grusilla. Oder Adrians Urgroßtante Käthe. Und immer mal wieder Hotelgäste, die auf Schatzsuche waren.«

Ich musste an die vielen alten Autos auf dem verlassenen Parkplatz in Dustersiel denken.

»Und dann ist da dieser hartnäckige Nebel, der die Insel umgibt und auf den sich niemand einen Reim machen kann«, fuhr Lara fort.

»Und was heißt das jetzt?«, fragte Paula.

»Das kann ich nicht genau sagen. Ich brauche für meine Theorie noch mehr Beweise.«

»Das heißt?«, fragte ich.

»Wir müssen in die Minen«, sagte Lara. »Irgendetwas ist dort unten.«

»Vergiss es«, sagte Paula. »Zu gefährlich.«

»Sagt wer?«, fragte Titus.

»Mein Vater. Selbst er traut sich da nicht rein.«

»Weil er keine Karte hat«, sagte Lara.

»Weil niemand eine Karte hat«, korrigierte Paula.

»Da wäre ich mir nicht so sicher«, sagte Lara. »Ich könnte wetten, dass Käthe sich dort unten auskannte.«

»Na, wenn das wirklich so war, wieso hat sie dann die *Villa Seelenfrieden* derart verranzen lassen?«, sagte Papa, als wir gemeinsam die Vorräte aus dem Schienenbus ausluden und in unsere Küche trugen. Er hatte mir und sich eine Limo aufgemacht und biss beherzt in eine Knackwurst, die im Dutzend auf dem Tisch lagen. »Irgendwie geht da die Rechnung nicht auf.«

Papa hielt mir eine Wurst entgegen, und ich griff zu. Garm,

der genau roch, was wir da aßen, kläffte laut auf. Aber Papa ignorierte ihn.

Ich hatte Papa nicht erzählt, dass ein Höllenhund in unserem Beagle schlummerte. Die beiden waren sich ja nicht besonders grün. Außerdem hätte Papa es ohnehin nicht geglaubt.

»Nein«, sagte ich ausweichend. Laras Ideen ließen mich nicht los. Ich musste daran denken, dass dieses Haus der Zugang zu einer ganz anderen Welt sein konnte. Bei dem Gedanken, dass es auf der Insel einen weit verzweigten Untergrund gab, begann das Blut meiner Mutter in mir zu brodeln.

»Wie war denn dein erster Schultag?«

Ich zuckte mit den Schultern. »Ganz gut.« Irgendwo musste es im Keller dieses Hauses einen Zugang zum Bergwerk geben. Doch wie sollte ich danach suchen, ohne dass Papa Verdacht schöpfte?

»Hast du schon deine Fühler nach Freunden ausgestreckt?«

Und da ging bei mir ein Licht auf. Ach was, von wegen *ein* Licht. Ganz viele!

»Ja! Hab ich! Und wir haben auch schon eine Idee, was wir gemeinsam unternehmen können.«

»Na?«

Ich wusste, dass Papa meine Antwort gefallen würde. »Wir wollen eine Band gründen.«

»Oha«, sagte Papa und legte seine angebissene Wurst auf den Teller. »Erzähl!«

»Na ja, so viel gibt es nicht zu erzählen«, sagte ich. Wenn ich ehrlich war, gab es natürlich gar nichts zu erzählen. Die drei anderen wussten noch nichts von ihrem Glück. »Wir wären zu viert.«

»Gitarre, Bass, Keyboard und Schlagzeug!« Papas Augen strahlten. »Die klassische Besetzung.«

»Ähm, wir bräuchten allerdings noch einen Proberaum. Wie wäre es mit dem Keller?«

»Unserem Keller? Hm.« Papa zupfte sich am Ohrläppchen. »Platz genug wäre da.«

»Wir würden dich auch nicht nerven«, fuhr ich fort. »Du hättest deine Ruhe. Das Hotel ist groß genug. Und in nächster Zeit werden wir wohl keine Gäste haben, die wir stören könnten.«

»Erinnere mich nicht daran«, brummte er. »Aber du hast recht, das wäre eine gute Idee.« Er grinste. »Und die Gitarre ist dein Instrument, nehme ich an. Hey, du könntest meine nehmen!«

»Könnte ich. Will ich aber nicht.«

»Nicht?«, sagte Papa enttäuscht.

»Ich will Bass spielen«, sagte ich, ohne groß zu überlegen.

Papa sah mich lange und prüfend mit seinen Röntgenaugen an.

Ich begann, nervös auf dem Stuhl hin und her zu rutschen.

»Das nötige Talent hättest du«, sagte er langsam. »Nun gut. Ich werde Gopal schreiben. In der alten Wohnung sind ohnehin noch ein paar Sachen, die ich brauche. Die soll er uns schicken. Zusammen mit einem Bass und einem *Amp*.«

Amp war die Abkürzung für *Amplifier*. Und *Amplifier* war englisch für Verstärker.

Damit hatte ich nicht gerechnet. »Haben wir denn so viel Geld? Der Versand von so großen Sachen kostet doch bestimmt einiges«, stotterte ich.

Papa nickte abwägend mit dem Kopf. »Käthe hat uns ein

bisschen Kohle dagelassen. Zu wenig, um das Hotel zu renovieren, aber es sollte uns gut durchs Jahr bringen. Wir werden jedenfalls nicht verhungern. Und hey, für Musik muss einfach Geld da sein! Ich werde mich drum kümmern, okay?«

Ich fiel Papa um den Hals. Mit Anlauf. Beinah hätte ich ihn vom Stuhl gerissen.

»Du bist der Größte!«

Unbeholfen tätschelte er meinen Rücken. »Passt schon, mein Junge. Alles gut. Aber vielleicht sollten wir vorher mal einen Blick in den Keller werfen und schauen, ob er wirklich zum Probenraum taugt.«

»Ja«, sagte ich und wischte mir gerührt eine Träne aus den Augen. »Unbedingt.«

Es dauerte, bis wir die Tür zum Keller gefunden hatten. Erst nachdem wir die Vorratskammer genauer untersuchten, entdeckten wir eine Luke im Boden, die beim Umklappen rostig quietschte. Ein Geruch nach Heizöl und leichtem Moder schlug uns entgegen.

»Siehst du irgendwo einen Lichtschalter?«, fragte Papa, während er ein wenig unbehaglich in die Dunkelheit hinabspähte.

»Nein«, sagte ich. »Aber hier im Regal steht eine Taschenlampe.«

»Gib mal her.«

Papa schaltete sie ein und nickte zufrieden. Das Licht schien kräftig und flackerte nicht.

»Ich geh vor«, sagte er.

Die Treppe war steil. Sie knirschte ein wenig morsch, das

klang nicht besonders vertrauensvoll. Deswegen wartete ich ab, bis Papa unten war und mir ein Zeichen gab.

Ich hatte gedacht, dass das Untergeschoss der *Villa Seelenfrieden* aus vielen kleineren Räumen bestand. Wie die Kellerabteile in einem Mietshaus, die wie Holzkäfige aussehen. Aber das hier war kein normales Haus, sondern ein Hotel. Und ein Hotel hatte keine Mieter, sondern Gäste. Gäste brauchten keinen Keller. Deshalb waren nur wenige Innenmauern nachträglich eingezogen worden, um einige Räume abzutrennen. Für die Heizungsanlage, den Wäschekeller – und einen Weinkeller, gut bestückt.

Papas Augen leuchteten. »Mein lieber Herr Gesangsverein«, flüsterte er beeindruckt. »Schau dir das an.«

Vorsichtig zog er eine Flasche aus dem Regal und achtete peinlich darauf, den Staub nicht abzuwischen, der sich im Laufe der Zeit wie ein Pelzmäntelchen über die Flasche gelegt hatte. Es war ein *Kröver Nacktarsch*. (Für alle die jetzt denken, ich hätte mir den Namen ausgedacht – Irrtum! Den *Nacktarsch* gab wirklich. Wie die *Gimmeldinger Meerspinne*. Die hier im Keller aber nicht vorkam.)

»Na, verdursten werden wir jedenfalls nicht.« Er schob die Flasche vorsichtig wieder zurück. »Und wenn das Hotel doch mal wieder Gäste hat, brauchen wir uns um die Weinkarte keine Gedanken machen. Der wird ja nicht schlecht. Also, der Rote. Um den Weißen werde ich mich persönlich kümmern müssen. Der darf nicht lange liegen«, sagte er grinsend und stellte den *Nacktarsch* beiseite.

Die Heizungsanlage, die im Raum nebenan stand, musste genauso alt sein wie einige der Weine. Wenn nicht sogar noch älter. Es war ein Monstrum, das aussah wie der Heizkessel der Titanic. Man brauchte noch nicht einmal viel Fantasie, um ein Gesicht zu erkennen, das zu einer Grimasse verzogen war. Irgendwie musste ich dabei an die Höllenhundversion von Garm denken.

Die Waschmaschinen im Raum nebenan waren so gut wie Schrott. Papa untersuchte die Schläuche und drehte an den Knöpfen, die knirschten und klackerten.

»Schau mal, da ist auch eine Tür, die nach draußen führt«, sagte ich. Ich schob drei schwergängige Riegel beiseite und versuchte, die Tür zu öffnen. Nichts passierte.

»Wahrscheinlich brauchst du einen der Schlüssel, die oben am Bund hängen.« Papa ließ die Waschmaschinen Waschmaschinen sein und betätigte einen Schalter, doch das Licht ging nicht an.

»Was ist denn das hier für ein Kasten an der Wand?«, fragte ich.

»Ah, das dürften die Sicherungen für hier unten sein.« Papa öffnete die Blechtür und drückte die kleinen Schalter nach oben. Plötzlich flammte überall Licht auf und tauchte den Keller in den Schein funzeliger Glühbirnen, die nackt von der Decke baumelten. Alles war staubig und hing voller Spinnweben.

Wir gingen in den großen Kellerraum zurück, von wo aus die morsche Treppe nach oben führte und in dem sich, wie wir jetzt erkannten, eine abgenutzte, mit Farbe bekleckerte Werkbank befand. An der Wand hing ein ganzes Sortiment von Werkzeugen. Da waren ein Schraubstock und ein Schrank mit winzigen Schubladen, in denen sich Schrauben, Nägel und anderer Krimskrams befand, den man brauchte, um kleinere Reparaturen vorzunehmen.

»Wenn ihr hier unten euren Proberaum einrichtet, lasst ihr schön die Finger vom Wein. Ich hoffe das ist klar.«

»Großes Ehrenwort«, sagte ich mit tiefer Stimme und legte meine Hand aufs Herz.

Papa hatte mich mal an einem Glas Rotwein nippen lassen. Ganz ehrlich? Das war nicht mein Fall.

»Also ist das gebongt? Wir können hier unten proben? Wenn du möchtest, können wir die Wände und die Decke mit Eierkartons verkleiden«, sagte ich.

»Drüben in der Scheune habe ich, glaube ich, einen alten Teppich gesehen. Den könnt ihr hier ausbreiten. Habt ihr schon eine Idee, wann ihr loslegen wollt?«

Das war eine gute Frage. Vor allem, weil die anderen noch gar nichts von ihrem Glück wussten. Ob sie überhaupt ein Instrument beherrschten, stand auf einem ganz anderen Papier.

»Keine Ahnung, ich frage mal nach.«

»Es wird ohnehin ein wenig dauern, bis Gopal all die Sachen geschickt hat.«

»Aber bis dahin können wir uns doch schon mal hier unten treffen, oder?«

Papa knuffte mich freundlich am Arm. »Natürlich. Wie gesagt: Solange ihr die Finger vom Wein lasst, könnt ihr machen, was ihr wollt.«

Zum Beispiel nach dem Zugang zum Bergwerk suchen. Oder nach Grusillas Karte vom Tunnelsystem, die irgendwo in der *Villa Seelenfrieden* versteckt sein musste.

Papa konnte mich natürlich nicht jeden Tag mit dem Bus zur Schule kutschieren. Also suchten wir im großen Schuppen nach einem passenden Fahrrad für mich, das einigermaßen in Schuss war. Es gab einen ganzen Fahrradfuhrpark, der wohl für die Gäste bereitgestellt worden war, aber die meisten waren alt, klapprig und durch die salzige Meerluft schwer angerostet. Nur ein Rad, das wir unter einer grauen Abdeckung fanden, war noch gut in Schuss. Nur sah es ziemlich seltsam aus.

Der Lenker war extrem hochgezogen, und der Sattel hatte die Form einer großen Banane. Die Gangschaltung befand sich nicht bei den Griffen, wie man das so kennt, sondern war ein Hebel, der an der oberen Rahmenstrebe befestigt war. Wenn man also schalten wollte, musste man sich zwischen die Beine greifen. An der Rückenlehne des Bananensattels hing etwas Puscheliges.

»Ein *Fuchsschwanz*«, stellte Papa fest. »Hat aber auch schon mal bessere Tage gesehen.« Er grinste mich an. »Das ist ein Bonanzarad. Setz dich mal drauf.«

Ich schob mich umständlich auf den Sattel, denn wegen der hohen Rückenlehne konnte ich nicht wie bei einem normalen Fahrrad aufsteigen.

»Ziemlich bequem«, sagte ich überrascht und tat so, als würde ich wie bei einem Motorrad Gas geben. **Brömmbrömm**.

»Sag ich doch. Willst du eine Runde drehen?«

»Na, was denkst du?«, fragte ich.

Das verrückte Ding fuhr sich exzellent. Selbst die seltsame Schaltung ließ sich einfacher betätigen, als ich befürchtet hatte. Nur die Reifen mussten ein wenig aufgepumpt werden.

»Super. Dann hast du ab jetzt ein Rad für den Schulweg«, sagte Papa grinsend. »Und ich muss nicht mehr Taxi spielen.«

Garm wich den nächsten Tag so gut wie gar nicht von meiner Seite. Ich konnte ihn zwar davon abhalten, mit in die Klasse zu kommen, dafür wartete er den ganzen Morgen vor dem Haupteingang der Schule. Bis es zur Pause klingelte. Dann gesellte er sich zu uns, als wäre er das Maskottchen des Püstele-Gymnasiums.

»Das mit der Band ist ein ziemlich guter Plan«, sagte Lara, als wir auf unserem Stammplatz unter der Linde saßen.

Sie trug wie beim letzten Mal eine bunt gestrickte Indiomütze, die sie auch in der Hitze des Vormittags nicht absetzte.

Als müsste sie das, was sich unter dieser Mütze befand, schützen. So wie ein Eierwärmer. Vielleicht brauchte sie zum Denken eine bestimmte Betriebstemperatur.

»Dann müssen wir nicht jedes Mal nach einem Vorwand suchen, uns in der *Villa* zu treffen.«

»Was werden denn eure Eltern zu der Idee sagen?« Ich hatte Paulas Vater noch in lebhafter Erinnerung. Mit dem war nicht gut Kirschen essen.

Paula verzog ihr Gesicht zu einem schiefen Grinsen. »Mein Vater hat mir verboten, den Norden der Insel zu besuchen. Den Teil, wo die *Villa* und der falsche Leuchtturm sind. Soll ziemlich gruselig da sein.«

»Ich war mal da«, gab Lara zu. »Und ganz schnell wieder weg. Da war etwas, das mich beobachtet hat. Da bin ich mir ganz sicher.« Sie sah dabei zu Garm und versuchte sich an einem Lächeln.

»Ich geh meinen Eltern sowieso auf die Nerven«, sagte Titus. »Die sind froh, wenn ich woanders beschäftigt bin.«

»Die Niederstedts und die Aufdermauers waren immer so was wie Todfeinde auf dieser Insel. Was ich affig finde. Ich finde dich sehr nett«, sagte Paula und errötete ein wenig.

Ich räusperte mich verlegen. Ich fand Paula ja auch nett. Und den Flash bei unserer ersten Begegnung hatte ich nicht vergessen. »Kannst du denn ein Instrument spielen?«, fragte ich.

Paula schüttelte den Kopf. »Ich kann auf dem Kamm blasen, das war's dann aber auch schon.«

»Ich will Schlagzeug spielen«, rief Titus, der Garm hinter den Ohren kraulte. »Ich glaub, das würde mir liegen.«

Wir alle lachten. Wenn es jemanden gab, der ein Händchen für irgendwelche Trommeln hatte, dann war es Titus.

»Bei uns zu Hause gibt es ein Akkordeon«, sagte Lara. »Meine Mutter hat mir gezeigt, wie man darauf spielt.« Sie bewegte den linken Arm vor und zurück, während die rechte Hand auf ihrer Brust Klavier spielte.

»Ich nehme die Gitarre!«, rief Paula. »Und du Adrian? Was würdest du spielen?«

»Bass«, sagte ich und zupfte an imaginären Saiten. »Eine E-Gitarre haben wir schon in der Familie.«

»Ich kann euch Noten beibringen«, sagte Lara strahlend. Doch sie lief sofort rot an, als sei es komplett unanständig, sich so zu freuen.

»Noten? Ehrlich jetzt?«, fragte Titus. Er hatte begonnen, mit den flachen Händen einen komplizierten Rhythmus auf seinen Schenkeln zu spielen.

»Ist ja nur ein Angebot«, sagte Lara kleinlaut.

»Ich denke, das ist eine hervorragende Idee«, antwortete ich. Und das war es wirklich. Ich konnte zwar auch meinen Papa fragen, ob er das übernahm. Aber irgendwie fand ich, das mit der Band war unser Ding. Und nicht seins.

»Dann ist es abgemacht«, sagte Paula, spuckte in die Hand und streckte sie aus.

»Dann ist es abgemacht«, sagte ich.

Einer nach dem anderen schlugen wir ein. Irgendwie war es ein ziemlich feierlicher Moment. So als würde etwas zusammenkommen, das schon immer zusammengehörte.

Und Garm? Der grinste schwanzwedelnd ein extrem breites Hundegrinsen. Er konnte dem Ganzen nur zustimmen.

»Wann werden wir die *Villa Seelenfrieden* denn nun endlich von innen zu sehen bekommen?«, fragte Paula, die ihre Aufregung kaum verbergen konnte.

»Nach der Schule?«, fragte ich.

»Oh, dann muss ich schnell zu Hause Bescheid sagen«, antwortete sie, als sei ihr plötzlich irgendwie unbehaglich. »Mein Vater wird das nicht so toll finden.«

»Meine Mutter auch nicht«, bekundete Lara. »Aber wir können uns ja offiziell gegenseitig besuchen, Paula und ich.«

»Du meinst, ich erzähle zu Hause, ich wäre bei dir?«

Lara nickte. »Und ich sage, ich wäre bei dir.«

Aber so richtig begeistert waren beide nicht. Finsterbrook war im wahrsten Sinne des Wortes ein Dorf, in dem Lügen sehr kurze Beine haben konnten.

»Meinen Eltern ist es egal, wo ich bin«, sagte Titus niedergeschlagen.

»Ehrlich?«, fragte ich entsetzt. Ich hatte zwar manchmal Zoff mit Papa. Aber wir vertrugen uns dann auch schnell wieder. Wenn ich allerdings unangemeldet nicht nach Hause kam, würden ganz schön die Glocken läuten.

Titus zuckte mit den Schultern, als hätte er sich damit längst abgefunden.

»Na, dann sind wir halt deine Wahlfamilie«, sagte Paula.

Ich fand, das war eine schöne Idee.

Der Weg durch das Tal der Bruderberge war nicht lang, und mit den Fahrrädern waren wir schneller als mit Magdas Kutsche. Im Gegensatz zu uns war Hansi ein lahmer Zosse. Doch die anderen stiegen nicht mit voller Kraft in die Pedale.

»Schon unheimlich hier«, sagte Paula, als sie sich ängstlich umschaute.

»Das kommt dir nur so vor, weil wir diese Straße nie benutzen dürfen«, sagte Lara. »Die *Villa Seelenfrieden* war ja bisher für uns tabu.«

»Was heißt tabu?«, fragte Titus keuchend. Sein Fahrrad war eine ausgemachte Schrottkiste ohne Gangschaltung. Garm lief leichtfüßig neben ihm her und wich nicht von seiner Seite. Er hatte echt einen Narren an Titus gefressen.

»Wenn etwas verboten ist, ohne dass man sagt, warum«, antwortete Lara. »Man hat sich einfach drauf geeinigt, und dann ist das so.«

»Aha«, machte Titus. »Doofe Idee.«

»Ja«, bestätigte Lara. »Doofe Idee. Meine Mutter hat mir eigentlich verboten, in der Geschichte der Insel herumzuwühlen. Sie sagt, dass das Unglück bringt.«

»Warum denn das?«, wollte ich wissen.

»Weil es ein Tabu ist«, sagte Titus, der sich ganz offensichtlich darüber freute, dieses Wort gelernt zu haben.

»Weil sie Angst hat«, korrigierte ihn Lara. »Glaube ich zumindest.«

»Aber vor was?«, fragte ich.

»Nicht vor was«, sagte Lara und schaute Paula vorsichtig an. »Sondern vor wem.«

Paula seufzte. »Ja ja. Ich weiß, dass du meinen Vater meinst. Der kann aber auch nett sein.«

Titus und Lara schwiegen, als würde ihnen im Moment keine Situation einfallen, in der Paulas Vater auch mal nett gewesen war.

»Meine Eltern haben auch Schiss vor ihm«, sagte Titus. »So sehr, dass es manchmal echt peinlich ist.«

Paula wäre am liebsten vor Scham im Boden versunken. Sie ließ sich schniefend zurückfallen.

Plötzlich trat Lara so stark in die Bremsen, dass das Hinterrad blockierte.

Wir alle blieben stehen.

Lara stieg ab, ging zu Paula und nahm sie ohne ein Wort in den Arm – was ein wenig seltsam aussah, denn Paula war einen Kopf größer als die Indiomütze.

»Tut mir leid«, flüsterte sie.

Titus stieg jetzt ebenfalls ab. Sein Rad fiel klappernd um. Er umarmte beide, obwohl er nicht so ganz zu verstehen schien, worum es eigentlich ging. Aber er wollte dazugehören.

Und ich? Ich blieb auf meinem Fahrrad sitzen. Und rührte mich nicht. Irgendwie war mir das gerade zu gefühlig. Obwohl ich tatsächlich einen Kloß im Hals verspürte.

Der Hund sah mich ernst an.

»Ach was soll's«, murmelte ich, wischte mir die Nase und quetschte mich noch dazwischen.

Und Garm, der alte Beagle, wedelte neben uns sehr zufrieden mit dem Schwanz.

Das letzte Stück war nicht mehr weit. Wir bogen um die Kurve, und dann waren wir da. Die Mittagssonne stand in unserem Rücken und ließ die *Villa Seelenfrieden* weniger abgerockt aussehen, als sie wirklich war.

Musik war zu hören. Die Wurlitzer hatte wohl eine Platte für uns aufgelegt.

Hab Sonne im Herzen,
egal ob es stürmt oder schneit.
Greif zu in der Liebe,
das Schöne ist schön nur auf Zeit.

Ich musste grinsen. Es war einfach zu schön, nach Hause zu kommen.

Titus, Lara und Paula hingegen interessierte die Musik überhaupt nicht. Sie waren ganz und gar vom Anblick des Hotels gefangen.

»Immer noch unheimlich?«, fragte ich Paula.

Sie schüttelte den Kopf, die Augen weit geöffnet. »Nein, gar nicht«, murmelte sie. »Es ist eher so, als würden wir eine liebe alte Dame besuchen.«

Wir stellten die Räder an der Treppe ab. Die Haustür war nur angelehnt. Garm schoss an uns vorbei.

»Willkommen in der *Villa Seelenfrieden*«, sagte ich.

Paula schob vorsichtig die Tür auf.

Lara schob sich die Brille auf der Nase zurecht. »Heiliger Strohsack«, sagte sie.

Die drei drehten sich im Kreis, als würden sie das achte Weltwunder bestaunen. Und irgendwie war es, als würde die *Villa* endlich zum Leben erwachen. Als Papa und ich hier ankamen, war alles grau und staubig gewesen. Aber jetzt? Drehte irgendjemand den Farbregler hoch. Und zwar nicht zu knapp.

»Adrian?«, rief Papa aus der Küche.

»Ja?«, rief ich zurück.

»Das ist Timing, mein Lieber! Ich habe gerade das Mittagessen fertig.«

Ich winkte den anderen zu, mir zu folgen.

Da stand er, in der Küche, mit dem Rücken zu mir. Goofy von den *Strobolichtern*, wie er leibte und lebte. Im T-Shirt und in Unterhose. Eine Boxershort mit lauter kleinen Darth Vaders. Er schmeckte gerade einen Topf mit Linsen ab.

»Deck schon mal den Tisch.« Er schlürfte laut an einem Löffel. »Hmmm! Gut geworden!«

»Ähm, Papa?«, sagte ich. »Ich bin nicht allein.«

»Was sagst du?« Papa drehte sich um und stieß einen spitzen Schrei aus. Der Löffel flog in hohem Bogen durch die Küche und landete – oh Wunder – in der Spüle. Hastig griff er nach einem Geschirrtuch, das natürlich zu kurz war, als dass er es sich komplett um die Hüfte wickeln konnte.

»Tag, Herr Aufdermauer!«, sagten die drei, als hätte gerade der Schulunterricht begonnen.

»Dich! Dich kenn ich!«, sagte er zu Paula und tat so, als sei nichts. »Du bist die Kleine vom *Storchen*. Petra Niederstedt.«

»Paula.«

»Paula, natürlich. Aber die anderen?«

»Das sind Lara und Titus«, sagte ich.

»Die Band!«, rief Papa und strahlte.

»Soll ich dir mal deine Hose holen?«

»Ja, bitte!«, sagte Papa, schüttelte dann aber den Kopf. »Quatsch! Nein, danke! Das kann ich schon noch selber.« Er stand schon in der Küchentür, als er sich noch mal umdrehte. »Ihr esst mit?«

Paula schaute mich fragend an.

»Natürlich essen sie mit!«, sagte ich.

»Dann deckt den Tisch, ich bin gleich wieder da.«

»Da haben wir ja Glück gehabt«, sagte ich, als Papa den riesigen Topf auf den Tisch stellte. Er musste ihn aus der Hotelküche haben, denn Käthe hatte in ihrer eigenen kleinen Küche bestimmt nicht für Fußballmannschaften gekocht.

»Na ja«, sagte Papa. »Ich hatte mir gedacht: Wenn uns schon so ein Bettenschloss gehört und wir so große Töpfe haben, kann ich auch gleich so viel kochen, dass ich was einfrieren kann. Haut rein, Kinder.«

»Danke, Herr Aufdermauer«, sagte Paula.

»Bitte! Justus für euch!«, sagte Papa.

»Der Gerechte«, sagte Lara.

»Was?«, fragte Titus.

»Justus. Das ist Latein und heißt: der Gerechte«, sagte Lara.

»Aha. Und Titus?«, fragte Titus.

Sie zuckte mit den Schultern. »Weiß keiner.«

Titus rollte mit den Augen und spießte die Knackwurst auf, die auf seinem Teller lag.

»Wie geht es deinem Vater, Paula?«, sagte Papa mit vollem Mund.

Sie zuckte schüchtern mit den Schultern. »Ganz gut.«

Ich weiß, was Papa eigentlich fragen wollte. *Weiß er, dass du hier bist?*

Ich funkelte Papa drohend an, und er runzelte nachdenklich die Stirn, als wollte er sagen: *Darüber reden wir beide noch.*

»So, und ihr wollt eine Band aufmachen?«

Eine Band aufmachen. Wie eine Flasche Limo. Oder eine Dose Erbsen.

Alle drei nickten.

»Habt ihr denn schon einen Namen?«

Schweigen.

Dann hob Lara vorsichtig die Hand, als wäre sie immer noch in der Schule.

»Ich hab da eine Idee«, sagte sie.

»Na?«, forderte Papa sie auf.

»Ich finde Gabelfrühstück ganz schick.«

Titus ließ den Löffel fallen. »*Gabelfrühstück* und schick? Das ist nicht dein Ernst!«

»Natürlich ist das mein Ernst«, giftete Lara.

»Eher falle ich hier tot vom Stuhl, als dass ich in einer Band trommle, die *Gabelfrühstück* heißt.«

»*Gabelfrühstück* ist – ähm – interessant«, sagte Papa. »Was habt ihr denn sonst noch für eine Idee?«

»**Die Krausen Glucken**?«, fragte Paula. »Das ist ein Pilz. Der wächst bei uns im Garten. Im Herbst. Also, nicht jetzt.«

»Ich bin keine Glucke«, brummte ich.

»Nein, ich weiß«, versuchte Paula, die Situation zu retten. »Aber der Name ist so lustig.«

Ich wollte nicht lustig sein. Nicht, wenn es um Musik ging. Denn Musik war die ernsteste Sache der Welt.

»Na, ihr seid jedenfalls schon auf einem guten Weg«, sagte Papa und grinste. »Noch keine Instrumente, aber ihr streitet euch schon wie eine echte Band.«

Lara hob wieder zaghaft die Hand. »Das stimmt nicht. Ich habe ein Instrument.«

»Ja, ein Akkordeon«, sagte Titus. »Da kannst du genauso gut auf einem Kamm blasen.«

Paula verdrehte müde die Augen. »Danke«, murmelte sie.

Titus errötete wie ein Signallicht an einem unbeschrankten

Bahnübergang. »Nichts gegen dich«, beeilte er sich zu sagen, als er auf einmal merkte, dass er mit Anlauf in einen Fettnapf gesprungen war.

»Sag mal, Papa, hast du noch deine *Kleine Gitarrenschule*?«, versuchte ich abzulenken. Das war ein Heft, mit dem man das Instrument lernen konnte, ohne eine einzige Note zu beherrschen.

»Irgendwo ganz bestimmt. Ich schau mal nach, ob ich sie finde.« Er stand auf. »Aber nicht jetzt. Ich kämpfe mich gerade durch Käthes Unterlagen. Ihr kommt zurecht?«

»Ja«, entgegneten wir wie aus einem Mund.

Papa musste grinsen. »Dann könnt ihr ja auch den Tisch abräumen. *Hasta luego.*«

»*Hasta luego*?«, fragte Titus, als Papa gegangen war.

»Bis später«, sagte Lara.

Titus sah sie mit zusammengekniffenen Augen an. »Was bist du? Ein wandelndes Lexikon?«

Lara musste lachen. »Eher so was wie ein Flusensieb in einer Waschmaschine. Da bleibt auch jeder Mist hängen.«

»Da beneide ich dich drum«, sagte Paula.

»Damit macht man sich aber keine Freunde«, sagte Lara. »Für die meisten bin ich nur eine Streberin.«

»Ich mag dich trotzdem«, sagte Titus. »Mir gefällt das. Auch wenn ich mich neben dir manchmal nicht ganz so helle fühle.«

Ich drückte die Klappe der Spülmaschine zu und schaltete sie ein. Mit einem schlürfenden Brummen setzte sie sich in Gang. Alle sahen mich erwartungsvoll an.

»Machst du eine Führung mit uns?«, fragte Lara aufgeregt.

»Scheißt der Bär in den Wald?«, erwiderte ich grinsend. »Na klar!«

Garm, der wirklich wie ein kleiner Höllenhund über den Fressnapf hergefallen war und sein Mittagessen wie ein Staubsauger inhaliert hatte, bellte und wedelte freudig mit seinem Schwanz.

Ich war irgendwie stolz, meinen neuen Freunden die *Villa Seelenfrieden* zu zeigen und machte daraus eine große Nummer. Ein bisschen pompös und breitbeinig führte ich sie wie Graf Koks durch die große Hotelküche, das Restaurant und den Frühstücksraum. Das Sonnenlicht fiel durch die bunten Fenster. Papa war es gelungen, den Springbrunnen in der Mitte der Lobby einzuschalten. Die Fontäne sprotzelte und spritzte ein wenig, aber ansonsten bekamen wir eine sehr gute Vorstellung von der majestätischen Ausstrahlung, die dieses Hotel einmal gehabt haben musste.

»Phänomenal«, flüsterte Lara, als wir die Treppe in den ersten Stock hinaufstiegen.

»Unglaublich«, murmelte Paula.

»Endgeil«, sagte Titus.

Mir war aufgefallen, dass er mittlerweile auch dann ruhig sprach, wenn Garm nicht in seiner Nähe war. Ich fragte mich, ob vielleicht das Hotel selbst etwas damit zu tun hatte.

»Und die *Villa Seelenfrieden* hat zwölf Zimmer?«, fragte Lara, die uns ein paar Stufen voraus war.

Ihr erinnert euch, dass ich noch ein dreizehntes Zimmer gesehen hatte, dessen Tür mit vier seltsamen Schlössern verriegelt gewesen war. Aber ich hatte mich schon damit abgefunden, dass ich mir das alles nur eingebildet hatte. Und außerdem wollte ich die Dinge nicht noch komplizierter machen, als sie ohnehin schon waren.

»Ein glattes Dutzend, ja.« Ich nahm den Hauptschlüssel vom Bund und öffnete die Tür zu Zimmer sechs. »Und alle sehen gleich aus. Dieselben Möbel, dieselben Tapeten und sogar dieselben Bilder an den Wänden.«

»Die sind gemütlich. Da ist nix, was einem Angst machen könnte«, sagte Titus.

»Ganz und gar nicht«, sagte ich. »Und ich wüsste auch nicht, wo hier eine Schatzkarte versteckt sein sollte.«

»Ganz bestimmt nicht in irgendwelchen Nachttischen und Kleiderschränken.« Paula hob ein Bild von der Wand und schaute dahinter. »Das würde sich irgendwie auch nicht passend anfühlen«, sagte sie.

»Nicht wahr?«, sagte Lara und klang ein wenig enttäuscht.

»Also, wenn ihr einen Baum verstecken wolltet, wo würdet ihr das tun?«, fragte Titus.

»In einem Wald«, sagte Lara, die zu ahnen schien, worauf Titus hinauswollte.

»Also verstecke ich eine Karte am besten da, wo auch andere Karten sind«, sagte Paula.

»Die Idee hatten schon einige vor uns«, sagte Lara. »Du willst nicht wissen, wie oft zum Beispiel dein Vater bei meiner Mutter in der Bibliothek war.«

Na, vielleicht waren die beiden ja gar nicht unbedingt auf Schatzsuche. Vielleicht hatte Friedbert Niederstedt einen anderen Grund, warum er Laras Mutter besuchte. Wo die Liebe halt hinfiel. Aber auch den Gedanken behielt ich schön für mich.

»Ja, aber außer in einer Bibliothek, wo werden Karten noch aufbewahrt?«, fragte Titus ungeduldig.

Plötzlich traf mich ein Geistesblitz. So richtig durch Mark und Bein. Wie eine massive Erleuchtung. »Ich habe eine Ahnung, wo die Karte sein könnte«, rief ich aus. »Los, kommt mit!«

Wir hasteten die Treppe hinunter, wobei Titus wie ein Flummi an uns allen vorbeihüpfte, mit Garm an seinen Fersen.

»Das ist mein Zimmer«, sagte ich. »Also, eigentlich ist es Tante Käthes altes Nähzimmer.«

»Und sie hat Schnittmuster gesammelt«, murmelte Lara, als sie vor dem Regal stand und die Ordner inspizierte.

Ich sah, wie Titus schon dabei war, eine Frage zu formulieren. Also kam ich ihm mit meiner Antwort zuvor.

»Schnittmuster braucht man, wenn man ein Kleid oder einen Anzug nähen möchte. Das sind die Vorlagen für die einzelnen Stoffstücke, die dann zusammengenäht werden.«

Wir alle nahmen uns einen Ordner vor und durchsuchten sie. Gründlich.

»Die sehen aus wie seltsame Stadtpläne«, sagte Titus. Damit traf er den Nagel ziemlich genau auf den Kopf, denn das taten sie wirklich.

Es war erstaunlich, was es für Kleider gab, deren Namen ich noch nicht einmal gehört hatte. Da gab es Wickelkleider und Babydolls, Cocktailkleider und Etuikleider, Pelerinen und Paillettenkleider. Mir schwirrte der Kopf. Und dann stutzte ich. Ein Schauer lief mir den Rücken hinab. Erst kalt und dann warm, fast heiß.

Ich hatte das Schnittmuster eines Kleides gefunden, das blau mit weißen Punkten war. Die Frau, die es trug, war natürlich nicht meine Mutter. Aber Hölle noch mal, sie sah ihr verdammt ähnlich. Ich blätterte die Seite um.

»Leute?«, wisperte ich. »Schaut euch das an! Hier. Ich glaube, ich habe den Plan.«

Das Papier unterschied sich nur unwesentlich von dem der Musterbögen. Doch im Gegensatz zu ihnen war dieses Stück Papier nur dreimal und nicht viermal gefaltet.

Ich klappte es auf, und Lara fiel fast in Ohnmacht.

»Dasistsiedasistsiedasistsie!« Sie klang fast schon wie Titus, wenn Garm nicht in der Nähe war. »Das ist die Karte!«

»Lass mal sehen«, rief Titus, und wir steckten die Köpfe zusammen.

Man hat ja so eine Vorstellung davon, wie eine Schatzkarte auszusehen hat. Handgezeichnet mit angekokelten Rändern. Und alt, so richtig angegrabbelt. Mit Abdrücken von Kaffeetassen oder so.

Das tat diese hier nicht. Diese Karte von der Finsterbrooker Silbermine sah amtlich aus. Sehr amtlich.

»Was bitte schön ist ein Canasta-Amt?«, fragte Titus, während er die Augen zusammenkniff und die Beschriftung im Eck rechts unten las.

»Katasteramt«, korrigierte ihn Lara. »Oder auch Vermessungsbehörde.«

»Sag mal, woher weißt du das alles?«, fragte Paula, der Laras Wissen nun langsam auch ein bisschen unheimlich wurde.

»Ich hab doch gesagt, ich habe ein Flusensieb im Kopf. Außerdem leitet meine Mutter die Bibliothek und das Archiv der Insel«, sagte Lara. »Sie hat mich immer auf die Arbeit mitgenommen, als ich klein war. Da schnappt man dann so einiges auf.« Lara sah mich an. »Deine Urgroßtante Käthe hat den Plan wohl mal mitgehen lassen.«

»Ja, scheint so.« Irgendwie fühlte ich mich schuldig, obwohl ich nicht genau wusste, warum. *Sie* hatte das Ding ja gefipst. Nicht ich.

Wir breiteten den Plan auf dem Bett aus und schauten ihn uns genauer an.

»Da unten ist das Dorf. Und hier oben ist die *Villa Seelenfrieden*«, sagte Lara. »Unter dem Großen Bruderberg auf der Westseite der Insel ist die alte Silbermine. Seht ihr die unterschiedlichen Linien? Manche sind gestrichelt, andere gepunktet und wieder andere sind eine Kette von Kreuzen, Kreisen und Dreiecken. Das sind die unterschiedlichen Sohlen. Also, sozusagen die fünf Stockwerke der Mine. Und zwar unterirdisch.«

»Oha«, machte Paula. »Das ist tief!«

»Sehr tief. Ja.«

Ich zeigte auf verschiedene Kreuzungspunkte, die alle mit einem A markiert waren. »Und da geht es dann wohl runter.«

Lara nickte.

»Was für ein Labyrinth!« entfuhr es Paula.

»Ohne diese Karte würde man sich verirren«, sagte ich. »Und zwar gewaltig.«

»Ist ja auch immer wieder passiert.«

»Aber da wir jetzt den Plan haben, wird uns das nicht passieren«, sagte Titus triumphierend. »Also: Wann geht es los?«

»Ich vermisse was«, sagte ich und tippte auf die Stelle, wo

die *Villa Seelenfrieden* eingezeichnet war. »Angeblich soll das Hotel doch eine Verbindung zum Bergwerk haben. Aber hier ist nichts eingezeichnet.«

»Das stimmt«, sagte Lara nachdenklich.

»Und was heißt das jetzt?«

»Zweierlei«, sagte Lara. »Entweder existiert der Gang nicht …«

»Na klasse«, maulte Titus.

»Oder er wurde dieser Vermessungsbehörde nicht gemeldet«, ergänzte Paula.

»Richtig«, sagte Lara.

»Wenn die *Villa Seelenfrieden* einen Geheimgang hat, werden wir ihn nur an einem Ort finden«, sagte ich. »Im Keller.«

Wir kletterten nacheinander im Vorratsraum die morsche Stiege herunter, brav einer nach dem anderen. Wir waren zwar alle keine Schwergewichte wie Papa, aber die Dielen der Treppe klangen so morsch, dass Vorsicht die Mutter der Porzellankiste war.

Ich tastete unten nach dem Lichtschalter, und die nackte Glühbirne begann vor sich hinzufunzeln.

»Willkommen in unserem Proberaum«, sagte ich und breitete wie ein Zirkusdirektor die Arme aus.

Papa hatte schon den Teppich für uns ausgerollt, von dem er gesprochen hatte. Vier Obstkisten sollten uns wohl als Sitzgelegenheit dienen. Was natürlich noch fehlte, waren die Instrumente.

Doch die anderen hatten gar keinen Blick für das, was ich als den Beginn einer musikalischen Weltkarriere betrachtete. Lara untersuchte den Wäschekeller, während Paula die äußeren Ziegelmauern abklopfte.

»Hey!«, rief Titus triumphierend. »Schaut mal, was ich gefunden habe!«

Mir blieb das Herz stehen, als ich sah, dass er den Arm voller Weinflaschen hatte.

»Titus! Stell die bloß wieder zurück!«, rief ich entsetzt.

»Party!«, rief er ausgelassen. Eine der Flaschen, die er in der Armbeuge an sich gedrückt hielt, rutschte gefährlich nach unten.

Mit einem Satz war ich bei ihm und nahm ihm den Wein ab. »Papa reißt mir den Kopf ab, wenn eine davon zu Bruch geht.«

Titus lachte nur, als wäre das alles ein riesiger Spaß. Ich fand das aber noch nicht mal halb so lustig. Wir stellten die Flaschen gerade zurück, als Lara und Paula einen Schrei ausstießen, und zwar einen von der Sorte, die man hören ließ, wenn man aus zwanzig Metern Entfernung blind einen Basketball im Korb versenkt.

Sie waren im Heizungskeller nebenan und hatten sich am Brenner zu schaffen gemacht, der mich schon beim ersten Mal an den Kopf eines alten Urzeitmonsters erinnert hatte. So eine Art Tyrannoheizungs rex.

»Adrian!«, rief Paula aufgeregt, als sie mich sah. »Ich glaube, wir haben den geheimen Gang gefunden.«

»Siehst du die beiden tiefen Kratzer?« Lara war in die Hocke gegangen und zeigte auf zwei Schrammen im Boden.

»Ihr meint, die ganze Heizung kann vorgezogen werden?«, fragte ich ungläubig. Das kam mir nämlich unmöglich vor. Das Ding wog bestimmt so viel wie ein Kleinwagen. Außerdem war es mit einem halben Dutzend daumendicker Schrauben am Boden befestigt.

Lara rollte mit den Augen. »Nein, natürlich nicht. Aber siehst du die Tür hier unten?«

»Ja. Ich dachte, das wäre so eine Schublade, um die Asche rauszuholen.« In unserer alten Wohnung hatten wir auch so eine unter unserem Kaminofen. Der war ziemlich gemütlich. Besonders im Winter.

»Asche? Bei einem Ölbrenner?«, fragte Lara und sah mich über ihre große Brille hinweg an, als sollte ich lieber noch mal genauer darüber nachdenken.

»Okay«, sagte ich. »Also keine Asche.«

»Lara und ich haben versucht, die Tür zu öffnen, aber für uns zwei war es zu schwer«, sagte Paula. »Zu viert sollte es gehen.«

»Na dann!«, rief Titus. »Worauf warten wir noch?«

Er setzte sich auf den Boden und packte den Griff an seinem Rand. Wir taten es ihm gleich. Als würden wir zu viert an einem Ruder ziehen, stemmten wir uns nach hinten. Tyrannoheizungs rex protestierte mit einem energischen Quietschen, das gut zu ihm passte. Dann kippte uns die Klappe entgegen und offenbarte ein ziemlich dunkles Loch.

Lara war die Erste, die auf allen Vieren nach vorn krabbelte und die Öffnung untersuchte. Sie hatte was von einer Löwenbändigerin, die furchtlos ihren Kopf in das Maul einer Bestie steckte.

»Ich seh nix«, sagte sie.

Ich gesellte mich zu ihr, weil: Im Gegensatz zu den anderen

passte ich noch mit hinein. Auch wenn es so dunkel war, dass man nichts erkennen konnte, kollerte das Echo ihrer Stimme in eine Tiefe, die bodenlos schien. Ich tastete den Rand der Öffnung ab und fand eine Metallstrebe.

»Scheint eine Leiter zu sein«, sagte ich.

»Dann lasst uns runterklettern«, rief Titus hinter uns. Ihm ging das offensichtlich alles nicht schnell genug.

»Ohne Lampe sollten wir das schön bleiben lassen«, sagte Paula.

Lara und ich krochen zurück.

»Ja, du hast recht«, sagte ich und pflückte eine Spinne von Laras Indiomütze. Wir sahen aus, als hätte man uns durch einen Kartoffelkeller gezogen.

»Ach du liebes Lottchen!«, rief Lara. »Hat jemand von euch schon einen Blick auf die Uhr geworfen? In einer halben Stunde muss ich zu Hause sein, sonst bekomme ich Ärger mit meiner Mutter.«

»Ich muss auch los«, sagte Paula und klopfte sich den Dreck von der Hose.

Nur Titus schien nicht in Eile zu sein. Er hatte sich auf den Boden gesetzt, kraulte Garm hinter den Ohren und pfiff stumm vor sich hin. Niemand schien zu Hause auf ihn zu warten.

Paula sah meinen Blick und las wohl meine Gedanken. Sie streckte Titus ihre Hand entgegen. »Komm«, sagte sie. »Lass uns zusammen fahren.«

Titus machte ein verdrießliches Gesicht, ergriff dann aber ihre Hand und ließ sich hochziehen.

»Morgen wieder?«, fragte er.

»Morgen wieder«, sagte ich und legte meinen Arm um seine schmächtigen Schultern. »Wir müssen uns alle Taschenlampen besorgen. Am besten vielleicht sogar eine Stirnlampe, damit wir die Hände frei haben.«

»Das ist eine ziemlich gute Idee«, sagte Lara und rückte sich die Indiomütze wieder zurecht. Irgendwann würde ich sie fragen, warum sie im heraufziehenden Hochsommer diesen Kaffeewärmer trug. Sie musste unter dem kratzigen Ding wie in einer Sauna schwitzen.

Mit vereinten Kräften schoben wir die Metalltür wieder an ihren Platz und krabbelten die morschen Stufen hoch in den Vorratsraum, wo wir uns noch mal gegenseitig von den staubigen Spinnweben entlausten. Dann hörten wir Stimmen.

»Oh nein«, stöhnte Paula, als sie durch den Türspalt spähte.

»Was ist denn?«, fragte ich erschrocken. Sie klang, als wäre in unserer Abwesenheit das Hotel in sich zusammengestürzt. Na ja, was ich dann sah, kam der Sache auch recht nahe.

Ich sah nämlich Papa, der sich – wenig entspannt – mit Paulas Vater unterhielt. Garm knurrte.

»Ich glaube, eure Tarnung ist aufgeflogen«, sagte Titus zu den Mädchen.

Lara stöhnte auf. »Na klasse«, murmelte sie und zupfte nervös an den Bändchen ihrer Mütze herum.

»Ah, da sind die Kinder ja!«, rief Friedbert Niederstedt.

Zu seinen kurzen Hosen trug er weiße Socken in Birkenstocksandalen. Zusammen mit einem karierten Hemd, über dem er eine Anglerweste trug. Fehlte nur noch ein Hütchen in Schwarzrotgold. Er war wirklich so angezogen, als müsste er irgendein Klischee erfüllen.

»Hallo, Vater«, sagte Paula wenig begeistert.

Herr Niederstedt wischte sich mit einem Taschentuch den Schweiß von der hochroten Stirn. Mir fiel ein, dass er sich ja wie alle anderen Normalsterblichen auf dieser Insel auch mit dem Fahrrad fortbewegen musste. Dass Garm weiterhin sehr feindselig knurrte, ignorierte er.

»Adrians Vater hat mir erzählt, dass ihr Musik machen wollt.« Er lächelte milde, aber auf eine ziemlich falsche Art. »Ich finde, das ist eine hervorragende Idee.« Er wischte eine Spinnwebe von Paulas Schulter und grinste jetzt. »Ganz und gar hervorragend.«

»Das freut mich«, sagte Paula leise.

»Aber dann brauchst du ein Instrument, nicht wahr? Herr Aufdermauer hat mir auch erzählt, du würdest gern Gitarre lernen.«

Paula nickte eingeschüchtert.

»Ich habe mich schon von Justus beraten lassen und werde dir gleich ein Instrument kaufen«, sagte er.

Paula schwieg. Sie freute sich kein Stück.

Herr Niederstedt reichte meinem Vater die Hand. »Es war mir ein Vergnügen, Sie kennengelernt zu haben. Auf gute Nachbarschaft!«

»Ähm, ja«, stotterte Papa. »Auf gute Nachbarschaft.«

»Hast du dich von deinen Freunden verabschiedet?«, fragte Herr Niederstedt seine Tochter.

Paula nickte erneut. Und wirkte noch niedergeschlagener.

Herr Niederstedt hingegen freute sich aus irgendeinem Grund wie Bolle. »Sehr schön. Ihr seht euch ja morgen in der Schule. Schönen Abend noch!«

Die beiden fuhren davon, und Paula drehte sich kein einziges Mal zu uns um.

»Ich glaube, für mich wird es auch Zeit, mich zu verabschieden«, sagte Lara. Sie packte Titus beim Ärmel und zog ihn hinter sich her.

»Tschüss zusammen«, rief er noch. Dann waren die beiden ebenfalls weg.

Garm beruhigte sich und wedelte wieder mit dem Schwanz.

»Was bitte schön war das jetzt?«, fragte Papa, der ziemlich verwirrt war.

»Ich habe nicht den blassesten Schimmer«, gab ich zu. »Ich hatte gedacht, jetzt würde hier ein heftiges Donnerwetter losbrechen. Aber stattdessen bezahlt er Paula eine Gitarre?«

»Mir ist der Kerl nicht geheuer«, brummte Papa.

»Was wollte er eigentlich von dir?«

»Nur hallo sagen, so als Bürgermeister und guter Nachbar. Hat er zumindest behauptet. Und dann hat er eure Räder gesehen.« Papa schaute mich mit zusammengekniffen Augen an. »Sag mal, heckt ihr vier irgendwas aus?«

»Wir? Nö«, sagte ich vielleicht eine Spur zu unschuldig. Aber ich bin eine Niete im Lügen. Und Papa weiß das ganz genau.

»Adrian, schofel mich nicht an. Das kann ich nicht leiden. Ihr seid auf Schatzsuche. Stimmt's oder habe ich recht?«

Ich mag es gar nicht es, wenn Papa meine Gedanken liest. Darin ist er ziemlich gut. »Nein, du hast recht«, brummte ich kleinlaut und zerknirscht.

»Und?«, fragte er.

»Und was?«

»Nun komm schon. Lass dir nicht jeden Wurm einzeln aus

der Nase ziehen«, bohrte Papa unnachgiebig weiter. »Also: Was habt ihr herausgefunden?«

»Wir wissen, wo hier im Keller ein Zugang zu der alten Silbermine ist«, sagte ich. Von der Karte verriet ich ihm nichts, auch wenn ich mich dafür ein bisschen hasste. Aber wenn ich ihm davon erzählte, war ich sie los.

»Hier im Hotel?«

Ich seufzte und nickte.

»Dann mal los!«

Ich führte Papa in den Keller und zeigte ihm die große Klappe unter dem Ölbrenner.

»Das ergibt wenig Sinn«, murmelte er, als er den Zugang untersuchte. »Sobald die Heizung in Betrieb ist, wird sich die Luke nicht mehr nutzen lassen. Es ist einfach zu heiß. Hast du die Taschenlampe mitgenommen?«

Ich nickte.

»Gib sie mir mal.« Papa steckte den Kopf in die Öffnung und schaltete das Licht der Taschenlampe ein.

»Du liebes Lottchen«, rief er, und seine Stimme hallte dabei. So schnell wie möglich krabbelte er zurück. Papa war bleich wie ein Stück Kreide.

»Hast du eine Ahnung, wie tief es da runtergeht?«, fragte er atemlos vor Schreck.

Na ja, so ein wenig hatte ich die. Wenn man mal davon ausging, dass die *Villa Seelenfrieden* auf einer Klippe stand und die Silbermine fünf Stockwerke in die Tiefe ging, schätzte ich, dass es ein langer Weg nach unten war. Ein sehr langer. Jedenfalls lang genug, um sich mehr als nur den Hals zu brechen, wenn man abrutschte.

Papa schob die Klappe wieder an ihren Platz und klopfte sich die Hose ab.

»War die Idee mit der Band nur ein Vorwand, damit ihr hier unten ungestört euren Forschungen nachgehen könnt?«

Ich zuckte beschämt mit den Schultern. »Nicht nur.«

Papa holte tief Luft und dachte nach. »Am liebsten würde ich euer Projekt abblasen, weißt du das? Mensch, Adrian! Ich hatte gedacht, wir könnten einander vertrauen!«

»Es tut mir leid«, sagte ich mit brechender Stimme. Papa war der wichtigste Mensch in meiner kleinen überschaubaren Welt. Und ich wollte ihn nicht enttäuschen.

»Wenn ihr auf eigene Kappe da runtergeklettert wärt, niemand hätte dort nach euch gesucht! Es hätte weiß der Teufel was passieren können. Oh Gott, ich will es mir gar nicht erst ausmalen!«

»Ja, Papa.«

»Und jetzt ist mir auch klar, warum dieser Niederstedt so schmierig wie ein Ölkännchen war. Er hofft, dass seine Tochter U-Boot spielt.«

»U-Boot?«

»Dass sie alles hier für ihn ausspioniert.«

»Das würde sie nie tun!«, rief ich empört.

»Nein, freiwillig ganz bestimmt nicht«, knurrte Papa. »Aber der Teufel ist ein Eichhörnchen.«

»Was wirst du jetzt tun?«

»Wenn ihr mir versprecht, diese Klappe nicht anzurühren, bleibt der Keller euer Probenraum. Ich glaube, du hast gute Freunde gefunden. Und ihr solltet verdammt nochmal Musik machen. Dein Bass ist bestellt, Paula bekommt ihre Gitarre, und Lara hat ein Akkordeon. Um Titus und sein Schlagzeug werde ich mich kümmern. Da fällt mir schon was ein.«

Ich machte einen Satz nach vorn und umarmte Papa. So auf Hüfthöhe. Ich bin ja eher kleinwüchsig.

»Danke«, sagte ich.

Papa brummte nur. »Die Klappe wird fest verschraubt. Am liebsten würde ich sie verschweißen.«

»Ja, Papa.«

»Wenn ich ehrlich bin, geht es mir nur in zweiter Linie darum, dass ihr da runterfallen könntet.«

»Und in erster Linie?«

Papa sah mich ernst an. »Dass da nichts hochkommt«, sagte er und wiederholte den Satz noch einmal, weil ihm die Vorstellung so unbehaglich war. »Dass da verdammt nochmal nichts hochkommt.«

Es machte an der Schule schnell die Runde, dass Paula, Titus, Lara und ich eine Band gegründet hatten. Manche, allen voran Dörte das Tee-Ei, hielten uns für Wichtigtuer. Besonders, weil wir vier aus unterschiedlichen Gründen am Ende der schulischen Hackordnung standen.

»Und wie nennt ihr euch?«, rief sie quer über den Schulhof. Sie hielt Abstand. Wohl auch wegen Garm. »Deppi und die Verlierer? Adi und die Arschkrampen? Bärchen und die Milchbubis?«

Ich stutzte. Den letzten Namen musste sie irgendwo aufgeschnappt haben, denn **Die Milchbubis** gab es wirklich. Doch das war Titus egal. Er wäre am liebsten quer zu Dörte rübergewirbelt und hätte das mit ihr gemacht, was man mit Tee-Eiern

so macht, wenn man sie aus der Tasse fischt. Im letzten Moment konnte ich ihn am Kragen festhalten.

Ein paar unserer Mitschüler wiederum fanden die Vorstellung ziemlich krass, dass wir musikalisch echt was reißen wollten. Und dann auch noch in der *Villa Seelenfrieden*. Dem Ort, an den sich noch nicht mal ihre Eltern trauten, weil es da angeblich nicht mit rechten Dingen zuging.

Wir hatten also plötzlich einen Bonus in Sachen Lässigkeit, um den manche ihr ganzes Leben lang kämpfen mussten. Das war nicht schlecht.

»Dein Vater dürfte übrigens recht haben«, sagte Paula, die heute ein hellblaues Regenbogen-T-Shirt mit lustigen Kobolden trug. »Ich soll wirklich ein bisschen die Augen offenhalten.«

»Ich auch«, sagte Lara.

»Ich nicht«, sagte Titus und zog sich das T-Shirt wieder zurecht, das durch meinen beherzten Griff so aus der Form geraten war.

»Meine Mutter hat es genau wie Paulas Vater mit Bestechung versucht und will mir nur ein anständiges Instrument besorgen, wenn ich ihr verspreche, genauestens Bericht zu erstatten.«

Titus sagte daraufhin gar nichts. Wahrscheinlich, weil seine Eltern es noch nicht mal für nötig hielten, ihm überhaupt etwas zu besorgen. Seinem Vater gehörte der kleine Supermarkt in der Nähe des Hafens. Herr Henkelpott stand immer weiß bekittelt und halbglatzig hinter der alten Registrierkasse. Wie ein kleiner König in seinem Reich. Die Preise, die er für Eier, Butter, Käse, Milch verlangte, hatten es in sich. Und dass ja keiner denkt, dass er seinem Sohn mal eine Süßigkeit zusteckte!

»Ich muss für mein Geld genauso hart arbeiten wie jeder andere auch«, hatte er gesagt, als Titus einmal vergebens gehofft hatte, für uns alle eine Flasche Sprudel besorgen zu können. »Und mein Sohn bekommt ganz bestimmt keine Extrawurst.«

Auch nicht in einem anderen Supermarkt, denn den gab es nicht. Herr Henkelpott hatte auf Finsterbrook sozusagen ein Supermarkt-Monopol. Was ein Monopol war, mussten wir Titus nicht erklären. Das wusste er.

»Und was machen wir nun?«, wollte er wissen.

»Ich habe meinem Vater ein Versprechen gegeben, und das werde ich halten«, sagte ich.

Die drei nickten betrübt.

»Aber die Band gründen wir trotzdem?«, fragte Titus ängstlich.

»Also, wenn eines klar ist, dann doch wohl das«, sagte ich. »Oder?«

Paula grinste. »Aber hallo! So viel Spannendes passiert hier nicht auf Finsterbrook, als dass wir die Band sausen lassen könnten.«

»Das wäre echt ein Eigentor, wenn wir unser Bandprojekt erst so hoch hängen und dann *Och Nö* sagen«, schob ich hinterher. »Wie stünden wir denn da!«

Paula nickte heftig. »Genauso ist es!«

»Außerdem will ich sehen, wie gut du an der Schießbude bist, Titus«, sagte Lara.

Ich sah sie überrascht an.

»Das sagt man doch so in Musikerkreisen«, stotterte Lara. »Da ist ein Schlagzeug eine Schießbude, oder täusche ich mich? Ich meine, es gibt ja noch japanische Trommler. Das sind diese Rhythmusmaschinen, die …«

»Ich verstehe kein Wort«, unterbrach Titus sie. »Aber das war wohl ein Kompliment, und da sag ich mal danke.«

»Bitte.«

»Wir können außerdem das eine tun, ohne das andere zu lassen«, sagte Paula. »Du hast deinem Vater ja nur das Versprechen gegeben, nicht den Zugang in der *Villa Seelenfrieden* zu benutzen. Oder sehe ich da was falsch?«

Na ja, so richtig falsch sah sie es nicht. Aber auch nicht so richtig richtig. Ich mochte es nicht, meinen Vater anzulügen. Oder *anzuschofeln*, wie er es nannte. Aber war es eine Lüge, wenn ich ihm verschwieg, dass wir nach einem anderen Eingang zur Silbermine suchten? Eigentlich nicht. Wie auch immer, so ganz aufrichtig war es nicht.

»Unvorbereitet gehen wir da aber nicht rein«, sagte ich.

»Ich kann in der Bibliothek schauen, was für eine Ausrüstung wir brauchen und worauf wir achten müssen«, sagte Lara.

»Eine gute Idee«, sagte Paula. »Bis wann wirst du alles beisammenhaben?«

»Gebt mir drei Tage. Länger brauche ich nicht.«

Eine alte Mine zu erkunden unterschied sich kaum von der Erforschung einer unbekannten Höhle. Die Vorbereitungen waren die gleichen. Das hatte Lara ziemlich schnell herausgefunden. Zuallererst brauchte man Licht. Und genügend Batterien. Ging einem nämlich unterwegs das Licht aus, hatte man ein massives Problem und fand nicht mehr zurück. Außerdem brauchte man einen Helm. Am besten einen, an dem man das Licht befestigen konnte, damit man die Hände frei hatte. Seile. Einen Beutel mit Proviant. Einen Erste-Hilfe-Kasten.

Aber die erste Regel lautete: Sag jemandem Bescheid, wenn du dich auf Forschungstour begibst. Sag, wann du gehst, wohin du gehst und wann du wieder zurückkommst.

»Na, ihr Aufdermauers? Gut eingelebt?«, knauzte eine knarrige Stimme hinter uns. Ich stand mit meinem Vater in Henkelpotts Supermarkt, und wir schoben gerade unser Leergut in den Pfandautomaten.

»Der Herr Kapitän«, schnarrte Papa zurück und zupfte den Bon mit dem Strichcode aus dem Schlitz. »Immer noch eine Handbreit Wasser unterm Kiel?«

»Kein Grund zur Klage«, erwiderte Kapitän Kummerbunt. Er rollte das R und sprach das A wie ein O, so dass es wie *Koin Grrrund zur Kloge* klang. »Ich hab da was auf der *Maischolle*, das wartet schon auf euch.«

»Der Bass!«, rief ich.

»Und dann noch so ein paar andere Kisten. Sieht so aus, als würdet ihr doch länger bleiben, oder täusche ich mich?«

Garm, der absolut keine Lust gehabt hatte, draußen vor dem Laden angeleint zu werden, hörte auf, an einer Pyramide von Dosenerbsen zu schnüffeln, kläffte einmal laut auf und sprang an dem alten Kapitän hoch.

»Na, mein Alter?« Der Kapitän grinste über das ganze Gesicht, als er dem Hund über den Kopf streichelte. Richtung Papa sagte er: »Ihr habt Freundschaft geschlossen!«

»Wie man's nimmt«, sagte Papa.

»Doch, haben wir«, sagte ich.

»Das ist gut«, sagte der Kapitän zufrieden. »Dann gehen die Dinge wohl ihren Gang?« Er sah mich fragend an.

»Ich denke schon«, sagte ich.

»Fein.«

»Sagen Sie mal, Herr Kapitän, kann man eigentlich Sachen bei Ihnen direkt bestellen?«

»Du meinst Lebensmittel, Getränke und so Zeug?«

»Es ist unglaublich, was hier für Preise verlangt werden«, sagte Papa empört.

»Ja, Heribert Henkelpott weiß, dass er den einzigen Supermarkt auf der Insel führt. Es gab hier mal mehr Läden, zwei Bäcker und eine Drogerie, haben sich aber alle nicht gelohnt. Sagt der Bürgermeister. Und der muss es ja wissen. Sonst wäre er ja kein Bürgermeister.« Der Kapitän zwinkerte mir zu und sog schlürfend an seiner Pfeife. Dass sie kalt war, schien ihn nicht zu stören.

»Hey!«, rief eine Stimme. Und dann noch lauter: »HEY! Hunde sind hier im Markt nicht erlaubt. Leinen Sie Ihren bitte augenblicklich vor der Tür bei den Fahrradständern an.«

»Gehst du mit ihm?«, seufzte Papa.

»Komm, Garm«, sagte ich.

»Unglaublich!«, rief der Supermarktbesitzer aufgebracht. »Wenn das noch einmal passiert, erteile ich Ihnen Hausverbot, damit das klar ist!«

»Alles klar«, sagte Papa.

Garm schaute Herrn Henkelpott mit schräggelegtem Kopf an. Es war ein Duell der Blicke. Wer zuerst blinzelte, hatte verloren. Dann hob Garm langsam sein Bein. Und pinkelte Herrn Henkelpott an die Hose.

»Raus!«, schrie der Mann, dessen Kopf kurz vor der Explosion stand. »Aber sofort! Das war's. Der Supermarkt ist für euch geschlossen. Habt ihr verstanden?«

Garm ließ einen fahren, wie er es sonst nur bei Papa machte, und kicherte hechelnd, als er mit hoch erhobenem Hintern den Supermarkt verließ.

So kam es, dass wir in Heribert Henkelpotts Supermarkt Hausverbot erhielten. Übrigens bis heute. Seit jenem Tag habe ich nie wieder einen Fuß in den Laden gesetzt. Zumindest nicht offiziell.

»Um noch mal auf deine Frage zurückzukommen«, sagte der Kapitän draußen zu meinem Vater. »Natürlich kann man auch Sachen direkt bei mir bestellen. Das machen ganz viele. Ihr seid nämlich nicht die Ersten, denen der alte Wichtigtuer Hausverbot erteilt hat.«

»Ach?«, machte Papa, als würde ihn das nicht überraschen. »Wem denn noch?«

»Magda zum Beispiel. Und noch so ein paar anderen Leuten, die nicht damit einverstanden sind, wie es hier läuft. Na ja, ... sollen wir mal eure Sachen umladen? Ich denke, der Junge möchte gern sein Instrument in die Arme schließen.«

Was Gopal geschickt hatte, fühlte sich wie ein kompletter Umzug an. Wir luden unsere ganzen Klamotten, die Bücher und einige wenige Möbel in unseren Schienenbus. Den Rest hatte Gopal auf den Sperrmüll entsorgen sollen. Oder verschenken. Oder behalten. Was auch immer.

Kummerbunts Angebot war ein Geschenk des Himmels, denn so konnten wir alles, was wir brauchten, an Henkelpott vorbei bestellen. Irgendwann hätte er durch unsere Einkäufe sowieso mehr über uns gewusst als Wladimir und Estragon, nachdem sie in unserem Müll herumgeschnüffelt hatten. Bei der Gelegenheit fragte ich mich, ob die beiden Glatzkloppse uns noch immer auf den Fersen waren. Oder ob sie die Suche nach uns aufgegeben hatten? Gopal hatte uns nämlich einen netten Brief geschrieben, in dem er uns auf seine unnachahmlich freundliche Art mitteilte, dass die beiden noch dreimal bei ihm aufgetaucht waren, es dann aber irgendwann aufgegeben hatten.

Und damit Adrian in der Fremde nicht ganz so fremd zumute ist, hatte er geschrieben, *habe ich mir erlaubt, eine Kleinigkeit mitzuschicken, die ihn an seinen alten Freund Gopal erinnern soll.*

Diese Kleinigkeit war – ihr habt es natürlich längst erraten – eine Großpackung *Spunk Salzlakritz-Pastillen*, 48 Stück.

»Och Mensch«, sagte ich, als ich das Paket in Händen hielt. »Ich vermisse Gopal.«

»Ich auch«, sagte Papa und ließ sich in einen der Sessel fallen, die in unserer Lobby standen. Um uns herum türmten sich Kisten und Kartons mit Dingen, die ich eigentlich nicht vermisst hatte.

»Sag mal, wäre es nicht eine gute Idee, wenn Gopal seinen Kiosk dichtmachen und stattdessen hier auf Finsterbrook einen Laden eröffnen würde? Um den alten Henkelpott ein wenig zu ärgern?«

»Ah ja«, sagte Papa. »Aber die Erlaubnis kann nur der Gemeinderat erteilen. Und der ist fest in Niederstedts Hand.«

»Na, dann ist die Sache doch klar!«, rief ich.

»Welche Sache ist klar?«, fragte Papa.

»Dann wirst du dich halt wählen lassen. In den Gemeinderat.«

»Auf gar keinen Fall«, sagte Papa. »Da habe ich absolut keine Lust drauf. Ich bin froh, wenn ich den ganzen Pappnasen hier aus dem Weg gehen kann.«

»Das verstehe ich. Aber ist das klug?«, fragte ich. »Ich meine, wir wohnen jetzt hier.«

»Oh bitte«, antwortete Papa gereizt. »Adrian, auf Kommunalpolitik habe ich nun wirklich keinen Bock.«

»Auf was?«, fragte ich.

»Dorfdynamik«, sagte Papa sehr unwirsch. »Ich will mit den Leuten nichts zu tun haben. Ende und aus.«

Ich war sprachlos. Zutiefst. Zum ersten Mal in meinem Leben war ich der Überzeugung, dass Papa einen Fehler machte, der schwerer wog, als sich Geld bei Kredithaien zu leihen.

»Papa, du bist schrecklich eingebildet.«

»Was bin ich?«, fragte Papa ungläubig.

»Eingebildet«, sagte ich nachdrücklich. »Glaubst du wirklich, du bist besser als jeder, der hier auf der Insel wohnt? Besser als Kilian Kummerbunt, der uns hilft, wo er nur kann? Oder Magda Halberstadt, die Urgroßtante Käthe genauso vermisst, wie wir Mama? Besser als Paula, Titus und Lara?«

Papa klappte den Mund auf. Er wollte etwas sagen, bekam aber kein Wort heraus.

»Ich habe mich entschlossen, hierzubleiben, komme was wolle. Das hier ist jetzt mein Zuhause. Deins auch? Dann gehören wir dazu und sind nicht einfach nur dabei.«

»Du redest wie deine Mutter«, sagte Papa. »Nur der französische Akzent fehlt.«

»Danke für das Kompliment«, sagte ich. »Also?«

Papa sah mich wütend an. »Weißt du, was ich an dir absolut nicht leiden kann?«

»Na?«

»Dass du trotz deines wenig fortgeschrittenen Alters in wichtigen Dingen meistens recht hast.«, knurrte er. »Also gut. Ich werde mal schauen, wie das hier so läuft. Zufrieden?«

Er zog aus einem Stapel alter Musikzeitschriften ein abgegriffenes Heft hervor.

»*Die kleine Gitarrenschule*«, rief ich. »Danke!«

»Und für deinen quirligen Kumpel habe ich auch schon was in Arbeit. Komm mal mit.«

Er ging mit mir in die Scheune, wo der Schienenbus stand. Hinten in einer Ecke befand sich eine abgetrennte Werkstatt, die größer als die Werkbank im Keller war. Und besser ausgestattet.

»Oha!«, rief ich. »Das ist ja ein Schlagzeug!«

»Na ja, fast«, sagte Papa. »Sofern man eine Schießbude aus alten Bleicheimern, Plastikkanistern und Dosen zusammenschweißen kann.« Papa stutzte. »Warum lachst du?«

»Nur so«, sagte ich kichernd. »Ich musste an Lara denken. Die nennt Schlagzeuge auch so.«

»Ist vom Fach, die Gute«, sagte Papa und setzte sich hinter die selbstgebaute Konstruktion. Er wirbelte mit zwei Stöcken, die er wohl bei Gopal bestellt hatte, und legte los.

Also, ich wusste, dass er ziemlich gut an der Gitarre war. Und auch ein paar Griffe auf dem Klavier beherrschte. Aber wie er auf dem Schlagzeug loslegte, das beeindruckte mich dann doch! Er war schnell, exakt und konnte einen Rhythmus schlagen, den ich nicht mal verstand, geschweige denn nachspielen konnte.

»Klingt gut«, sagte ich. »Solltest du öfters machen.«

Papa stand auf, plötzlich wirkte er irgendwie morsch und müde. »Komm, lass uns das Ding in den Keller tragen. Dann könnt ihr loslegen, wann immer ihr wollt.«

Nun ist es so, dass ich ein wenig weiß, wie Papa tickt. Das mit der Wahl war pure Berechnung von mir. Ich musste nur ein paar Tage warten, bis die Saat aufging. Papa war sehr nachdenklich gewesen, hatte permanent Selbstgespräche geführt. Jetzt wollte ich sehen, ob der Braten gar war. Und pikste hinein.

»Papa? Was ist Politik?«, fragte ich.

Papa blies die Backen auf und runzelte die Stirn. Der Schienenbus zockelte durchs Brudertal, immer schnurgeradeaus. Wir wollten unsere Einkäufe bei Kapitän Kummerbunt abholen.

»Gott, du stellst Fragen«, sagte er und kurbelte das Seitenfenster herunter, um den Frühling hereinzulassen. »Also, das mag jetzt seltsam klingen, aber alles ist Politik.«

Ich rollte mit den Augen. »Das beantwortet jetzt aber nicht meine Frage.«

»Na ja, eigentlich schon. Politik regelt unser Zusammenleben. Was darf ich? Was darf ich nicht? Verkehrsregeln zum Beispiel. Sind Politik. Ohne Verkehrsregeln würde jeder tun, was er wollte. Würde aber nicht funktionieren.«

»Okay. Seh ich ein. Aber wer bestimmt die Verkehrsregeln?«

»Im besten Fall wir alle. Im ungünstigsten Fall nur einige wenige. Da geht es dann um Macht.«

»Und was ist Macht?«

»Wenn ich bestimmen kann, was du tun musst. Und ich dich bestrafen kann, wenn du es nicht tust.«

»Das hast du aber nur noch nie gemacht. Du hast nie bestimmt, was ich tun muss.«

»Und ich habe dich auch noch nie bestraft.«

Ich dachte nach. Nein, hatte er wirklich nicht.

»Warum nicht?«, wollte ich wissen.

Er sah mich an, als wäre ich ein kleines grünes Männchen vom Mars. »Was würde das bringen? Entweder kann ich dich davon überzeugen, dass man bestimmte Dinge besser unterlässt. Oder es ist mir nicht gelungen, aber dann habe ich es vielleicht nicht gut genug erklärt. Aber dafür bestrafe ich dich doch nicht!«

»Hm«, machte ich. Das ergab Sinn.

»Du und ich haben Regeln miteinander vereinbart, damit wir uns nicht wegen jeder Kleinigkeit streiten. Du erinnerst dich?«

Ich nickte. »Ordnung halten zum Beispiel. Jeder räumt seine Sachen sofort weg.«

»Genau. In deinem Zimmer kannst du es halten, wie du willst. Da ist mir das wurscht. Aber für Küche und Wohnzimmer gelten Regeln, die wir gemeinsam vereinbart haben.«

»Das ist Politik«, sagte ich.

Papa nickte. »So im Prinzip, ja. Ich könnte aber auch sagen, das Haus gehört mir, oder ich bezahle die Miete, denn ohne mein Geld könnten wir nicht so leben, wie wir leben. Also bestimme ich die Regeln, und du musst tun, was ich sage.«

»Das wäre für mich aber ziemlich mies!«, sagte ich.

»Und wenn mir das egal wäre?«, sagte Papa.

»Dann wäre ich ziemlich sauer auf dich.«

»Gut. Dann könnte ich sagen: Benimm dich, sonst nehme ich dir nach und nach alles weg, was dir gefällt und dein Leben schön macht.«

»Das würdest du nie tun!«, rief ich.

»Nein, natürlich nicht!«, rief Papa. »Aber streng mal deine Fantasie an.«

»Dann hätte ich Angst«, gab ich zu.

»Genau. Und so funktioniert Macht. Im schlechtesten Fall.«

»Das gilt auch für Finsterbrook.«

»Das gilt *vor allem* für Finsterbrook«, korrigierte mich Papa. »Über die Jahre sind viele Familien vom Festland auf die Insel gezogen. Ihnen wurde es aber verdammt schwer gemacht. Bis heute. Etliche haben es nicht ausgehalten und sind wieder weggegangen. Und das ist tragisch. All die Niederstedts und Henkelpotts und Magenbrots haben dafür gesorgt, dass die Zeit hier stillsteht. Mehltau überall.«

»Mehltau?«, fragte ich.

»Es hat sich etwas über die Insel gelegt, wie Mehltau, das aus allem die Energie zieht. Irgendwie die Zeit zurückdreht. Spürst du es nicht?«

Ich nickte. »Was hast du also vor?«

»Ich möchte die alten Familien, diesen verschnarchten Inseladel, ein wenig ärgern und denjenigen, die nicht damit einverstanden sind, wie Friedbert Niederstedt die Insel verwaltet, eine Stimme geben.«

»Und wie willst du das machen?«

»Nun, ich stelle mich einfach mit dem Bus an den Hafen und setze mich da hin. Dann warte ich ab, wer so mit mir ins Gespräch kommen will. Wir haben den Aufdermauer-Bonus. Ist der Ruf erst ruiniert, lebt es sich ganz ungeniert. Aber auf der anderen Seite bedeutet es auch: Die Leute sind neugierig. Ich wette mit dir, ganz viele wollen wissen, wer wir sind. Auch wegen dir und deiner Band, die noch keinen Namen hat. Das müsst ihr übrigens mal ändern.«

»Aber bitte keine *Krause Glucke*«, stöhnte ich.

»Regelt das miteinander. Ich habe damit nichts zu tun.«

Der Setra rollte mit spotzendem Motor in den Hafen ein und stoppte vor der Maischolle von Kapitän Kummerbunt. Papa stieg aus und nahm eine große Papprolle aus der Kofferablage. »Ein wenig Klappern gehört natürlich schon zum Handwerk«, sagte er, als er ausstieg und ich ihn fragend anschaute.

Papa hatte Plakate machen lassen. Wahlkampfplakate. Von sich, im Anzug, grinsend und mit zwei hochgereckten Daumen. Und einem Slogan, der es in sich hatte.

Reif für die Insel!, las ich. »Ehrlich jetzt?«

»Was denn?!«, rief Papa. »Ich find's gut. Ist griffig. Und man kann es lesen, wie man will. So von der Bedeutung her, meine ich.«

»Aha«, machte ich nur.

»Ich habe auch Buttons machen lassen.« Er stellte einen Beutel auf den Tisch, griff hinein und drückte mir ein paar von den Dingern in Hand. »Keine Angst. Ohne Bild von mir.«

»Aber reif für die Insel«, sagte ich. Da stand es. Rot auf weiß.

»Na los, steck ihn dir schon an«, forderte Papa mich auf. »Und hey!« Er winkte Kapitän Kummerbunt zu sich heran, der gerade mit einem Karren seine *Maischolle* entlud. »Sie auch!«

Kummerbunt arretierte die Bremse, wischte sich die Hände an der speckigen Hose ab und stakselte o-beinig zu uns herüber. Er sah sich das Plakat an, betrachtete den Button und grinste Papa unter seinem krautigen Bart mit strahlenden Augen an.

»Ihr seid gekommen, um zu bleiben«, sagte er zu Papa.

»Wir haben es zumindest vor«, sagte Papa mit einem Seitenblick auf mich.

Ich zuckte mit den Schultern, lächelte und nickte. Kummerbunt bohrte sich im Ohr und kniff die Augen zusammen, um erkennen zu können, was er da zutage gefördert hatte.

»So sieht es aus«, sagte Papa. »Käthe hat uns zwar ein wenig Geld hinterlassen, aber das reicht nicht, um das Hotel zu renovieren. Wenn das Hotel nicht renoviert wird, kommen keine Gäste. Und wenn keine Gäste kommen, verdienen wir nichts. So geht das.«

»So geht das«, wiederholte Kummerbunt. »Nach Golde drängt, am Golde hängt doch alles. Bisher noch keine Spur von dem Schatz?« Die Frage war an mich gerichtet, nicht an Papa.

»Nein«, sagte ich. »Nicht wirklich.«

»Aha«, brummelte Kummerbunt und zog die Nase hoch. »Na, wird schon.«

»Wie, na wird schon?«, fragte Papa. »Ihre Zuversicht hätte ich gern. Wenn sich da bis zum Sommer nichts tut, war es das für uns.«

Kummerbunt zeigte auf das Plakat. »Trotzdem willst du hier für ein kommunales Amt antreten.«

›Kommunales Amt.‹ Klang ziemlich gestelzt aus seinem Mund. Aber so ist das wohl mit der Politik. Das ist eine ernste Angelegenheit, und deswegen benutzt man da auch ernste Worte.

Papa nickte. »Fand Adrian wichtig. Und von dieser Wichtigkeit hat er mich überzeugt.«

Kummerbunt brummelte wieder und zwinkerte mir zu. Er war ziemlich vergnügt. Aber ich verstand nicht genau, warum.

»Mein lieber Justus«, sagte er. »Wenn du dich wirklich für die Insel entschieden hast, so richtig, aus vollem Herzen und innerer Notwendigkeit, dann wird dir die Insel geben, was du brauchst. Nicht wahr, Garm?«

Ein lautes Aufkläffen.

Erschrocken zuckte ich zusammen und schaute nach unten. »Wo kommst du denn her?« Ich war mir ganz sicher, dass wir den Beagle zu Hause gelassen hatten. Er hatte auf seiner Decke in der Küche gelegen und fest geschlafen, als wir losfuhren. Im Bus war er jedenfalls nicht gewesen.

Kummerbunt bückte sich und nahm den Hund auf den Arm. »Gutes Tier. Braver Bursche. Was sagst du?« Er beugte sich nach vorn, damit Garm ihm etwas ins Ohr flüstern konnte. So sah es zumindest aus. Kummerbunt lächelt. »Ja, das sehe ich genauso. Wir müssen ein wenig Geduld haben. Aber die Dinge sind auf einem guten Weg.«

»Welche Dinge sind auf einem guten Weg?«, fragte ich.

»Alle«, sagte Kummerbunt und setzte den Hund wieder ab.

»Einfach alle.« Er tippte sich an die Mütze. »Einen fröhlichen Wahlkampf wünsche ich noch.«

Papa sah den Hund an. Dann mich. Dann wieder den Hund. Schließlich seufzte er. »Komm, lass uns schon mal die Vorräte in den Bus laden. Und vergiss dein Fahrrad nicht.«

Finsterbrook war mit seinen knapp über zweitausend Einwohnern mehr ein Dorf als eine Stadt. Es gab keinen Marktplatz, aber dafür eben den Hafen mit seinen wenigen Fischerbooten und Kummerbunts Maischolle. Auf der Ostseite des Hafens befand sich eine kleine Werft neben einer Remise. Eine Remise ist so etwas wie eine Garage für Kutschen. Es gab nur zwei Autos auf der Insel. Eines von der freiwilligen Inselfeuerwehr. (Einmal dürft ihr raten, wer der Leiter war. Kleiner Tipp: Fängt mit N an und hört mit iederstedt auf.) Das andere gehörte zur Polizei. Medizinisch war Finsterbrook etwas unterversorgt. Wer krank wurde oder Zahnschmerzen hatte, musste aufs Festland. Es gab den *Schwarzen Storch* und Henkelpotts Supermarkt, und das war's. Die Post drückte man Kummerbunt direkt in die Hand.

Auf der anderen Seite der Hauptstraße, neben dem Dorfgemeinschaftshaus, war die Schule, in die alle Kinder der Insel gingen. Ein Backsteinschloss mit längst verblasster Pracht. Unser Pausenhof grenzte an den kleinen Park, der sich dahinter anschloss. Mit Spielplatz, Musikpavillon und Grillstelle. Eigentlich alles sehr gemütlich und überschaubar.

Wenn es so etwas wie einen alten Ortskern gab, dann hier. Hier wohnten die eingesessenen Familien, die sich fein säuberlich von den Zugereisten abgrenzten, in Einfamilienhäusern, die so aussahen wie in Wanne-Eickel, Castrop-Rauxel oder Oer-Erkenschwick. Der Rasen wie die Hecken akkurat geschnitten, die Beete mit Stiefmütterchen und Löwenmäulchen bepflanzt. Die Zugereisten wohnten auf der anderen Seite des Hafens in einem Viertel, das ein wenig durcheinander wirkte. Jedenfalls ohne Vorgärten des Grauens.

Wie war das noch mal mit dem Mehltau?

Garm saß zu meinen Füßen und hechelte, mit sich und der Welt in unerschütterlichem Einklang. Ich hatte mir ein kleines Päckchen *Spunk* aufgemacht und bekam Heimweh. Nein, kein Heimweh. Ich vermisste Gopal. Seine liebenswürdige, leicht chaotische Art, die so viel gute Laune ausstrahlte. Seine zugewandten Worte. Und seine Schnucktüten.

Ich stand von dem kleinen Mäuerchen auf und klopfte meinen Hosenboden ab. Papa war tatsächlich im Gespräch mit einem jungen Paar, das einen Buggy mit einem schlafenden Kind vor und zurück bewegte. Alle drei lachten. Er reichte ihnen zwei seiner Buttons. Und tatsächlich steckten sie sich zweimal *Reif für die Insel* an die Jacken. Das Paar verabschiedete sich, und Papa reckte mir grinsend zwei Daumen entgegen. Dabei sah er genauso aus wie auf dem Plakat, leicht verwirrt und entrückt grinsend.

»Dein Vater macht wirklich Wahlkampf«, sagte eine Stimme neben mir. Es war Paula. »Und er scheint Erfolg zu haben.«

»Ja, sieht so aus«, sagte ich. »*Spunk*?« Ich hielt ihr das Päckchen hin.

Sie nahm eine kleine Pastille heraus und leckte sie vorsichtig mit der Zungenspitze an. »Oha!«, sagte sie.

Ich wollte ihr noch sagen, sie müsse das nicht essen, wenn es ihr zur scharf sei, da hatte sie sich das kleine Ding schon in den Mund gesteckt und die Hand ausgestreckt.

»Kann ich noch eins haben?«

»Natürlich«, sagte ich hocherfreut und kramte ein zweites Schächtelchen aus meiner Hosentasche. Sie schüttete es sich komplett auf die Zunge.

»Ich wollte mir das mit eigenen Augen anschauen«, sagte Paula mampfend und deutete auf Papas Stand, an dem jetzt ein Mann stand, den ich zu erkennen glaubte. Er hatte bei unserer Ankunft im *Schwarzen Storch* am Tresen gesessen und auf Kommando das Lachen unterlassen.

»Papa ist ziemlich sauer deswegen. Du hättest ihn mal sehen sollen. Der hatte Druck wie ein Schnellkochtopf, bei dem das Ventil klemmt. Aber er kann nichts machen. Jeder darf sich zu der nächsten Gemeinderatswahl aufstellen lassen. Also, machen wir uns nichts vor, mein Vater wird die Wahl gewinnen. So viel ist sicher. Aber die Aufdermauer-Partei wird auch ins Rathaus einziehen. Und das ist gut.« Sie knuffte mir spielerisch in den Bauch.

»Na ja, das hängt auch davon ab, ob wir uns die *Villa Seelenfrieden* überhaupt leisten können. Wenn wir nicht bald an Geld kommen, werden wir die Insel verlassen müssen, damit Papa sich einen Job sucht.« Ich seufzte. »Komm, lass uns gehen.«

Wir hatten uns für den späten Nachmittag beim kleinen Pavillon im Park hinter der Schule verabredet. Es war ein Samt-und-Seide-Tag, und ich musste wieder an meine geklauten Ferien denken. Aber wie sagte Papa immer so schön: *Heule nicht in vergossene Milch*. Also machte ich einen Haken an die Sache und verdrängte, dass ich jetzt eigentlich den ganzen Tag dösend in der Sonne am Strand liegen könnte.

Wie in einem guten Film trafen wir alle zur selben Zeit ein. Jeder hatte einen Rucksack dabei. Fehlte eigentlich nur noch ein bisschen dramatische Musik im Hintergrund. Wir nickten uns zu und radelten los, durch den Park, am Fußballplatz vorbei, an der Schienentrasse entlang. Garm lief neben uns her und schien den Ausflug zu genießen. Doch statt zur *Villa Seelenfrieden* zu fahren, bogen wir an der Weiche links ab und hielten auf den Großen Bruderberg zu. Keiner wusste, was wir vorhatten.

Titus ächzte und schnaufte hinter uns her. Sein schrottiges Fahrrad quietschte. Und dann blieb er stehen.

»Hey!«, rief er. »Könntetihrmalbitteaufmichwarten? Ichfallehiergleichtotum.«

»Wir haben Titus abgehängt«, sagte Lara und bremste.

»Er braucht ein neues Rad«, sagte Paula.

»Unbedingt«, bestätigte ich.

»Wir sind gleich da!«, rief Lara nach hinten. »Halte durch!«

Titus warf sein Fahrrad entnervt von sich. »DabinichjazuFußfastschneller.«

Wir sahen einander an. »Das können wir auch machen«, sagte Lara. »Also, den letzten Rest zu Fuß gehen.«

Also stiegen wir alle ab und schoben unsere Räder erst mal zurück zu Titus, der sich mitten auf den Weg gesetzt hatte.

»Du solltest was trinken«, sagte Lara. »Dein Kopf platzt gleich, so rot ist er.«

Titus antwortete nicht, sondern sah beschämt zur Seite.

»Ist alles gut mit dir?«, fragte Paula.

Lara wollte Titus' Rucksack aufheben, doch er war schneller und drückte ihn an sich.

»Was hast du da drin?«, fragte Paula.

»Nichts«, sagte Titus.

»Du musst es uns nicht zeigen. Aber du solltest deine Flasche rausholen und unbedingt was trinken.«

Doch Titus schüttelte erneut den Kopf.

»Er hat wirklich nichts in seinem Rucksack«, kam es mir plötzlich in den Sinn.

»Nichts zu trinken? Kein Proviant?«, fragte Lara ungläubig. »Keine Taschenlampe? Keine Batterien?«

Titus zog die Nase kraus und schüttelte den Kopf.

»Aber warum?«, fragte Lara fassungslos. »Wir gehen doch schließlich auf Expedition!«

Titus sprang auf. »Ich fahr besser nach Hause.« Er sprach jetzt wieder langsamer, weil Garm sich neben ihn gelegt hatte.

»Nein!«, rief Paula.

»Ich hab keinen Bock mehr. Lasst mich in Ruhe.«

»Wir können dir doch was abgeben«, sagte Lara.

»Will ich nicht«, sagte Titus. Er hob sein Rad hoch, warf es aber gleich wieder hin. Die Kette war abgesprungen. Wütend trat er gegen den Rahmen.

»Ich glaube, wir lassen das für heute«, sagte ich. Ich merkte, dass Titus nirgendwo mehr hingehen würde. Schon gar nicht auf große Entdeckungstour. Garm sah mich an, als sei das eine ganz hervorragende Idee. Was von Paula und Lara nicht zu behaupten war.

»Ich schau mal, ob mein Vater dir ein neues Rad zusammenbauen kann«, fuhr ich fort. »Das tut er bestimmt, er mag dich nämlich sehr gern.«

»Rutscht mir doch alle den Buckel runter!«, rief er. Dann wandte er sich um und ging. Garm hoppelte hinter ihm her.

»Titus!«, rief Lara.

»Garm!«, rief ich.

»Lass ihn«, sagte Paula traurig. »Er fühlt sich bestimmt wie das fünfte Rad am Wagen. Keiner hat es bisher lange mit ihm ausgehalten, weil er so chaotisch ist. Ich weiß von meinem Vater, dass ihn sogar seine Eltern jeden Sommer weggeschickt haben, weil er ihnen zu anstrengend war.«

»Was?«, entfuhr es mir. »Das ist nicht dein Ernst!«

Ich musste mich ins Gras setzen. Mir war schlecht. Und mir tat es auf einmal leid, dass ich oft so ungeduldig mit ihm gewesen war.

»Was können wir machen?«, fragte ich.

»Also, ich weiß, das klingt jetzt verrückt, aber ich glaube, es ist alles in Ordnung«, sagte Paula. »Garm ist bei ihm.«

»Warum sollte ausgerechnet ein Hund ihm helfen können?«, fragte Lara.

Paula zuckte mit den Schultern. »Keine Ahnung. Ist nur so ein Gefühl. Garm ist schließlich kein normaler Hund. Manchmal habe ich das Gefühl, dass er klüger ist als wir alle zusammen.«

Ich hatte eine Ahnung, was Paula meinte, denn ich hatte dasselbe Gefühl. Garm war auf eine überraschende Weise menschlich in seinem Verhalten. Obwohl: Menschlich war vielleicht der falsche Begriff. Ich kannte kaum jemanden, der seine Zuneigung und auch seine Abneigung so unmenschlich offen zeigte wie dieser dauerfurzende Beagle.

»Und was machen *wir* jetzt?«, fragte Lara. »Gehen wir auch nach Hause und blasen das alles ab?« Sie klang enttäuscht.

»Ich bin dafür, dass wir trotzdem die Mine erforschen«, sagte Paula. »Jetzt, wo wir schon mal hier sind und alles dabeihaben, was wir brauchen. Was sagst du, Adrian?«

»Ich bin mir nicht sicher, ob wir gehen sollten.« Mein Bauch zwickte ein wenig. »Wir vier gehören irgendwie zusammen. Eigentlich sogar wir fünf, wenn wir Garm mit dazurechnen. Und jetzt sind wir nur zu dritt. Wenn ihr mich fragt, fühlt sich das nicht richtig an.«

»Wir haben die Karte. Wir sind gut ausgerüstet«, sagte Paula nachdenklich.

Ganz im Gegensatz zu Titus, der ohne Garm zu Hause wieder in seinen Ichbinganzschnellundihrganzlangsam-Film gerutscht war und seinen Rucksack wahrscheinlich nicht hatte packen können, weil in seinem Kopf wieder dieses Dauerfeuerwerk gezündet hatte. Wusch. Knall. Peng.

»Und es ist drei Uhr am Nachmittag«, sagte Lara. »Zeit genug, um sich mal ein wenig umzuschauen. Ich finde, wir sollten darüber abstimmen«, sagte Lara. »Wer ist dafür, dass wir in die Mine gehen?«

Sie riss die Hand in die Höhe, als würde sie sich im Unterricht mit einer brillanten Idee zu Wort melden. Auch Paula hob den Arm, wenn auch nicht ganz so eifrig wie Lara.

»Also gut«, sagte ich und zurrte meinen Rucksack fester. »*On y va.*«

»Oni was?«, fragte Paula.

»Dann mal los«, übersetzte ich.

Wir ließen die Fahrräder da, wo sie waren, und gingen die letzten Meter an den rostigen Gleisen entlang durch einen immer dichter werdenden Wald, bis wir vor einem zugeketteten Gittertor standen.

»*Vorsicht! Einsturzgefahr! Betreten strengstens verboten. Eltern haften für ihre Kinder*«, las Paula von einem schiefhängenden Blechschild ab. *Eltern haften für ihre Kinder* – der war gut.

Um den Maschendrahtzaun rankte sich dunkelgrüner Efeu, so dass es aussah, als stünden wir vor einer massiven Mauer.

Alles war still. Kein Vogel sang. Nichts zwitscherte, nichts raschelte, nichts summte.

»Die Stille ist schon ein bisschen unheimlich«, flüsterte Lara.

Das Zwicken in meinem Bauch wurde stärker. War es falsch, hier einzubrechen? Aber hallo, das war es ganz bestimmt! Machte mir das Angst? Ein wenig. Aber nicht so sehr, dass sich meine Neugier verabschiedete. Also achtete ich nicht weiter auf mein Bauchgefühl und kletterte über das Tor. Lara und Paula folgten mir.

Der Wald war ein regelrechter Dschungel, der sich über die Jahre das Minengelände zurückerobert hatte. Die Schienen waren nun ganz unter dem herabgefallenen Laub im Erdreich versunken. Morsche Äste knackten unter unseren Schuhen. Zwischen den Bäumen entdeckten wir die Ruinen mehrerer Häuser, deren Dächer und Decken seit Ewigkeiten eingestürzt waren. Leere Fensterhöhlen glotzten uns an. Plötzlich vermisste ich meinen Hund.

»Man hat überhaupt keine Vorstellung mehr, wie es hier mal ausgesehen haben mag«, sagte Lara, die die Karte hervorgeholt hatte. »Der Eingang zum Stollen müsste jedenfalls da hinten sein.« Sie zeigte auf eine besonders dunkle Stelle des Waldes.

Ich war froh, dass ich festes Schuhwerk angezogen hatte. Mit simplen Sportschlappen wäre ich hier nicht weit gekommen. Wir kämpften uns durch dornige Büsche an kleinen Waggons vorbei, die umgekippt im Unterholz lagen.

»Das sind alte Loren«, sagte Lara. »Mit denen wurde früher das Silbererz aus dem Berg zum Hafen gefahren. Damals sind sie wohl von Pferden gezogen worden. Ich kann jedenfalls nirgendwo eine Lokomotive sehen.«

»Mann, hier ist ja wirklich so gut wie kein Durchkommen«, fluchte Paula, deren lange Haare sich in den Zweigen eines Hagebuttenstrauches verfangen hatten.

»Leute«, hauchte Lara. »Ich glaube, wir sind da.«

Ich muss zugeben, ich hatte etwas anderes erwartet. So etwas wie eine Höhlenöffnung, die sich tief in den Berg erstreckte. In die man etwas hineinrief und dann ein endloses Echo hörte. Wie man das aus Filmen halt so kannte.

Der Eingang zu Finsterbrooks Silbermine hingegen sah aus wie ein zugemauerter Straßentunnel, bei dem man Platz für eine Tür gelassen hatte. Obwohl der Begriff *Tür* den Nagel nicht auf den Kopf traf.

»Das ist ein Schott«, sagte Lara. »Das findet man sonst nur auf Schiffen. Sehr massiv.«

»Und nun?«, fragte Paula. »Wie kommen wir da rein?«

Lara zeigte auf ein Schloss. »Wenn wir nicht den richtigen Schlüssel haben? Gar nicht.«

Paula ließ die Schultern hängen. »Große Klasse. Dann können wir gleich wieder umkehren.«

»Nicht so schnell«, sagte ich. Vielleicht, VIELLEICHT passte ja wirklich einer von den vielen Schlüsseln an dem Bund, das Magda Halberstadt mir übergeben hatte. Ich holte den Bund aus dem Rucksack und schaute ihn durch, bis ich bei einem Schlüssel hängen blieb, der passen konnte.

Ich steckte ihn ins Schloss. Und drehte ihn um. Er passte.

»Wie ist denn deine Urgroßtante an den Schlüssel für diese Tür gekommen?«, fragte Paula.

»Auf dieselbe Art und Weise, wie sie auch an die Karte gekommen ist«, sagte ich. »Sie hat ihn wohl gefipst.«

Wir mussten zu dritt an der Tür ziehen, bis sie sich öffnete. Die Scharniere waren ziemlich eingerostet und in den letzten Jahren ganz bestimmt nicht geölt worden.

»Deine Urgroßtante Käthe wird mir nachträglich wirklich unheimlich«, sagte Paula.

»Gehen wir rein«, sagte ich nur.

Wir setzten unsere Fahrradhelme auf, an denen wir mit Hilfe von Panzerband Taschenlampen befestigt hatten, damit wir die Hände frei hatten. Das war Laras Idee gewesen, die bei solchen Dingen echt was weghatte. Sie übernahm auch die Führung.

»Ich schlage vor, wir gehen einfach Richtung *Villa Seelenfrieden* und schauen, was wir hier unten so alles entdecken.«

Es herrschte eine unnatürliche Stille hier im Bergwerk. Das Blut rauschte in meinen Ohren, aber das war neben unserem Atem und unseren Schritten auch schon das einzige Geräusch, das ich hören konnte. Mein Kopf schien wie in Watte gepackt zu sein, die Schritte klangen dumpf und erzeugten kein Echo. An den Wänden waren noch die Spuren der Spitzhacken zu sehen, mit denen sich die Bergleute vorangegraben hatten.

»Es fühlt sich seltsam an«, flüsterte Paula.

Und ich verstand, was sie meinte.

»Das ist wie beim Schwimmen im offenen Meer. Da will man auch nicht wissen, was unter einem durch die Dunkelheit gleitet.«

Das hatte ich eigentlich sagen wollen. Aber stattdessen hatte Lara mir die Worte aus dem Mund genommen. Keuchend blieb ich stehen.

»Alles in Ordnung mit dir?«, fragte Paula und legte ihre Hand auf meine Schulter.

Ich schluckte und nickte. »Mich überkommt nur gerade das Gefühl, das alles schon mal erlebt zu haben.« Was natürlich Unfug war.

Oder?

»Kein Grund zur Sorge. Du hast ein *Déjà vu*«, sagte Lara. »Hat man manchmal.«

»Meine Mutter liebte es, in Höhlen wie diesen herumzukriechen«, sagte ich. »Vielleicht hat sich da ja was auf mich vererbt.«

Wir gingen schweigend weiter. Wer immer auf dem Schild draußen vor Einsturzgefahr gewarnt hatte, der hatte entweder keine Ahnung gehabt oder gelogen. Die Gänge waren durch den Felsen des Großen Bruderberges getrieben worden – Granit, wie Lara fachkundig feststellte – und an manchen Stellen mit Eisenbahnschienen abgestützt worden. Da würde nichts runterkommen, so viel war sicher.

Gefährlicher waren aber immer wieder scheinbar bodenlose Schächte, in die man fallen konnte. Und die nicht auf der Karte eingezeichnet waren.

»Ich könnte wetten, dass man an diesen Stellen nach dem Schatz gegraben hat«, sagte Lara.

»Den es deiner Meinung hier unten gar nicht gibt«, sagte Paula.

»Das hat aber andere Leute nicht davon abgehalten, hier ziemlich viele Löcher zu graben«, sagte ich. »In Dustersiel, drüben auf dem Festland, gibt es einen Parkplatz voller Autos, die von ihren Besitzern nie wieder abgeholt worden sind. Vielleicht waren das Schatzsucher, die sich in der *Villa* einquartiert hatten und nie zurückgekehrt sind.«

»Ob die alle hier unten geblieben sind?«, fragte Paula und schüttelte sich.

»Dann hätte man irgendetwas von ihnen gefunden«, sagte Lara. »Hat man aber nicht. Die sind einfach spurlos verschwunden. Puff und weg.«

»Na, ob die dabei wirklich Puff gemacht haben?«, fragte Paula. »Wonach suchen wir eigentlich genau?«

Lara zuckte mit den Schultern. »Ich glaube, wir werden es wissen, wenn wir es sehen.«

Also gingen wir weiter. Richtung Norden, wie uns Lara dank ihres Kompasses versicherte. Sie war auch so klug gewesen, ein Stück Kreide mitzunehmen und den Weg mit Pfeilen zu markieren, die den Rückweg anzeigten. Karte hin. Karte her.

Man glaubt ja immer, dass so eine Reise in den Untergrund eine spannende Sache ist. Man hört unheimliche Geräusche, sieht in flackernden Schatten irgendwelche Gestalten oder verläuft sich heillos. Aber hier unten war es eigentlich langweilig, denn so richtig viel gab es nicht zu sehen. Die Tunnel, durch die wir gingen, waren alle sehr aufgeräumt. Noch nicht mal vergessenes Werkzeug lag herum. In kurzen Seitengängen standen einige Loren. Aber die waren leer und so verrostet, dass sie sich nicht von der Stelle bewegten, sosehr wir auch mit vereinten Kräften zogen und schoben.

»Ich verstehe nicht, warum alle so viel Angst vor dem alten Bergwerk haben«, sagte ich enttäuscht. »Hier gibt es ja noch nicht mal Ratten oder anderes Ungeziefer.«

Lara hantierte mit der Karte herum und zeigte mit einem

Finger auf ein eingekreistes A. »Hinter der nächsten Ecke befindet sich ein Abgang in die tieferliegende Sohle. Schauen wir uns das mal an.«

Das A, so stellten wir fest, markierte einen Förderkorb, der nichts anderes als ein großer Aufzug war, in den zwei Loren passten.

»Oder ein Pferd und eine Lore«, erklärte Lara. »Seht ihr den Raum dort hinten? Das scheint wohl ein Stall zu sein. Man erkennt die Futtertröge noch.«

»Die armen Pferde«, sagte Paula traurig. »Ich frage mich, ob die jemals das Tageslicht gesehen haben.«

Ich rüttelte an der Aufzugtür, die jedoch fest verschlossen war. Dann drückte ich einen Knopf. Nichts geschah.

»Ich denke, der Förderturm wurde schon lange abgebaut«, sagte Lara. »Und ohne den tut sich hier nichts.«

»Es ist spät«, sagte Paula, die ein Brot hervorgeholt hatte. »Ich glaube, wir sollten wieder umkehren.«

»Eine gute Idee.« Ich war mir nicht ganz sicher, ob ich enttäuscht oder erleichtert sein sollte. Enttäuscht, weil sich hier unten nichts tat, was auch nur im Entferntesten gefährlich zu sein schien. Oder vielleicht war ich genau deswegen auch erleichtert.

Wir hatten eine gute Stunde gebraucht, um diesen ersten Förderkorb zu erreichen. Es war jetzt vier Uhr, und wir lagen gut in der Zeit. Niemand würde unseren kleinen Ausflug bemerken, wenn wir jetzt nach Hause gingen.

Wir folgten den Pfeilen und kamen gut voran, als Lara plötzlich stehen blieb. »Irgendwas stimmt hier nicht«, sagte sie nachdenklich. »Wir hätten rechts, links, links, rechts, rechts gehen müssen. Stattdessen sind wir mindestens einmal falsch abgebogen.«

»Aber da sind doch die Kreidepfeile an der Wand«, sagte ich. »Also sind wir richtig.«

Lara holte die Karte hervor und schüttelte den Kopf. »Sind wir nicht. Seht ihr hier diese Ecke? Da hätten wir rechts gehen müssen. Stattdessen sind wir links abgebogen, weil es rechts gar nicht weiterging.«

»Das ist unmöglich«, sagte ich. »Das würde ja bedeuten, dass die Karte auf einmal nicht mehr stimmt.«

»Lass uns den Weg noch einmal zurückgehen«, schlug Paula vor. »Also alles umgekehrt. Links, links, rechts, rechts, links.«

»Gute Idee«, sagte ich. Doch schon bei der dritten Biegung hatte ich das Gefühl, wieder falsch zu sein. Der Förderkorb war weg.

»Das ist unmöglich!«, rief Lara. »Wir haben alles richtig gemacht! Und trotzdem haben wir uns verlaufen.«

»Was soll das heißen?«, fragte Paula nervös.

»Dass ich keine Ahnung habe, wo wir sind. Eigentlich müssten wir uns hier befinden.« Sie tippte auf eine Stelle an der Ostseite des Großen Bruderberges. »Aber hier gibt es keine Kreuzung und keine Abzweigung, wie sie im Plan eingezeichnet sind.«

»Aber die Kreidemarkierungen!«, rief Paula, die offenbar kurz davor war, panisch zu werden. »Die sind alle noch da! Wer hat die dann an die Wand gezeichnet?«

Niemand von uns gab darauf eine Antwort. Das Gefühl, hier unten nicht allein zu sein, war auf einmal so überwältigend, dass ich zu zittern begann. **BÄM**, jetzt hatten wir unser Abenteuer. Und es fühlte sich verdammt nochmal nicht gut an.

»Kein Grund zur Verzweiflung«, sagte Lara. »Es gibt eine einfache Regel, wie man aus einem Labyrinth herausfindet. Und nichts anderes ist das hier. Ein großer Irrgarten. Nur unterirdisch.«

»Und wie lautet diese Regel?«, fragte ich.

»Wir berühren immer mit der rechten Hand die Wand, gehen los und lassen uns von nichts beirren. Irgendwann werden wir so den Ausgang erreichen.«

»Das kann aber lange dauern«, sagte ich ein wenig kleinlaut. Mir war plötzlich übel.

»Wenn die Karte irgendwie noch stimmen sollte, gut zwei Tage«, sagte Lara. »Wahrscheinlich sogar länger.«

Paula stöhnte auf. »Wir werden so einen Ärger bekommen!«

»Was haben wir denn noch an Proviant und Ausrüstung dabei?«, fragte ich. »Bei mir ist es eine Flasche Wasser, zwei Brote, ein Apfel und eine Packung Batterien.«

»Bei mir auch«, sagte Paula.

Der Inhalt von Laras Tasche sah ähnlich aus.

»Na, wenigstens werden wir nicht verhungern, verdursten und im Dunkeln herumirren«, sagte sie. »Zumindest fürs Erste.«

»Also, machen wir uns auf den Weg«, sagte ich. »Immer an der Wand lang.«

Und so liefen wir. Und liefen wir. Und liefen wir. Ein Gang glich dem anderen. Ob gerade oder krumm, immer wieder hatten wir das Gefühl, hier schon mal gewesen zu sein. Alle, wirklich alle Wände hatten Kreidepfeile, die in die verrücktesten Richtungen zeigten. Nach vorn. Nach hinten. Nach oben. Nach unten. Irgendjemand oder irgendetwas wollte uns in die Irre führen. Wir aßen, wir tranken, wir gingen weiter. So langsam schlug unsere Angst in eine gesunde Panik um.

Und dann flackerte Paulas Taschenlampe.

»Das ist jetzt nicht wahr«, sagte Paula und schüttelte sie. »Die Batterien waren neu!«

»Du hast doch welche zum Wechseln dabei«, sagte ich. »Tausch sie aus.«

Paula schraubte den Verschluss ab, steckte ein neues Paar hinein und betätigte den Schalter. Nichts geschah.

»Das kann nicht sein«, rief sie. »Die habe ich heute Morgen erst gekauft!«

Und dann ging Laras Lampe aus. Nicht mit einem Flackern wie bei Paula. Sondern schlagartig. Als wäre mit einem Mal die Birne durchgebrannt. Und noch bevor ich etwas sagen konnte, verabschiedete sich auch meine Leuchte.

»Scheiße«, flüsterte Lara.

Ich konnte leider ihren Gesichtsausdruck nicht sehen. Aber ich verwettete meinen Hintern, dass er sich nicht von meinem unterschied. Und der zeigte nackte Angst. Paula ergriff meine Hand und drückte fest zu.

Falls sich jemand gefragt hatte, wie all die Leute hier unten verlorengegangen waren: Jetzt wussten wir es. Irgendwas machte aus den Gängen so etwas wie ein magisches Labyrinth und zog den Saft aus den Taschenlampen. Das war's dann. Aus die Maus. Nur eins wussten wir noch nicht: Was geschah mit denen, die nicht mehr rausgefunden hatten? Hatten sie sich aufgelöst? Waren sie in irgendwelche bodenlosen Löcher gefallen? Oder befanden sie sich an einem Ort, von dem wir uns gar keine Vorstellung machen konnten?

»Was tun wir jetzt?«, fragte Paula mit zitternder Stimme.

»Wir rühren uns nicht von der Stelle«, sagte ich. »Ein falscher Schritt im Dunkeln, und wir sind mausetot. Um es mal so auszudrücken.«

»Also warten wir, bis uns jemand findet?«, fragte Paula niedergeschlagen. »Das kann dauern.«

Ich setzte mich hin und lehnte mich an die Wand. Ich hasste es zu warten. Besonders auf etwas, von dem zurecht anzunehmen war, dass es nicht eintreten würde. Die Dunkelheit schlug auf mein Gemüt, und ich merkte, wie ich schlechte Laune bekam. Aber granatenmäßig. Nicht unbedingt Wut. Obwohl, ein bisschen schon. Doch auf wen war ich sauer? Auf mich selbst? Weil wir in die Mine gegangen waren, obwohl mein Bauch so heftig gezwickt hatte?

Paula hatte sich neben mich gesetzt, meinen Arm umklammert und ihren Kopf an meine Schulter gelehnt. Ich spürte sie atmen. Und das war schön. Obwohl ich mich nicht traute, sie auch anzufassen.

Lara hingegen kruschpelte vor sich hin. Es klang, als würde sie versuchen, die Taschenlampen doch noch irgendwie zum Laufen zu bringen. Ohne Erfolg.

»Ich hasse das!«, rief sie wütend. »Ich hasse es, herumzusitzen und nichts zu tun!«

»Warum trägst du eigentlich die ganze Zeit diese Mütze?«, fragte ich.

»Was?«, kam es ungeduldig von ihr zurück, als hätte ich die Frage nicht deutlich genug gestellt.

»Deine Mütze«, sagte ich. »Warum setzt du die nie ab?«

Schweigen.

Ich merkte, dass ich mal wieder mit Anlauf in ein Minenfeld gesprungen war. Oder einen Fettnapf. Oder beides. »Entschuldige. Ich wollte dir nicht zu nahe treten.«

Immer noch Schweigen. Dann ein langes, müdes Ausatmen. »Ist schon in Ordnung.« Den Geräuschen nach rutschte Lara auf dem Boden hin und her. »Ich reiß mir ab und zu die Haare aus, so dass ich an manchen Stellen ein bisschen kahl bin. Und das sieht dann nicht so toll aus.« Sie schniefte, brach aber nicht in Tränen aus.

»Was? Warum tust du so etwas?«, fragte Paula voller Mitleid.

»Stress. Wenn es anstrengend wird, tu ich das.«

»So wie jetzt?«, fragte ich vorsichtig. Das war ins Blaue geraten. Ich konnte es nicht sehen, dazu war es zu dunkel. Aber ich vermutete es, denn die Situation war gerade sehr stressig.

Lara zögerte kurz. »Ja«, sagte sie schließlich.

Wieder Schweigen.

»Und warum trägst du immer diese seltsamen T-Shirts?«, fragte Lara. Es war klar, dass sie damit nicht mich meinen konnte.

»Welche seltsamen T-Shirts?«, fragte Paula und stotterte leicht dabei. Als hätte man sie bei etwas erwischt, von dem sie dachte, dass es geheim war, obwohl es jeder wusste.

»Regenbogeneinhörner«, sagte Lara. »Kätzchen. Hündchen. Ich wusste gar nicht, dass es die überhaupt in deiner Größe gibt.«

»Sie sind halt schön«, sagte Paula und zog die Nase hoch.

»Vielleicht für jemanden, der noch in den Kindergarten geht«, setzte Lara nach.

»Was stört dich daran?«, schnappte Paula zurück. »Mir gefällt es halt.« Ein Scharren war zu hören. »Ich kann hier nicht die ganze Zeit sitzen bleiben, nur weil es dunkel ist. Diese Regel mit der Wand, die man immer mit der rechten Hand berühren muss – die gilt doch auch, wenn man nichts sieht, oder?«

»Ja«, sagte Lara. »Ich würde mir das aber noch mal überlegen. Wenn sich vor dir ein Schacht nach unten auftut, bist du weg.«

»Ist mir egal«, schniefte Paula. »Dann bin ich halt weg.«

»Wenigstens sollten wir uns aneinander festhalten«, sagte ich. »Zusammen haben wir vielleicht eine Chance. Aber nicht allein.«

»In Ordnung«, flüsterte Paula.

Ich tastete nach ihrem linken Arm und ergriff ihre Hand. Lara fasste mich an der Schulter an.

»Dann los«, sagte sie.

Wir gewöhnten uns eigentlich recht schnell daran, uns auf diese Art vorwärtszubewegen. Ab und zu stolperte Paula über ein Hindernis, doch ich fing sie auf, so dass sie nicht stürzte.

Wir verloren das Zeitgefühl. Wir wussten nicht, ob es früher Abend oder spät in der Nacht war. Aber eins war uns klar: In drei Häusern auf Finsterbrook würde jetzt helle Aufregung herrschen, weil wir nicht zum Abendbrot erschienen waren.

Und dann passierte etwas. Zuerst war es nur eine Ahnung. Eine ganz leichte Veränderung. Doch dann …

»Bilde ich mir das nur ein, oder wird es heller?«, fragte ich.

»Ich bin mir nicht sicher«, sagte Lara. »Aber ja!«

»Das ist keine Einbildung«, sagte Paula. »Es ist, als ob die

Wände leuchten. Ich kann sogar schon meine Hand sehen! Wir haben einen Ausgang gefunden!«

Aber es war kein Ausgang. Es war etwas anderes. Und als wir es sahen, verstanden wir es zuerst nicht.

Ein Raum hatte sich vor uns geöffnet. Würfelförmig. Nicht besonders groß. Vielleicht drei mal drei Meter. Und in seiner Mitte stand etwas, das wie eine Tür aussah. Wir blieben stehen und hielten uns noch immer bei den Händen, obwohl es mittlerweile hell genug war. Die Wände des Raums schienen aus sich heraus zu leuchten, als wären sie mit einer besonderen Farbe bestrichen. Wie bei den Zeigern alter Wecker.

Ich schnappte nach Luft. Ich erkannte die Tür wieder. Sie war genauso rot wie die, die ich in meinem Traum gesehen hatte. Sie hatte diese vier seltsamen Schlösser. Und sie stand frei im Raum, so dass man um sie herumgehen konnte.

»Was. Ist. Das?«, sagte Paula, jedes einzelne Wort ungläubig betonend.

Lara streckte die Hand aus und wollte die Tür mit den Fingern berühren. Aber sie griff ins Leere, und die Tür verschwand. Sie löste sich auf wie Asche im Wind. Dafür erwachten unsere Taschenlampen wieder zum Leben.

»Okay, das ist jetzt unheimlich«, sagte Paula und schluckte.

»Es wird noch besser«, sagte Lara. »Da vorn ist eine Leiter. Sie führt nach oben.«

Ich sah ein kleines Feuerzeug auf dem Boden liegen. Papas Feuerzeug. Natürlich ziemlich kaputt.

»Wisst ihr, wo wir hier sind?«, fragte ich atemlos.

»Genau unter der *Villa Seelenfrieden*!«, sagte Paula, die den Hals verrenkte und nach oben schaute. »Das sind gerade mal drei Meter. Kann das sein? Ich hatte von oben aus den Eindruck gehabt, als ginge es viel tiefer runter.«

»Wie spät ist es eigentlich?«, fragte ich.

Lara sah auf ihre Uhr und runzelte die Stirn. »Es ist sieben Uhr morgens.«

»Wann ist Titus nach Hause gegangen?«

»Ich weiß nicht. Gestern so gegen fünf?«, sagte Paula.

»Dann sind wir fünfzehn Stunden weg gewesen.«

»Ach du Schande«, sagte sie. »Das gibt Ärger.«

Davon war auszugehen. Papa war ja schon beim ersten Mal ziemlich sauer gewesen. Ich hatte ihm in die Hand versprechen müssen, das mit der Schatzsuche bleiben zu lassen. Und jetzt waren wir fast einen ganzen Tag und eine ganze Nacht verschwunden gewesen. Hatten uns in Gefahr begeben. Und wenn wir nicht dieses wahnsinnige Glück gehabt hätten, wären wir auf ewig hier unten verschollen geblieben. Wie alle anderen vor uns. Mir wurde ganz flau bei dem Gedanken.

»Lasst uns hochklettern und es hinter uns bringen«, sagte ich.

Ich kletterte voran und kroch oben aus dem Loch. Die stählerne Klappe stand sperrangelweit offen. Dabei hatten wir sie doch wieder verriegelt. Hatten wir doch, oder? Eigentlich hätte ich mich jetzt fragen müssen, warum Papa sie nicht gesichert hatte. Verschraubt, verschweißt, verdübelt – was auch immer. Aber ganz ehrlich? Ich hatte keine Lust mehr, mir über all die Seltsamkeiten Gedanken zu machen. Ich wollte nur noch was essen und dann ins Bett.

Lara und Paula waren auch erschöpft. Nicht glücklich, aber erleichtert, diesem Labyrinth entkommen zu sein.

Wir schlossen die Luke von Tyrannoheizungs rex hinter uns und stiegen die knarzige Treppe hinauf in den Vorratsraum der Hotelküche, wo uns die Musikbox begrüßte.

Ein bisschen Spaß muss sein,
dann ist die Welt voll Sonnenschein.
So gut, wie wir uns heute verstehen,
so soll es weitergehen.

»Adrian, bist du das?«, rief Papa.

»Ja«, rief ich zurück.

»Fein! Du kommst gerade rechtzeitig zum Abendessen! Wir haben Besuch!«

Wir sahen einander an, als hätten wir nicht richtig gehört. Abendessen? Und kein Donnerwetter? Keine Standpauke? Das konnte nicht sein.

»Ähm«, rief ich stotternd. »Ich bin nicht allein.«

»Natürlich nicht. Lara und Paula sind bei dir.«

»Was zum Teufel geht hier vor?«, flüsterte Lara.

»Ich habe keine Ahnung«, sagte ich leise zurück.

Wir betraten unsere Küche, müde, abgekämpft und hungrig. Titus saß am Tisch und trank an einer Limo. Er sah ein bisschen blass aus. Ihm zu Füßen saß Garm, ganz die Ruhe in Hundegestalt. Als wäre nichts, aber auch gar nichts Ungewöhnliches passiert. Magda stand am Herd und rührte in irgendwelchen Töpfen herum, während Papa Kartoffeln abschüttete.

»Gott, ihr seht vollkommen erschöpft aus!«, sagte Papa. »Holt euch was zu trinken und setzt euch an den Tisch. Gibt gleich Essen.«

Ich öffnete die Kühlschranktür und verteilte zwei Flaschen *Zutsch* an Lara und Paula, die sich wie im Traum zu Titus gesetzt hatten.

»Guten Appetit«, sagte Papa.

Er hatte inzwischen auch Platz genommen und ließ eine Schüssel mit Erbsen herumgehen.

Ich zögerte. Irgendwie war ich noch immer nicht richtig angekommen. Und aus den Augenwinkeln konnte ich sehen, dass es Lara und Paula nicht anders erging.

»Nanu?«, fragte Papa. »Habt ihr euch in der Hitze einen Sonnenstich geholt? Vielleicht hättet ihr eure Fahrräder auch bei Magda auf die Kutsche werfen sollen.«

»Nein, die drei wollten die Strecke unbedingt mit dem Rad fahren«, sagte Magda und strahlte uns an, als hätte sie gerade keine fette Lüge vom Stapel gelassen.

Papa zeigte mit der Gabel auf Titus. »Und du, junger Mann, bekommst ein neues Rad. Dein altes ist ja mehr als eine Katastrophe. Ich gehe gleich mal in den Schuppen und schaue nach, was ich noch habe.«

»Danke, Herr Aufdermauer«, sagte Titus, der noch immer unseren Blicken auswich.

»Bitte. Und zur Erinnerung: Ich heiße Justus. Vielleicht sogar bald Gemeinderat Justus.«

Ich hätte fast das Besteck fallengelassen.

»Ich hab mir durch den Kopf gehen lassen, was du gesagt hast, Adrian«, sagte Papa, während er seine Kartoffeln mit der Gabel zerquetschte. »Und du hattest recht. Wir leben jetzt hier. Also gehören wir auch dazu. Magda wird mir helfen zu verstehen, wie das hier läuft.«

Magda Halberstadt lächelte ihr wärmstes Lächeln. »Ich glaube, dein Vater könnte einen ganz guten Erfolg haben.«

»Aha«, machte ich nur, denn ich war gerade total überfordert. Und irgendwie merkte Papa, dass es mir an der nötigen Begeisterung fehlte.

»Na, nu komm!«, sagte er beleidigt. »Du hast doch gesagt, ich soll in der Kommunalpolitik mitmischen. Jetzt tu ich es, und nun ist es dir auch nicht recht.«

»Doch, es ist alles in Ordnung.«

»Ja, genau. Alles knorke.« Papa kniff die Augen zusammen, als wüsste er nicht, wo er mich in diesem Moment hinstecken sollte, sagte dann aber doch nichts mehr.

Wir aßen, eher stumm als munter, und versuchten, uns nicht anmerken zu lassen, wie durcheinander wir waren. Als wir die Teller leergegessen hatten, räumten wir die Spülmaschine ein, während Papa sein Versprechen einlösen wollte, Titus ein neues Rad zusammenzubauen.

»Wie lange waren wir weg?«, sagte ich aufgebracht, als wir allein waren.

Die Frage war an Magda gerichtet und nicht an Henkelpott Junior.

»Kommt auf den Standpunkt an«, sagte Magda ziemlich unbeeindruckt. »Für Titus und deinen Vater waren es zwei Stunden. Für euch dürften es mehr gewesen sein.«

»Viel mehr«, sagte Paula.

»Wir haben uns da unten fast in die Hose gemacht, weil die Karte nicht mehr stimmte!«, rief Lara.

»Ja, kann ich verstehen«, sagte Magda.

Ja, kann ich verstehen. Oh Mann. Mehr gab es nicht zu

sagen? »Was ist da unten passiert?«, fragte ich, noch immer mit den Nerven am Ende.

»So genau kann ich dir das nicht erklären«, sagte Magda. »Niemand kann das. Auch Käthe konnte das nicht. Habt ihr die Tür gesehen?«

»Ja«, antwortete ich.

»Aber ihr konntet sie nicht öffnen«, fuhr Magda fort.

»Nein. Warum?«

»Na, weil Titus gefehlt hat.«

Titus schreckte hoch. »Wie? Was? War das jetzt alles meine Schuld?«

»Ihr müsst da noch mal runter. Alle zusammen.«

»Garm auch?«, fragte Lara.

»Garm auch.«

Jeder von euch wird sich einer Prüfung stellen müssen«, sagte Magda.

»Magda, bitte!«, rief ich ungeduldig. »Machen Sie doch nicht so ein Geheimnis daraus. Warum müssen wir eine Prüfung bestehen? Wozu?«

»Das wird euch die Insel dann verraten«, sagte Magda, als wäre es nicht ihre Aufgabe, uns darauf eine Antwort zu geben.

»Und was sollen das für Prüfungen sein?«

»Euer größter Schmerz«, sagte sie leise. »Ihr werdet euch ihm stellen müssen. Und ihn besiegen.«

»Ich verstehe nicht, was Sie meinen«, sagte Paula.

»Das wirst du«, sagte Magda traurig.

»Diese Prüfung«, fragte ich. »Haben Sie sie bestanden?«

Magda schüttelte kaum merklich den Kopf. Sie wischte sich eine Träne aus dem Auge und zwang sich zu einem Lächeln.

»Ihr vier und Garm gehört zusammen«, sagte sie. »Komme, was wolle. Das dürft ihr nie vergessen, hört ihr?«

Wir nickten ein wenig ängstlich, denn der Ernst in Magdas Stimme war nicht zu überhören.

»Euch drei«, sie zeigte auf Lara, Paula und Titus, »werde ich jetzt nach Hause bringen. Ihr seid bestimmt müde.« Magda stand ächzend auf. »Eure Fahrräder liegen auf der Kutsche. Deins, Adrian, hab ich an die Treppe gestellt.«

»Danke, Frau Halberstadt«, sagte ich.

Ich sah der Kutsche nach, wie sie hinter der Biegung des Tals verschwand. Garm stand neben mir, immer noch ganz ruhig, ganz entspannt. Als wäre alles in bester Ordnung.

»Oh, sind sie schon weg?«, fragte Papa, der aus der Scheune gekommen war und sich die Hände an einem Lappen saubermachte.

Ich nickte.

»Sie haben noch nicht mal Tschüss gesagt«, sagte Papa. Nicht enttäuscht, nur verwundert. »Komm, lass uns reingehen. Ich hab Lust auf eine Runde Pinokl.«

»Pinokl ist ein Kartenspiel«, sagte ich, als wir am Wochenende im Keller saßen und unsere Instrumente auspackten. Wir hatten nach unserem seltsamen Ausflug in die Minen noch keine Gelegenheit gehabt, wieder nach unten in die Silbermine zu steigen. Papa war immer in der Nähe gewesen, um an Titus' neuem Rad zu schrauben. Und wie ich ihn kannte, würde er jederzeit unangemeldet bei uns auftauchen, um uns mit Zutsch und Keksen zu beglücken. »Mama hat es Papa beigebracht, und Papa dann mir.«

Was auch immer Herr Niederstedt für Kontakte pflegte, sie waren so gut, dass Paula nicht nur eine Gitarre, sondern auch den passenden Verstärker bekommen hatte.

»Wo ist eigentlich deine Mutter?«, fragte Lara. »Sind deine Eltern geschieden?«

»Nein, meine Mutter starb, da war ich noch ganz klein.«

Paula zuckte kurz zusammen, konzentrierte sich aber dann wieder auf ihr Instrument.

Ich stimmte meinen Bass. Papa hatte gesagt, dass da eigentlich nur einer in Frage kommen konnte. Ein Yamaha BB1200. Ich hatte keine Ahnung, warum, aber Papa hatte sich bestimmt etwas dabei gedacht. Den hatte er dann besorgt. Und ich glaube, er war auch Herrn Niederstedts Kontakt gewesen, was Paulas Gitarre anging. Sie sah so abgedreht aus, das konnte nur auf Papas Mist gewachsen sein.

»Eine *Vox Phantom VI*«, las Titus auf dem Kopf der Gitarre. »Krass.«

»Du kennst sie?«, fragte ich erstaunt. Denn mir sagte das alles gar nichts.

»Nö«, sagte Titus. »Aber klingt cool.«

»Ich komm mir mit meinem Akkordeon fast ein wenig schäbig vor«, sagte Lara.

»Na, was soll ich zu meinem Schlagzeug sagen?«, erwiderte Titus und probierte die Blechtrommeln aus, die Papa ihm zusammengeschweißt hatte. Der Klang war voll. Nicht wie bei einem echten Schlagzeug, aber nicht schlecht!

»Darf ich mal?«, sagte ich und setzte mich auf den zurechtgesägten Stuhl. Ich war, was das Trommeln anging, ganz bestimmt kein Naturtalent. Aber einen einfachen Rhythmus konnte ich spielen. Zwei

Monate hatte ich gebraucht, um den Takt sauber zu halten. Vier Viertel, eigentlich kein Hexenwerk.

»Kriegst du das hin?«, fragte ich Titus.

»Schau'n wir mal.« Er drückte die Hände durch, dass die Knochen knackten. Und dann legte er los.

Er spielte. Und was er spielte, war gut. Der Rhythmus, den ich ihm gezeigt hatte, war kein Problem für ihn. Dann veränderte er ihn ein wenig, ohne aus dem Takt zu geraten, und er strahlte über das ganze Gesicht.

Ich stöpselte meinen Bass ein, dass es knackte. Und dann zupfte ich ein paar Saiten, von denen ich eine Ahnung hatte, wie sie klangen.

Lara hängte sich das Akkordeon um, hörte genau zu, wippte mit dem Fuß und stieg in den Takt ein.

Mein lieber Kokoschinsky, der Sound war gut, daraus konnte was werden!

Paula stand etwas unbehaglich daneben, räusperte sich und schlug die Saiten an. Es klang, als wäre ein kleines Klavier umgefallen. Erschrocken zuckte sie zusammen. Dann versuchte sie es ein weiteres Mal. Jetzt klang es wie ein abstürzender Düsenjäger. Ein drittes Mal. Eine Saite riss. Paula brach in Tränen aus. Sofort hörten wir auf.

»Hey! Es ist alles gut«, sagte ich.

Paula drückte mir die Gitarre in die Hand und schüttelte energisch den Kopf. »Ich kann das nicht!«

»Das erwartet doch niemand«, sagte Lara.

»Ich kann das nicht«, wiederholte sie.

»Dann übst du«, sagte Titus. »Lara bringt dir die Noten bei. Und Adrians Vater hatte ja schon angeboten, dass er dir Stunden gibt.«

»Ich kann das nicht«, sagte Paula.

»Was kannst du nicht?«, fragte ich. Irgendwie hatte ich so eine Ahnung, dass es hier nicht ums Gitarrespielen ging.

Paula schüttelte nur den Kopf und stürzte die Treppe hinauf aus dem

Keller. Ich erwischte sie gerade noch, wie sie sich auf ihr Fahrrad schwingen und nach Hause fahren wollte.

»Es hat was mit meiner Mutter zu tun«, sagte ich, als ich mich ihr in den Weg stellte. »Oder vielmehr mit deiner. Sie ist auch gestorben, nicht wahr?«

Paula nickte schwach. »Ich vermisse sie so sehr«, flüsterte sie.

»Ich meine auch«, sagte ich ebenso leise.

Paula sagte daraufhin nichts. »Ich werde jetzt losfahren«, sagte sie.

»Kann ich verstehen. Würde ich wahrscheinlich auch tun.« Ich trat beiseite. Aber dann fuhr sie doch nicht.

»Ihr seid meine ersten Freunde«, sagte sie. »Alle gehen mir aus dem Weg, weil mein Vater, na ja, eben mein Vater ist. Er wird leicht wütend, hat echt schräge Ansichten und will immer Recht behalten. Aber immerhin ist er der Bürgermeister.« Den Bürgermeister betonte sie auf so übertriebene Weise, dass ich grinsen musste. Aber Paula lächelte nicht. Sie schwieg einen langen Moment.

»Wie bist du darüber hinweggekommen?«, fragte sie schließlich.

»Dass meine Mutter nicht mehr da ist?«

»Ja.«

»Papa und ich, wir hören sie manchmal singen.«

»Ihr hört sie singen?«

»Ja. Auf alten Kassetten.«

»Oft?«

»So oft, dass sie schon ganz abgenudelt sind. Meinen Vater nimmt es mehr mit als mich. Immer noch. Ich hab sie ja nie kennengelernt. Sie starb kurz nach meiner Geburt.«

»Träumst du manchmal von ihr?«, fragte Paula.

Ich nickte.

»Sind es schöne Träume?«

»Ja«, sagte ich und dachte an den Strand. Und die vielen Kugeln, die das Meer angespült hatte.

»Meine sind schrecklich«, wisperte Paula.

Ich wollte fragen, warum diese Träume so schrecklich waren. Aber ich verkniff es mir.

»Sollen wir zum Hafen fahren?«, schlug ich stattdessen vor. »Ich schmeiß eine Runde Eis.«

»Das ist eine hervorragende Idee«, sagte Lara, die plötzlich mit Titus neben uns stand und in die Sommersonne blinzelte. »Ich muss mal raus aus dem Keller. Sonst werde ich durmelig.«

»Ich auch«, sagte Titus.

Wir gingen in die Scheune, wo unsere Räder standen. Zumindest das von Lara und mir. Titus Schrottgurke war nirgendwo zu sehen.

»Hier bin ich!«, rief Papa. »Ihr kommt genau richtig.«

Wir gingen um den Schienenbus herum. Papa stand neben einem Rad, dass er gerade mit einem Stück Tuch sauber wienerte. Es war eins der Fahrräder, die Käthe einmal für die Gäste des Hotels gekauft hatte. Nicht besonders schick, aber sehr robust. Und was Papa daraus gemacht hatte, war unglaublich.

»War ein kleines Stück Arbeit«, sagte Papa. »Aber es hat sich gelohnt. Titus, darf ich vorstellen? Deine *Hayabusa*.«

»*Haya*was?«, stotterte Titus.

»*Hayabusa*. Ich wollte mir mal ein Motorrad kaufen, das so hieß. Ein Geschoss, sage ich dir. Wurde aber nix draus. Ich hatte keine Kohle. Und keinen passenden Führerschein.«

»Ist vielleicht auch ganz gut so«, sagte ich. Denn wenn er so Motorrad fuhr wie unser Auto, wäre das ein sehr unfallträchtiges Vergnügen gewesen.

Papa warf mir einen grimmigen Blick zu. »Ich habe das Rad komplett in seine Einzelteile zerlegt und den Rahmen neu lackiert. Drei Schichten. Mit Finish. Aber das Beste ist das hier!« Er zeigte auf den großen Korb, den er auf den Gepäckträger geschraubt hatte. »Titus, du und Garm, ihr seid unzertrennlich. Deswegen bietet dein Rad eine geräumige Mitfahrgelegenheit. Falls der Beagle mal nicht laufen will.«

Garm bellte einmal laut auf und strahlte Papa an.

Und Papa? Papa strahlte zurück.

»Dreh mal eine Runde, Titus. Sieben Gänge und Rücktrittbremse. Ganz oldschool.«

Titus zögerte.

»Na, nu komm«, forderte Papa ihn auf. »Es gehört dir!«

Titus schaute von einem zum anderen, als wollte er sich eine Erlaubnis abholen.

»Danke, Justus«, sagte Titus schließlich.

»Ah! Justus!«, grinste Papa. »Geht doch.«

Der Sattel musste noch auf die richtige Höhe eingestellt werden, und dann ging es los. Titus drehte jauchzend drei Runden. Die letzte mit Garm im Korb, dessen Ohren im Fahrtwind flatterten.

»Danke, Papa«, raunte ich.

»Dafür nicht.« Papa hatte die Arme vor der Brust verschränkt und war sehr mit sich zufrieden. »Ich mag ihn. Eigentlich verdient er mehr als nur ein zusammengeschraubtes Fahrrad.«

Das war Papa, der Punk. Er konnte die Leute so sein lassen, wie sie waren. Und wenn sie dann auch noch schräg waren, ging ihm das Herz auf. Dafür liebte ich ihn.

»Ihr wollt zum Hafen?«, fragte er.

»Eis essen.«

»Du weißt, wir haben im Supermarkt Hausverbot.«

»Die anderen drei aber nicht.«

»Das ist wohl wahr.« Er steckte mir etwas Geld zu.

»Danke, Papa«, sagte ich noch mal.

»Zieh ich dir von deinem nächsten Taschengeld ab.«

Ich sah ihn entsetzt an, doch er lachte nur.

»Späßchen. Aber irgendwie fehlt auf der Insel eine Eisdiele. Und noch so ein paar andere Dinge, die für etwas Abwechslung sorgen.«

Es war Papa ernst. Dieses Dings mit dem Gemeinderat.

»Was wirst du tun?«, fragte ich.

»Ich treffe mich gleich mit Magda, und dann tüfteln wir eine Strategie aus. Wie gesagt, sie weiß am besten …«

»… wie das hier läuft. Hast du schon mal gesagt. Na, dann kannst du uns ja in deinem Bus mitnehmen«, sagte ich.

Papa schaute mich an, als hätte ich eine Schraube locker. »Meinst du, ich schiebe Schichten in der Scheune, nur damit ihr dann doch meine Chauffeurdienste in Anspruch nehmt? Nein, ich habe mir auch ein Fahrrad zurechtgemacht. Wir können gleich losfahren.«

Papa hatte natürlich recht. Der Weg durch das Tal der beiden Bruderberge war nicht weit. Und die Strecke war schön. Titus war begeistert von seiner *Hayabuza.* Er radelte mit Garm so schnell vorneweg, dass wir Schwierigkeiten hatten, den Anschluss zu halten.

Kennt ihr dieses Gefühl? Ihr geht raus und wisst, der Tag gehört euch? Alles ist gut, fast perfekt? Und man möchte dieses Gefühl in Flaschen abfüllen für Tage, die vermurkst und kacke sind. In solchen Momenten rechnet man überhaupt nicht damit, dass einem Dr. Heinz Doofenshmirtz (»*Fies sein ist unser Motto*«) – **BÄM** – in die Beine grätscht.

Aber mit ein wenig Grips hätte ich es kommen sehen müssen. Im Märchen hatte man zum Beispiel immer drei Wünsche frei. So wie bei *Aladin und die Wunderlampe*, ihr erinnert euch? Ich hab die Geschichte geliebt, Papa musste sie mir immer wieder zum Einschlafen vorlesen. Oder es gab drei Prüfungen, die bestanden werden mussten. Sagt euch *Rumpelstilzchen* was? *Frau Holle*? Nein? Vielleicht hilft euch dieser Vergleich auf die Sprünge: In einem Videospiel ist der Level-Boss erst dann besiegt, wenn man ihn drei Mal auf die Bretter geschickt hat.

Titus hatte seinen Doofenshmirtztag gestern gehabt, Paula ihren heute. Die Einzige, die noch auf der Liste stand, war Lara.

Wir kamen gut gelaunt im Hafen an, und Paula holte uns aus dem Supermarkt vier Eis am Stiel. Dann setzten wir uns auf eine Bank, Papa fuhr weiter zu Magda.

Kapitän Kummerbunt winkte uns zu, während er etwas an seiner *Maischolle* reparierte. Möwen zogen kreischend ihre

Kreise, ließen aber uns und unser Eis in Ruhe. Ich glaube, sie hatten ein wenig Respekt vor Garm, der sie unentwegt im Blick behielt. Wie gesagt, bis zu diesem Zeitpunkt war der Tag perfekt.

»Lara?«, rief eine Stimme, die etwas leicht Schrilles hatte.

Lara zog den Kopf ein und duckte sich weg, als wollte sie sich unsichtbar machen.

»Lara?«

Ich drehte mich um und sah Frau Magenbrot. Bis jetzt hatte ich sie nur sitzend erlebt, hinter ihrem Schreibtisch in der Bibliothek. Jetzt stand sie hinter uns, und ich war überrascht, dass sie nicht viel größer war als ich. Als wäre sie in der Wäsche eingegangen und dann im Trockner noch mal durchgeschrumpelt.

»Lara, *hörst* du mich nicht?«, sagte sie.

»Doch, Mama.«

»Und warum *antwortest* du mir dann nicht?«

Frau Magenbrot hatte diese Angewohnheit, einzelne Wörter in ihren Sätzen so zu betonen, dass es immer wie ein Vorwurf klang.

Lara presste ihre Lippen zusammen, und ich sah, wie ihre rechte Hand unter die Indiomütze wanderte. Ihre Mutter sah sie tadelnd an, und Lara zog die Hand zurück.

»Der junge Aufdermauer ist *auch* da!«, sagte Frau Magenbrot.

»Hallo«, sagte ich, hob die Hand und winkte müde.

Wieder dieser tadelnde Blick, der aber diesmal mir galt. Die Frau war mir unheimlich. Sie konnte einem nur durch das Heben einer Augenbraue so viele Schuldgefühle verpassen, dass man sich am liebsten ganz klein machen wollte.

»Habt ihr euch *gut* eingelebt, dein Vater und du?«, tröpfelte es essigsauer aus ihr heraus.

Mir lief es kalt den Rücken hinab. »Ja, alles wunderbar. Wir fühlen …« … uns ziemlich wohl in der *Villa Seelenfrieden*, wollte ich sagen, doch Frau Magenbrot schnitt mir das Wort ab.

»Junges Fräulein, hast du mal auf die *Uhr* geschaut?«, fragte sie Lara. »Es ist ja schön, wenn dich das Musikmachen so *beglückt*. Aber du *weißt*, dass du noch etwas für die Schule vorbereiten musst?«

Für die Schule? Heute war Samstag und damit Wochenende. Ich kannte Lara inzwischen. Sie hatte ihre Hausaufgaben schon fertig, bevor die Lehrer sie aufgegeben hatten. Und ihre Arbeitsbücher waren schon jetzt bis zum Ende durchgearbeitet. Dabei hatte das Schuljahr gerade erst angefangen.

»Ja, Mama.« Ihre Hand wanderte wieder hoch zur Mütze. Doch diesmal hielt ihre Mutter sie am Gelenk fest und drückte sie wieder zurück.

»Woher hast du das Geld für das Eis?« Diesmal wurde kein Wort betont.

»Adrian hat uns eingeladen«, sagte Paula.

Frau Magenbrot sah sie an, als hätte ein hässliches Tier es gewagt, ohne Erlaubnis die Stimme zu erheben. Dann, als hätte irgendetwas einen Schalter umgelegt, lächelte Laras Mutter herzlich und öffnete ihr Portemonnaie.

»Hier, mein Junge«, sagte sie und hielt mir einen Schein entgegen. »Es ist sehr lieb von dir, dass du dein Taschengeld opferst. Aber das können wir nicht annehmen.«

»Das passt schon«, sagte ich. »Es war nicht mein Taschengeld. Mein Vater hat die Runde springen lassen.«

»Trotzdem«, sagte Frau Magenbrot und schraubte ihr Lächeln noch eine Stufe schärfer.

»Geben Sie es Titus«, sagte ich. »Der kann es gut gebrauchen.«

Titus zuckte zusammen. Es war ihm unangenehm, in diese Unterhaltung mit einbezogen zu werden. Er rutschte zum entgegengesetzten Ende der Bank.

Das Lächeln wurde heruntergefahren und der Schein wieder eingesteckt.

Titus atmete hörbar auf.

»*Wann* bist du zu Hause?«, fragte Frau Magenbrot ihre Tochter.

Sie zuckte mit den Schultern. »In einer Stunde?«

»Du *weißt*, was du alles noch zu erledigen hast?«

»Ja, weiß ich.«

»Ich will dir nur die nötige *Unterstützung* geben«, sagte Frau Magenbrot in einem Tonfall, der wohl mitfühlend sein sollte. »Also in *einer* Stunde. Auf Wiedersehen, *Kinder*.«

»Auf Wiedersehen, Frau Magenbrot«, erwiderten wir im Chor.

»Sagt nichts«, stöhnte Lara. Ihre Hand verschwand endlich unter der Mütze, und es sah so aus, als würde sie sich kratzen. Was sie aber nicht tat. Ich vermutete, sie riss sich das ein oder andere Haar aus.

Sie sah ihr halb aufgegessenes Eis an. »Ich hab genug. Mag das noch jemand?«

»Gib her«, sagte Titus.

Lara stand auf. »Entschuldigt, aber ich muss jetzt los.«

»Alles klar«, sagte ich. »Mach dir keine Gedanken.«

»Wir sehen uns spätestens am Montag in der Schule.« Sie stieg auf ihr Rad und fuhr ohne ein weiteres Wort davon. Sie drehte sich noch nicht einmal um.

»Das war seltsam«, sagte ich.

»Nein, eigentlich nicht«, sagte Paula.

»Wie das?«

»Ihre Mutter ist eigentlich sehr nett. Zu mir jedenfalls. Und zu den anderen Kindern.«

»Zu mir nicht«, sagte Titus mit vollem Mund. Er hatte Laras Eis mit einem Happs verschlungen.

»Zu dir ist niemand nett«, sagte Paula ein wenig traurig.

»Doch. Ihr. Von daher passt das schon. Dörte und die anderen können mir gestohlen bleiben.«

»Aber warum ist sie zu Lara so?«, fragte ich.

»Keine Ahnung. Laras Mutter legt eben Wert auf sehr gute Noten. Vielleicht denkt sie, weil sie die Bibliothekarin und Archivarin ist, muss Lara überall auf Eins stehen.« Sie hob hilflos die Hände. »Wie gesagt, ich weiß es nicht.«

Titus leckte seine Finger ab. »Mein Papa hat gesagt, die alte Magenbrot ist durchgeknallt. Verrückt wie ein Rudel Wiesel, so hat er sich ausgedrückt. Man müsse schon einen an der Lampe haben, um es mit ihr auszuhalten.«

»Laras Eltern sind geschieden«, erklärte Paula. »Ihren Vater haben die Finsterbrooker erfolgreich weggeekelt.«

»Mein Vater hat ihm Hausverbot erteilt«, sagte Titus.

»Im Supermarkt meinst du?«, fragte ich.

»Bei uns daheim vermute ich auch.« Er grinste ein wenig bitter. »Aber damit kann man leben.«

Der Supermarkt war in der Tat schwerwiegender. Wenn

man keinen guten Draht zum Kapitän hatte, saß man echt auf dem Trockenen. Keine Eier, Butter, Käse, Milch. In der Tat: So konnte man auch Leute von der Insel vertreiben.

»Was machen wir jetzt?«, fragte Paula.

»Wir warten auf den richtigen Zeitpunkt, und dann gehen wir zusammen runter in die Mine«, sagte ich. »Wenn es stimmt, was Magda sagt, wartet diese Tür auf uns.«

»Ich bin gespannt, welche Prüfungen wir bestehen müssen«, sagte Titus unbehaglich.

»Mich würde viel mehr interessieren, was geschieht, wenn wir sie bestanden haben«, sagte Paula. »Gewinnen wir irgendwas? Einen Preis? Was Buntes, Schönes?«

»Du hast schon genug Pferde-T-Shirts mit Regenbogen«, frotzelte Titus.

»Ha ha ha«, machte Paula trocken. »Sehr witzig.«

Ich hatte überhaupt keine Ahnung, was der Preis sein würde. Aber bunt und schön würde der nicht sein.

Die neue Woche begann, wie die alte aufgehört hatte: mit Unterricht bei Frau Schnippenkötter. Irgendwie rahmten ihre langweiligen Deutschstunden den Samstag und den Sonntag ein. Raus aus den Kartoffeln, rein in die Kartoffeln.

Für die kommenden Tage waren Tests angekündigt, in Deutsch, Englisch und Mathe. Die ersten in diesem Schuljahr. Und natürlich musste man sich darauf vorbereiten. Lara und Paula weniger als Titus und ich. Einen gemeinsamen Abstieg in den Untergrund von Finsterbrook konnten wir also erst mal abhaken.

»Musst du auch was tun?«, fragte Papa, als wir zum Abendessen in der Küche saßen und Musik hörten.

»Na ja, besser wäre es schon«, sagte ich. Deutsch und Englisch waren ganz okay bei mir. Aber Mathe? Dafür fehlte mir jedes Vorstellungsvermögen.

»Soll ich dir helfen?«, fragte Papa vorsichtig.

Ich schüttelte den Kopf. »Ist schon in Ordnung.«

»In Mathe hätte ich dir ohnehin nicht unter die Arme greifen können«, sagte Papa und schenkte mir einen Tee ein. Ich roch vorsichtig an der Tasse.

»Was ist das?«, fragte ich misstrauisch.

»Matcha. Sehr gesund.«

»Und vor allen Dingen sehr grün.« Mir schwante Fürchterliches. Ich nippte an der Tasse und verzog das Gesicht. »Ehrlich jetzt?«, fragte ich.

»Was denn?«, rief Papa leicht empört. »Der ist gut! Der hat ganz viele Antioxytanien und so.«

»Antiwas?«

»Antioxydantien«, korrigierte sich Papa.

»Seit wann trinkst du so was?«

»Seit vorgestern«, sagte Papa.

»Magda?«, fragte ich vorsichtig, denn die Idee war ganz bestimmt nicht auf seinem Mist gewachsen. Und da wir Henkelpotts kleinen Horrorladen nicht mehr betreten durften, um so exquisite Scheußlichkeiten wie Matcha zu kaufen, musste er den Tee von der Frau mit der Kutsche haben.

»Sag mal, läuft da was zwischen euch?«, fragte ich mit einem zusammengekniffenen Auge.

»Wie kommst du denn auf das schmale Brett?«, fragte Papa eine Spur zu unschuldig. Er konnte wie ich nicht gut lügen. Lag in der Familie.

»Läuft da was oder nicht?«

»Geht dich doch nichts an.«

Aha. Genauso gut hätte er auch Ja sagen können.

»Wie alt ist Magda noch mal? Ende fünfzig?« Papa war vierzig.

Papa blies die Backen auf. »Keine Ahnung. Und wenn ja: Ist das in irgendeiner Weise von Bedeutung?«

»Dafür, dass du bei der ersten Begegnung mit ihr so die Hacken zusammengeschlagen hast, geht das jetzt aber flott.«

»**Pffft**!«, machte Papa. »Jedenfalls gibt es am Freitagabend eine offene Ratsversammlung, auf der ich mein Programm vorstelle«, fuhr Papa fort. »Willst du wissen, was ich plane?«

Ich schreckte hoch, denn als er sagte, dass er am Freitagabend nicht da sein würde, hatte ich auf einmal eine Idee.

»Was? Ja, klar! Natürlich!«, sagte ich hastig.

»Erst einmal will ich das Henkelpott-Monopol brechen. Es kann nicht sein, dass ein einziger Misanthrop entscheiden darf, wer hier einkaufen darf und wer nicht. Dann soll der Tourismus angekurbelt werden. Urlauber sollen wieder auf die Insel kommen. Und Geld ausgeben. Am besten natürlich bei uns, hö hö. Allein mit diesen beiden Maßnahmen werde ich wohl die nötigen Stimmen bekommen, um in den Gemeinderat einzuziehen. Zumindest von den Zugezogenen. Das dürfte erst mal reichen. Und schließlich … Sag mal, hörst du mir überhaupt zu?«

»Ich? Was? Ja! Natürlich! Geld ausgeben! Also, die anderen! Nicht wir!«, rief ich, um wenigstens einigermaßen wiederzugeben, was bei mir angekommen war. »Sag mal, können Paula, Lara und Titus dann am Freitag bei mir übernachten?«

Der Themenwechsel überraschte Papa. »Ja, sicher. Von mir aus ist das kein Problem. Was habt ihr vor?«

Ich zupfte ein paar Saiten auf meinem Luftbass.

»Ah«, rief Papa. »Ich hatte mich schon gefragt, wann es bei euch weitergeht.«

»Freitag halt.«

»Wenn Niederstedts, Henkelpotts und Magenbrots ohnehin ein Betreuungsproblem sehen«, sagte Papa.

»Henkelpotts nicht. Denen ist es wurscht, was mit Titus ist.«

Papa verzog das Gesicht. »Ist es wirklich so schlimm bei ihm?«

Ich nickte. »Bei den anderen ist es nicht viel besser.«

»Die Ahnung hatte ich«, sagte Papa grimmig. »Sie sind jedenfalls immer willkommen. Egal wann. Egal wie lange. Ich mag sie alle drei. Und bei dir weiß ich, dass ich mich auf dich verlassen kann und du keinen Scheiß baust.« Er hob eine Augenbraue und musterte mich eindringlich. »Nicht wahr? Kann ich doch, oder?«

»Ja klar«, sagte ich. Und hoffte, dass er nicht sah, wie rot meine Ohren wurden.

Am nächsten Tag richtete ich den anderen aus, dass mein Vater grünes Licht für eine Übernachtung gegeben hatte. Noch einen Tag später erteilten zumindest Paulas Vater und Laras Mutter die Erlaubnis, dass die beiden für eine Nacht bei uns einziehen durften. Herr und Frau Henkelpott hatten Titus' Ankündigung nur mit einem Schulterzucken zur Kenntnis genommen und die Übernachtung weder verboten noch erlaubt.

Ich muss zugeben, dass ich doch ein wenig nervös war, als Papa sich mit dem Schienenbus Richtung Hafen verabschiedete. Er wollte nicht so spät in der Nacht mit dem Fahrrad heimfahren.

Der Weg durch das Tal war dunkel, und die Dynamoleuchte reichte kaum aus, alle Schlaglöcher rechtzeitig zu erkennen.

»Wie sehe ich aus?«, fragte er, als er sich uns in der Küche in seinem Zivil-Outfit präsentierte. »Geht das so?«

»Ich wusste gar nicht, dass du ein weißes Hemd hast«, sagte ich.

»Ein *gebügeltes* weißes Hemd«, sagte er und versuchte, eine schwarze Krawatte so zu binden, dass er nicht wie ein verunglückter Konfirmand aussah.

»Darf ich?«, fragte Lara.

»Ich bitte darum«, sagte Papa und ging in die Hocke.

Mit einigen geschickten Handgriffen hatte sie den Schlips in die nötige Form gebracht. »So. Ein doppelter Windsorknoten.«

»Ich bin beeindruckt«, sagte Papa, als er sich an den Hals fasste. »Woher kannst du das?«

»Ihr Gedächtnis ist wie ein Flusensieb«, sagte Titus, bevor Lara etwas sagen konnte. Und er klang dabei ziemlich beeindruckt.

»Ist das so?«, fragte Papa.

Lara errötete und nickte.

Papa seufzte. »Beneidenswert. Ich schaffe es noch nicht mal, mich daran zu erinnern, wann es Zeit ist, den Müll rauszubringen.«

»Dafür hast du ja mich«, sagte ich trocken und drückte ihm zwei blaue, prallgefüllte Säcke in die Hand.

»Essen steht auf dem Herd, ihr braucht es euch nur noch aufzuwärmen«, sagte er. »Ich mach mich dann mal auf den Weg. Euch Vieren wünsche ich viel Spaß. Seid kreativ! Ich hoffe, die Versammlung dauert nicht zu lange.«

Die Wohnungstür fiel ins Schloss, und kurz darauf hörten wir den Bus wegfahren.

Ich klatschte in die Hände. »Dann wollen wir mal.«

»Und Garm muss mit?«, fragte Paula.

»So hat es Magda gesagt«, antwortete ich.

»Wie tragen wir ihn denn die Leiter runter?«, fragte Titus, der die Taschenlampen checkte, die Paula ihm gegeben hatte

»Mit meinem Rucksack«, sagte Lara. »Ich kann ihn ausräumen, dann müsste Garm hineinpassen.«

Sie packte einen Schlafanzug, zwei Handtücher und einen durchsichtigen Kulturbeutel mit Zahnbürste, Pasta und Zahnseide aus. Dazu ein Mundwasser und offensichtlich abgezählte Wattestäbchen. Zu guter Letzt stellte sie ein paar Puschen auf den Boden. Braun kariert.

»Was?«, fragte sie verunsichert, als sie unsere überraschten Blicke sah. »Hab ich was falsch gemacht?«

»Man könnte meinen, du fährst in Urlaub«, sagte Paula grinsend.

Lara errötete. »Na ja, das ist es für mich ja auch irgendwie. Ich hab noch nie bei Freunden übernachtet. Ich hab sogar kurz überlegt, ob ich meinen Morgenmantel mitnehmen soll. Aber dann wäre der Rucksack zu klein gewesen.«

Titus hob Garm hoch. »Mach mal den Reißverschluss auf.«

Lara öffnete den Rucksack so weit wie möglich, und Garm kletterte hinein, als wäre das schon immer sein Lieblingsplatz gewesen.

»Passt«, sagte Titus und zog die Schul-

terriemen ein wenig enger. Garm, dem es ganz offensichtlich gefiel, endlich mal mit uns auf Augenhöhe zu sein, leckte Titus vergnügt hinterm Ohr.

»Also«, sagte ich. »Dann machen wir uns auf den Weg.«

»Sollen wir deinem Vater nicht eine Nachricht hinterlassen?«, fragte Paula. »Ich meine, wenn uns da unten was zustößt, weiß keiner, wo wir sind. Wir hatten das schon mal, ihr erinnert euch?«

»Magda weiß Bescheid«, sagte ich. »Ich habe ihr gesagt, dass wir heute hinuntersteigen.«

»Ah«, machte Lara nur, als sei damit alles geklärt.

Nur Paula wirkte noch immer nicht überzeugt. »Habt ihr vergessen, dass da unten die Zeit anders vergeht als hier oben? Schneller? Ein Tag in diesem Labyrinth ist eine Stunde oben auf der Insel. Wenn ich mich recht erinnere.«

»Paula hat recht«, sagte Titus nach kurzem Nachdenken. »Wir könnten uns so wie ihr beim letzten Mal in dem Gewirr der Tunnel verlieren.«

»Wir gehen doch gar nicht ins Labyrinth. Wir klettern die Leiter hinunter in den Raum mit der Tür«, sagte Lara. »Und ganz abgesehen davon: Ich glaube nicht, dass wir beim letzten Mal in Gefahr waren.«

»Wie kommst du darauf?«, fragte Paula.

»Garm«, sagte Lara und deutete auf den Beagle, der so in dem Rucksack steckte, dass nur noch sein Kopf herausschaute. »Er würde sonst anders reagieren. Ich habe da nämlich so eine Vermutung.«

»Na, jetzt bin ich aber gespannt«, sagte Titus.

»Dieser Hund und die *Villa Seelenfrieden* sind auf irgendeine Weise so eng miteinander verbunden, dass man sie nicht voneinander trennen kann. Die *Villa Seelenfrieden* mag ja ein wenig schräg sein. Und auf Leute, die hier nichts verloren haben, ziemlich unheimlich wirken. Aber uns hat sie … auserwählt. Mir fällt kein besseres Wort ein.«

»Auserwählt?«, fragte Titus. »Für was?«

»Ich habe keine Ahnung. Doch bei einer Sache bin ich mir ganz sicher: Die Villa will uns nicht schaden, weil sie uns auf irgendeine Art und Weise braucht.

»Ach?«, machte Titus, als wäre er gerade in Tante Laras Märchenstunde. Aber ich fand die Idee nicht ganz so abwegig.

»Garm ist älter, als jeder Hund sein dürfte«, sagte ich.

»Und klüger ist er sowieso«, sagte Paula nachdenklich. »Er kann halt nur nicht mit uns reden.«

»Im Gegensatz zur Musikbox«, sagte Lara.

»Die spielt alte Schlager«, sagte Titus. »Das kann man ja wohl kaum als Reden bezeichnen.«

»Hast du mal auf die Texte geachtet?«, sagte Lara und zitierte Roberto Blanco. *»Ein bisschen Spaß muss sein, dann ist die Welt voll Sonnenschein. So gut, wie wir uns heute verstehen, so soll es weitergehen. Ein bisschen Spaß muss sein, dann kommt das Glück von ganz allein. Drum singen wir tagaus und tagein: Ein bisschen Spaß muss sein.«*

»Ja«, sagte ich. »Ich habe auch gedacht, dass das ein Kommentar zu unserem Ausflug war. Das sollte bedeuten, dass wir die ganze Zeit in Sicherheit waren.«

»Bisschen weit hergeholt«, sagte Titus.

»Vertraust du Garm?«, fragte ich.

»Auf jeden Fall«, sagte Titus.

»Dann mach ich dir einen Vorschlag«, fuhr ich fort. »Wenn er uns unten warnt, hören wir auf ihn. Egal, was wir gerade tun. Wir brechen sofort alles ab und kehren wieder zurück. Solange er aber entspannt ist, tun wir das, von dem wir meinen, dass wir es tun müssen. Einverstanden?«

Titus dachte kurz nach. »Das klang jetzt kompliziert. Aber: Einverstanden«, sagte er schließlich.

Ich war erleichtert. Nicht so sehr, weil es mir gelungen war, Titus zu überzeugen, sondern mich gleich mit. Denn ich muss zugeben, dass auch mir ein wenig die Düse ging. Ich meine: Hallo? Nur mal kurz zur Erinnerung: Da war ein Haus, das uns musikalische Botschaften sandte. Ein Labyrinth, in dem die Uhren anders tickten. Und ein Hund, der lieb und nett war, der aber auch eine dunkle Seite hatte, selbst wenn wir sie bisher nur ganz kurz zu Gesicht bekommen hatten. In meinem alten Leben hätte mir das ausgereicht, um an meinem Verstand zu zweifeln. Aber wie Gopal zu sagen pflegte: *Der Verstand irrt, das Gefühl nie.* Ob das eine indische Weisheit war, weiß ich nicht. Aber mein Gefühl sagte mir, wir taten das Richtige.

»Dann lasst uns mal gehen«, sagte ich.

Der Abstieg hinunter in den Raum, der sich unter der *Villa Seelenfrieden* befand, war kürzer, als er eigentlich sein durfte, und so dauerte es nicht lange, bis wir wieder festen Boden unter den Füßen spürten. Garm war gut verpackt in Laras Rucksack auf Titus' Rücken und machte auch keine Anstalten, herauszukrabbeln. Er spürte scheinbar, dass er da war, wo er im Moment hingehörte.

Oder wir spürten es, so sicher war ich mir da nicht. Gefühl

und Verstand, wir hatten es, nicht wahr? Beides unter einen Hut zu bringen, ist manchmal schwer.

»Und wo ist jetzt eure Tür?«, fragte Titus, während er jede Ecke ausleuchtete.

Der Raum war leer.

»Das verstehe ich nicht«, sagte Lara und drehte sich mehrmals im Kreis. »Haben wir uns alles nur eingebildet?«

»Schaltet mal alle eure Taschenlampen aus«, sagte Lara.

Ich setzte meinen Helm ab und schaltete das Licht aus. Die anderen folgten meinem Beispiel.

Es dauerte einen Moment, bis wir die Tür sahen. Sie leuchtete langsam auf, bis sie so hell strahlte, dass wir sogar unsere Gesichter sehen konnten. Sie sah genauso aus wie die in meinem Traum. Inklusive der vier Schlösser. In drei von ihnen steckten jetzt Schlüssel. Nur einer fehlte noch. Meiner. Ich löste ihn vom Bund. Lara streckte die Hand aus und berührte den Knauf. Er ließ sich drehen. »Na, wer sagt's denn«, flüsterte sie.

Ich schluckte. Ein wenig mulmig war mir schon zumute. Aber da Garm ganz ruhig blieb und keinen Mucks von sich gab, stieß Lara die Tür auf, und wir traten durch sie hindurch.

Die Welt, so fühlte es sich an, ruckte mit einem Mal so heftig nach rechts, dass es uns fast von den Füßen holte. So, als wären wir gerade aus einem fahrenden Zug gesprungen. Mir wurde schwindelig, fast ein wenig schlecht, als wir seitwärts stolperten.

»Oh nein«, flüsterte Titus. »Ohneinneinnein.« Er klang fast so, als würde er wieder zu schnell sprechen, aber das tat er nicht.

Wir befanden uns in einem Wohnzimmer. Na ja, zumindest sah es so aus. Und dann auch wieder nicht. Hände hoch, wer schon mal in einer Schulaufführung mitgemacht hat! Ich fand es immer lustig, mich zwischen den gemalten Kulissen zu bewegen. Man spielte ein Tier oder einen Magier und führte spannende Märchen auf. Natürlich war es nicht das richtige Leben. Aber es fühlte sich echt genug an. Besonders wenn Papa stolz war wie Oskar.

Dieser Ort hier war so ähnlich. Alles sah flach aus, hatte aber scharfe Kanten, an denen man sich stoßen konnte, wenn man nicht aufpasste. Und da waren Leute: Vor einem Titus, der ein bisschen jünger aussah als unser Titus, standen zwei Erwachsene. Ich erkannte Titus' Vater und eine Frau, die seine Mutter sein musste. Ich war ihr noch nie begegnet, deswegen konnte ich nur raten.

Die beiden schienen zornig zu sein. Ihre Köpfe waren

hochrot, und sie hatten die Zeigefinger drohend erhoben. Sie schrien etwas, aber es war nicht zu verstehen, weil alles ein einziges großes Durcheinander war, das man kaum auseinanderdröseln konnte.

»Was sagen deine Eltern zu dir?«, fragte Lara ängstlich. »Ich verstehe nicht, was da passiert!«

Aber Paula ahnte es. »So siehst du die Welt, Titus! Alles ist wirr und chaotisch. Es gibt keine …« Sie dachte nach, und dann fand sie das richtige Wort. »Keine Ordnung!«

»Ja«, sagte Titus traurig. »So sehe ich die Welt. Oder so habe ich sie gesehen, bis ich Garm und euch begegnet bin.«

»Das ist echt anstrengend!«, entfuhr es Lara. »Wie hast du das ausgehalten?«

Titus zuckte mit den Schultern.

»Was sagen deine Eltern da zu dir?«, griff ich Laras Frage auf.

»Sie schicken mich weg. Sie halten es nicht mehr mit mir aus. Für einen Sommer in ein Heim nach Dustersiel, aber dort waren sie auch bald von mir genervt und schickten mich zurück. Da war ich sechs.«

Wir sahen die kleine Version von Titus, der nichts verstand und so sehr zitterte, dass er fast ein wenig unscharf war.

»Oh Mann«, sagte Lara mit Tränen in den Augen. »Es tut mir so leid.«

»So war das«, sagte Titus scheinbar gelassen. Aber eigentlich war er mit den Nerven am Ende.

Lara beugte sich zu dem kleinen Titus hinab und legte ihre Hand auf seine Schulter. Sofort stoppte das Zittern. Die

Wohnzimmerkulisse mit den schreienden Eltern löste sich auf und wehte wie eine Nebelschwade davon. Der kleine Junge drehte sich zu uns um. Er sah Lara an, Paula. Mich. Und dann den Titus, der sechs Jahre älter war. Kleiner Titus, großer Titus.

Beide schauten einander lange in die Augen und sagten kein Wort. Sie verstanden sich auch so. Die Traurigkeit in ihren Blicken sagte alles.

»Vielleicht solltest du ihn in den Arm nehmen«, schlug Paula vor.

»Vielleicht sollten wir alle ihn in die Arme nehmen«, verbesserte Lara sie.

»Das ist die Prüfung, von der Magda gesprochen hatte!«, kam es mir plötzlich in den Sinn. »Alleine kann man sie nicht bestehen. Wir müssen zusammenhalten.«

»Also los«, sagte Lara.

Wir nahmen den kleinen Titus in unsere Mitte und legten unsere Hände auf seine Schultern, der große Titus als Letztes.

Der kleine Junge löste sich auf. Und bevor er ganz verschwand, ging er auf Titus zu und irgendwie in ihn hinein. Als würde zusammenkommen, was zusammengehörte. Zwei Teile, die wieder zu einem wurden.

Die Welt stolperte erneut nach rechts, es gab einen leisen Knall – und wir standen wieder vor der Tür.

Titus keuchte, als wäre er eine Spur zu lange unter Wasser gewesen. Als er wieder normal atmen konnte, sah er uns erstaunt an.

»Ist alles gut bei dir?«, fragte Lara.

Titus lauschte in sich hinein und nickte dann. »Ja«, sagte er lächelnd. »Ja, ich glaube schon. Obwohl ich zuerst ziemlich Schiss hatte.«

»Du hast mir so leidgetan!«, sagte Lara.

Titus errötete. »Ja, aber jetzt ist alles gut.« Er zögerte einen Moment. »Ist es doch, oder?«

»Na ja, sagte Paula. »Jetzt müssen wir nur noch die drei anderen Prüfungen bestehen.«

»Ich bin mir nicht sicher, ob es wirklich eine Prüfung ist«, sagte Titus. »Als würde etwas repariert werden, das kaputt gegangen ist. Ich kann es nur so beschreiben. Jedenfalls nichts, wovor ihr Angst haben müsst. Glaube ich.«

»Glaubst du«, sagte Paula, die nicht sehr überzeugt klang. Aber ihr fiel wohl auf, was auch wir bemerkten: Titus hatte sich verändert. Er war viel ruhiger. Ausgeglichener. Bei sich.

»Dann lasst uns noch einmal hindurch gehen«, sagte Lara bestimmt.

Titus brauchte keine zweite Aufforderung. Und ich auch nicht. Nur Paula zögerte.

»Hast du Angst?«, fragte ich sie.

»Quatsch«, kam es eine Spur zu entrüstet von ihr.

Natürlich hatte sie Angst. Aber ich glaube, sie war sich nicht ganz sicher, wovor.

Wir gingen ein zweites Mal hindurch, und diesmal waren wir auf den Ruck vorbereitet.

»Ich glaube, ich weiß, wo wir sind«, sagte Lara. Ich hörte, dass sie einen Kloß im Hals hatte. Titus ergriff ihre Hand und drückte sie ganz fest. Lara sah ihn überrascht an, lächelte dann aber dankbar.

»Das war die Wohnung meines Vaters«, sagte Lara. An den Wänden klebten mit Tesa befestigt ein gutes Dutzend Bilder, die Lara gezeichnet haben musste. Vater und Kind. Ohne Mutter. Alle fein säuberlich mit einem Datum versehen. Von der Decke hing ein Mobile, das sie gemeinsam gebastelt haben mussten. Viele bunte Planeten, die um eine Sonne kreisten. Jemand hatte der Sonne ein freundliches Gesicht aufgemalt.

»War?«, fragte Paula.

»Ja«, sagte Lara traurig. Sie zeigte auf das kleine Mädchen in einem karierten Wintermantel, das in der Wohnzimmertür stand. Ich erkannte Lara zuerst nicht, da sie keine Indiomütze trug. Stattdessen hatte sie ihr langes braunes Haar zu einem Zopf geflochten, der ihr fast zur Hüfte reichte. Draußen schneite es. Ich konnte die Schneeflocken durch das Fenster der leergeräumten Wohnung sehen.

»Lara?«, rief eine Stimme. »Lara, *da* bist du! Ich habe dich *überall* gesucht.«
Das Mädchen mit dem Zopf drehte sich um. Sein Gesicht war tränennass. Aber das schien Frau Magenbrot nicht zu interessieren. Sie klopfte sich den Schnee von der Schulter.
»Hast du eine Ahnung, welche *Sorgen* ich mir um dich gemacht habe?«
»Wo ist Papa?«
»Papa ist *fort*«, sagte Frau Magenbrot nur, und ich war erschrocken, wie kalt ihre Stimme klang. Fast schon gehässig. So auf diese *Ich-hab-es-dir-ja-gesagt*-Art. »Und er wird auch *nicht* wiederkommen.«
»Wo ist Papa?«, wiederholte das kleine Mädchen, das Lara war, als sie sich noch nicht die Haare auszupfte. Aber das würde sich nach diesem Tag wohl ändern.
»Ich habe *keine* Ahnung«, sagte Frau Magenbrot. »Ich weiß nur, dass er uns im *Stich* gelassen hat.«
Das kleine Mädchen schüttelte den Kopf. »Das glaube ich nicht.«
»Na, dann wird es Zeit, dass du den Tatsachen ins *Auge* siehst«, sagte Frau Magenbrot kühl. »Dein Vater kommt nicht wieder. Für mich nicht. Und für dich schon mal gar nicht.«
Das kleine Mädchen schluchzte. Und mit ihm die echte Lara. »Das ist nicht wahr!«, riefen beide im Chor.
»Mir ist es *egal*, was du glaubst«, sagte Frau Magenbrot. »Aber je *früher* du dich damit abfindest, dass dein Vater sich für *dich* nicht interessiert, desto besser ist es für uns beide.«

Beide Laras weinten jetzt, als gäbe es keinen Trost, nirgends auf der ganzen Welt.

»Komm jetzt!«, forderte Frau Magenbrot ihre kleine Tochter auf. »Zu Hause wartet noch *jede* Menge Arbeit auf dich. Hast du deine *Schulaufgaben* gemacht?« Sie setzte ihrer Tochter die Mütze auf, die ich schon vermisst hatte. »Und hör endlich auf zu *heulen*! Das kann sich ja *keiner* mit anhören.«

Und dann gingen sie.

»War's das jetzt?«, fragte Titus überrascht. »Keine Auflösung? Kein Happy End?«

»Ganz offensichtlich«, sagte Paula ebenfalls ein wenig verstört.

»Nein«, sagte ich. »Das war es nicht. Denn sonst wären wir nicht mehr hier. Da ist etwas zu erledigen.« Ich sah Lara an. »Irgendeine Ahnung, was es sein könnte?«

Lara wischte sich mit dem Handrücken die Tränen aus dem Gesicht. »Weiß nicht.«

Sie begann, sich in der Wohnung umzusehen, öffnete Schubladen und Schränke, fand aber nicht, wonach sie suchte.

Titus sah mich unbehaglich an. »Das sollten wir eigentlich nicht können.« Er klopfte auf das Holz eines Tischs, der unter dem Fenster stand. »Das hier ist kein 3-D-Kino. Wir sind wirklich hier! Unsichtbar. Aber hier.«

Paula wurde blass.

»Und wenn Lara ihre Prüfung nicht besteht, werden wir auch hier bleiben!«, sagte Titus.

»Hör auf!«, rief Paula. »Du machst mir Angst!«

»Ich sag's ja nur«, erwiderte Titus, als würde ihn das gar nicht berühren. »Schon spannend: Stell dir mal vor, wir gehen durch diese Wohnungstür und begegnen draußen uns selbst. *Das* wär doch mal ein Spaß!«
Ich griff nach der Türklinke. »Sie lässt sich nicht öffnen.«
Paula schob den Tisch beiseite und versuchte, das Fenster aufzumachen. Vergeblich. »Auch verschlossen!«, sagte sie. »Wir sind hier gefangen.«
»Nein, das glaube ich nicht«, sagte ich. »Diese Prüfungen funktionieren anders.«
»Sondern wie?«, fragte Paula.
»Es geht um etwas, das man fühlt, wenn man seinem jüngeren Ich begegnet. Titus hat es gerade erlebt. Und Lara wird etwas finden, das dieselbe Wirkung auf sie hat.«
Garm wurde unruhig in seinem Rucksack. Ich setzte ihn ab und ließ ihn heraus. Er blieb vor Lara stehen und wedelte mit dem Schwanz. So, als würde er Gassi gehen wollen. Oder ihr etwas zeigen. Dann trippelte er in die Küche, blieb aber auf der Schwelle stehen und drehte sich zu Lara um. Wir folgten ihm.
Garm sprang mit einem Satz auf einen Küchenstuhl und von da aus auf einen kleinen Tisch, auf dem eine Blechdose stand.
»Papa hat hier immer die Kekse für mich aufbewahrt.« Sie öffnete sie, und wir schauten hinein. Die Dose war leer. Keine Cookies, keine dänischen Kaffeekränze, keine Butterkekse. Doch dafür ein kleines quadratisches Kuvert, auf dem Laras Name stand.
»Der Brief. Der Brief, den mir mein Vater geschrieben

hat«, rief Lara. »Ich wusste, dass es einen gab! Geben musste! Er wäre nie weggegangen, ohne mir eine Nachricht zu hinterlassen. Aber ich hatte immer gedacht, dass meine Mutter sie genommen hatte.«

»Willst du den Umschlag nicht aufmachen?«, fragte Paula.
»Ich weiß nicht«, sagte Laura. »Ich glaube, ich möchte dafür allein sein.«
Titus ging zur Wohnungstür – und jetzt ließ sie sich öffnen! Durch den Türspalt konnten wir den würfelförmigen Raum sehen. »Gut, dann lasst uns gehen. Denn wenn ihr mich fragt: Ich will hier weg.«
»Warte!«, rief ich.
Doch zu spät. Bevor wir ihn aufhalten konnten, war er über die Schwelle getreten und auf der anderen Seite.
»Na, was ist mit euch?«, rief er und winkte uns zu sich heran. »Es ist alles gut!«
»Lara, geh du als Nächstes«, sagte ich.
Sie zögerte und schüttelte ängstlich den Kopf. »Warum?«
»Ich möchte wissen, ob du den Brief mitnehmen kannst.«
Lara presste die Lippen zusammen. Sie schaute sich noch einmal um, als würde sie Abschied nehmen von diesem Ort, an dem sie eine schöne Zeit verbracht hatte. Ihre freie Hand wanderte unter die Mütze, und es sah aus, als würde sie sich kratzen.
»Okay«, sagte sie schließlich. Sie holte ein paar Mal tief Luft, schüttelte Arme und Beine aus und ließ knackend den Kopf kreisen, als würde sie sich auf eine hochsportliche

Angelegenheit vorbereiten. Dann sprintete sie los und sprang.
Titus musste sie auf der anderen Seite auffangen, so viel Schwung hatte sie. Triumphierend hielt sie den Brief in die Höhe. »Es hat geklappt!«
»Dann sollten wir auch gehen«, sagte ich zu Paula.
»Zusammen?«
»Zusammen.«
»Bereit?«
Paula ergriff meine Hand. »Bereit.«
Gemeinsam machten wir diesen einen großen Schritt, während Garm gemächlich an uns vorbeischnüffelte.

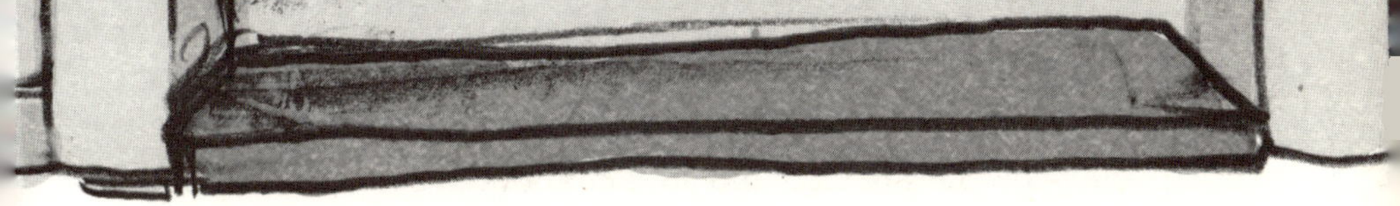

Hinter uns fiel die Tür ins Schloss. Erleichtert umarmten wir uns. Nur Garm jaulte, weil er sich ausgeschlossen fühlte.

»Ja, du auch!«, sagte Titus und nahm den Beagle hoch. Er leckte uns einem nach dem anderen das Gesicht ab, obwohl ich das überhaupt nicht leiden konnte.

»Was steht denn jetzt in diesem Brief?«, fragte Titus.

»Oh Mann!«, rief Paula. »Das geht dich doch überhaupt nichts an!«

»Entschuldige«, maulte Titus. »Ich dachte nur, wo wir alle gemeinsam in der Sache stecken …«

»Er hat recht«, sagte Lara und riss das Kuvert auf. »Schauen wir nach.«

Sie überflog das Blatt. Erst stirnrunzelnd, dann mit erhobenen Augenbrauen.

»Was ist los?«, fragte ich.

Lara hielt den Brief in die Höhe. »Da steht nur eine Zahl. 42 982. Hat jemand eine Ahnung, was das bedeuten soll?«

»Vielleicht ist es eine Postleitzahl?«, fragte Titus.

Das konnte allerdings sein. Aber wenn Laras Vater ihr einen Hinweis geben wollte, wohin er gegangen war, warum hatte er ihr nicht die ganze Adresse aufgeschrieben?

»Vielleicht ist es ja auch eine Telefonnummer«, sagte Paula. »Obwohl, die Nummern hier auf der Insel sind alle vierstellig.«

»Hier gibt es nur Festnetz?«, fragte ich.

»Ja, sagte Lara. »Handys funktionieren hier nicht. Auch WLAN nicht. Beim Funk ist ebenso tote Hose. Fiete Duckstein muss wie alle anderen das normale Telefon benutzen.«

»Fiete Duckstein?«, fragte ich. »Wer ist das?«

»Unser Inselpolizist«, sagte Titus.

»Mein Vater hält ihn für unterbelichtet«, sagte Paula.

»Wie nennt er ihn immer?«, fragte Lara. »Schlichtes Gemüt?«

»Ja. Fiete ist außerdem nah am Wasser gebaut«, sagte Paula. »Er heult wegen jeder Kleinigkeit. Im Moment ist er aber nicht da. Er nimmt seinen Jahresurlaub. Und ratet mal wo? Auf Helgoland. Einer Insel.«

»Ehrlich jetzt?«, sagte Titus.

»Dann hätte er auch hierbleiben können«, sagte Lara.

»Hier ist er immer im Dienst«, sagte Titus. »Er ist halt ein waschechter Insulaner. Der Einzige aus einer der eingeborenen Familien, der keinen Knall hat.«

»Na ja«, sagte Lara nur.

»Ich mag ihn«, sagte Titus. »Er ist immer nett zu mir.«

Lara starrte noch immer auf den Zettel mit der Zahl. Wir hatten keine Idee, was sie bedeuten konnte. Doch ich hatte so ein Gefühl, dass sie irgendwann wichtig sein würde. Nicht hier. Nicht jetzt. Aber später.

»Ich bin dran«, sagte Paula, die es wohl hinter sich bringen wollte. Ihre Stimme zitterte. Sie hatte Angst, und zwar mächtig.

»Du weißt, wo es hingeht?«, fragte ich.

»Oh ja!«, sagte sie und lachte bitter. »Und ganz ehrlich? Ich würde jetzt viel lieber Skifahren lernen.«

Wir lachten mit, aber so richtig gut fühlte ich mich nicht. Das hier war alles andere als lustig.

Zum dritten Mal vollzogen wir das Ritual, und diesmal legte Paula als Letzte die Hand auf die Klinke. Sie zögerte einen Moment, bevor sie es tat, und schaute ängstlich in die Runde.

»Ach, scheiß drauf«, sagte sie und öffnete mit zitternder Hand die Tür.

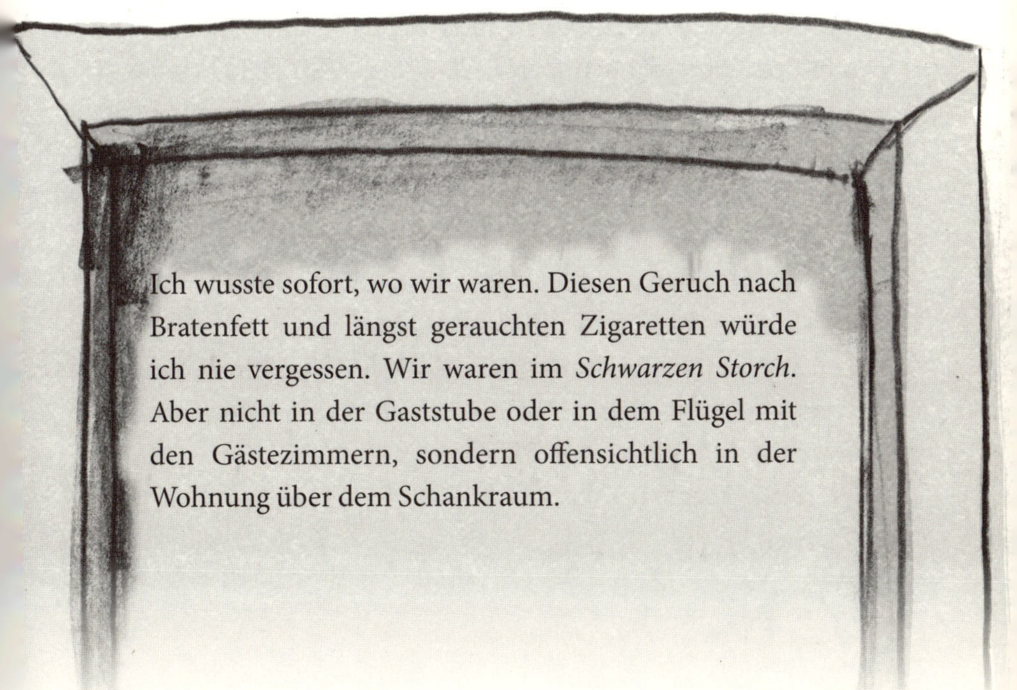

Ich wusste sofort, wo wir waren. Diesen Geruch nach Bratenfett und längst gerauchten Zigaretten würde ich nie vergessen. Wir waren im *Schwarzen Storch.* Aber nicht in der Gaststube oder in dem Flügel mit den Gästezimmern, sondern offensichtlich in der Wohnung über dem Schankraum.

»Sag mal, diese Tapete«, fragte ich. »Hängt die überall im Haus?« Mir war sie schon in der Schankstube aufgefallen. Es war dieses blasse braune Muster aus Blumen und Tannenzapfen, das irgendwie überhaupt nicht passte und ein staubschweres Unbehagen in mir auslöste.
»Oh ja«, sagte Paula. »Bis hinauf zum Dachboden und hinab in den Keller.«
»Das ist bei dir zu Hause«, stellte Titus fest.
Paula nickte. Sie hatte Tränen in den Augen. »Um die Ecke ist das Schlafzimmer meiner Mutter.«
Zwei Sachen fielen mir an dem Satz auf. Es war nicht das Schlafzimmer der *Eltern*. Aber das war okay. Paulas Vater schnarchte vielleicht wie ein Ameisenbär, und deswegen war ihre Mutter ausgezogen. Konnte ich verstehen.
Nein, Paula hatte *ist* gesagt. Nicht *war*. Mein Magen zog sich zusammen. Auf diese ganz unangenehme Art, weil man weiß, dass gleich etwas Schreckliches passieren wird. Etwas, das sich nicht vermeiden lässt.
Neben einer offenen Zimmertür hockte an die Wand gelehnt ein kleines Mädchen auf dem Boden. Das Gesicht hielt es in seinen Händen verborgen. Es sah wie die kleine und jüngere Version von Paula aus. Derselbe Pferdeschwanz. Dieselbe Hose. Dieselben Schuhe. Dasselbe bunte T-Shirt. Nur dass diese Kinderklamotten zu dem kleinen Mädchen besser passten als zu dem großen.
Aus dem Zimmer drangen schreckliche Geräusche. Jemand rang nach Atem, als würde er versuchen, ohne Sauerstoff den *Mount Everest* zu besteigen.
»Deine Mutter?«, fragte ich leise.

Paula nickte. »Das ist die Nacht, in der sie starb.«

Mir wurde flau. Und auch den beiden anderen ging es nicht besser. Wir alle hätten in diesem Moment genau wie Paula viel lieber Skifahren gelernt. Denn durch dieses schwere Atmen hindurch hörten wir plötzlich, wie jemand mit letzter Kraft Paulas Namen rief.

Das kleine Mädchen hielt sich die Ohren zu und kniff die Augen zusammen. Dann sprang es auf und rannte davon.

»Ich konnte es damals nicht aushalten«, brach es aus Paula heraus. »Ich hab meine Mutter im Stich gelassen!«

Wir umarmten Paula, ganz fest, ganz eng. »Nein, das hast du nicht.«

»Wo ist denn dein Vater? Ist er bei ihr?«, fragte Titus.

Paula zog die Nase hoch und wischte sie mit dem Handrücken ab. »Ich weiß nicht, wo er an diesem Abend war. Kann sein, dass er unten in der Kneipe war. Aber ich bin mir nicht sicher.«

»Dann ist er es, der euch im Stich gelassen hat«, sagte Lara wütend. »Ich fasse es nicht!«

»Geh zu ihr«, sagte ich.

»Ich kann das nicht!«, rief Paula verzweifelt. »Außerdem ist das alles nur ein verdammter Traum! Das hier findet nur in meiner Einbildung statt!«

»Nein, das tut es nicht«, sagte Lara und holte den Umschlag hervor. »Wenn wir das alles nur geträumt hätten, wäre der Brief nicht echt.«

»Paula, du bist nicht mehr allein!«, sagte ich. »Wir sind bei dir. Und wir werden dich nicht im Stich lassen. Hörst du?«

Paula zögerte. Lange. Während der Atem ihrer Mutter

immer schwerer ging. »Ich werde allein reingehen«, sagte sie schließlich.
»Ja, natürlich«, sagte ich.
»Wir bleiben an der Tür stehen«, sagte Lara.
»Dann siehst du uns«, sagte Titus.
Und so trat Paula über die Schwelle.
Die Wände des Zimmers waren hell gestrichen, und es gab rosa Vorhänge, die darauf zu warten schienen, sich in einer warmen Sommerbrise zu bewegen. Auf dem Nachttischschränkchen, das mit kleinen braunen Flaschen und Pillendosen vollgestellt war, stand eine Lampe. Sie war mit einem dünnen violetten Tuch abgedeckt, damit das Licht nicht so blendete.
Ich musste an meine Mutter denken, die ich nie kennengelernt hatte und die auch nicht mehr lebte. Ich glaube, sie hätte ihr Zimmer nicht so eingerichtet. Jedenfalls nicht so bunt. Aber man hätte sich genauso wohl, genauso willkommen gefühlt. Das wusste ich.
Ich musste genau hinschauen, um Paulas Mutter zu erkennen. So klein und zart lag sie unter ihrer Decke. Als sie Paula entdeckte, beruhigte sich ihr Atem fast augenblicklich. Sie lächelte, und ihre Augen leuchteten, als sie ihre zerbrechliche Hand ausstreckte. Paula ergriff sie sofort. Und beide lachten! Als hätten sie ganz lange aufeinander gewartet. Paula setzte sich auf die Bettkante und ließ die Hand ihrer Mutter nicht mehr los. Beide flüsterten und lachten wieder. Sie hatten sich viel zu erzählen. Ich musste an meinen Traum vom Strand denken und wusste, dass Paula sich jetzt genauso glücklich fühlte wie ich damals.

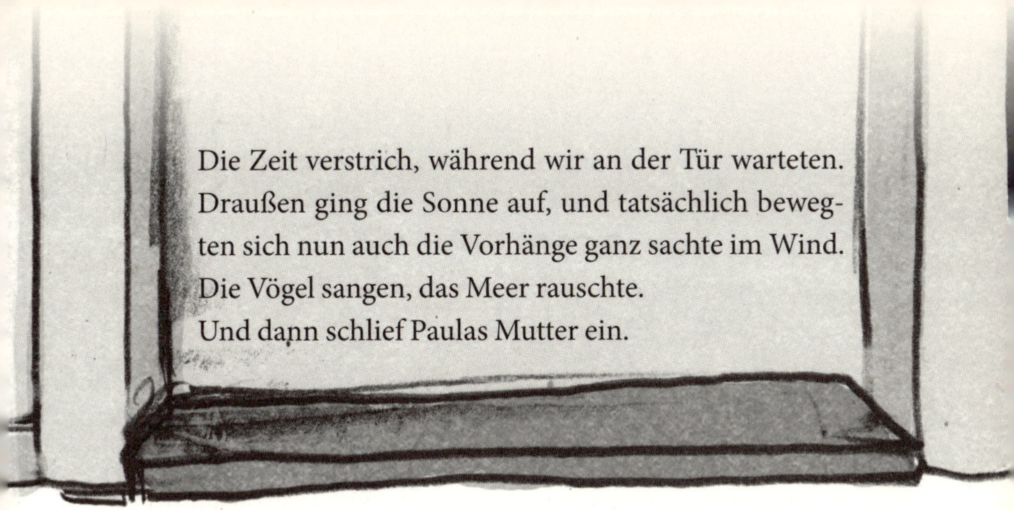

Die Zeit verstrich, während wir an der Tür warteten. Draußen ging die Sonne auf, und tatsächlich bewegten sich nun auch die Vorhänge ganz sachte im Wind. Die Vögel sangen, das Meer rauschte.

Und dann schlief Paulas Mutter ein.

Es gab wieder diesen Ruck nach rechts. Nur diesmal blendete uns kurz ein helles Licht. Wir waren zurück in unserer Welt.

Etwas war geschehen. Etwas Unvorhergesehenes. Etwas sehr Schönes.

»Wie eine Prüfung hat sich das alles nicht angefühlt«, sagte Titus. »Fühlt ihr euch auch so komisch? So anders?«

»Ja«, sagte Lara. »Irgendwie leichter.« Sie drückte den Brief ihres Vaters an sich und war ganz selig. Auch wenn da nur diese Zahl draufstand. Sie sah aus, als hätte man ihr zu Weihnachten mehr geschenkt, als sie je zu wünschen gewagt hätte.

Paula erging es nicht anders. Und ich? Ich war froh, dass mir der ganze Mist erspart geblieben war, den Lara, Titus und Paula erlebt hatten.

»Hey!«, rief Paula auf einmal. »Wo ist die Tür hin?«

Ich drehte mich um. Erst jetzt bemerkte ich, dass das rote Portal verschwunden war. Dafür stand dort nun ein kleiner Tisch mit lächerlich dünnen Beinen. Und auf diesem Tisch lagen unsere vier Schlüssel. Groß und sehr alt.

»Was ist das?«, fragte Titus.

»Oh Mann«, Titus«, rief Lara. »Man nennt es Schlüssel. Damit macht man Türen auf!«

»Das sehe ich doch selbst«, sagte Titus. »Aber die Tür, die sie öffnen sollen, ist verschwunden. Was sagst du dazu, Sherlock?«

»Ich weiß es nicht«, antwortete ich an Laras Stelle. »Aber ich habe diese Tür mit der Nummer 13 schon vorher gesehen, zweimal. Einmal habe ich von ihr geträumt. Und ein zweites Mal habe ich sie in der Nacht gesehen, als Garm plötzlich aufgetaucht ist. Oben bei den Gästezimmern. Ich konnte sie aber nicht öffnen, mir fehlten die anderen drei Schlüssel.«

»Aber warum hast du deinen Schlüssel bereits gehabt?«, wollte Lara wissen.

Ich wusste es nicht. »Wahrscheinlich war das Antreten des Erbes Prüfung genug für mich. Keine Ahnung.«

»Oder es reicht, dass du ein Aufdermauer bist«, sagte Titus. »Der Laden hier gehört dir schließlich.«

»Na, eigentlich meinem Vater«, erwiderte ich nachdenklich. Doch er hatte die Eingangstür zum Hotel nicht so leicht öffnen können wie ich. Garm gehorchte mir, und nicht ihm. Und wem hatte sich die Tür zu Zimmer 13 gezeigt? Mir und nicht ihm.

»Der Schatz der *Villa Seelenfrieden*.« Titus bekam leuchtende Augen. »Also ist da doch was dran. Los, mach schon.«

»Mach was?«, fragte ich verwirrt.

»Nimm die Schlüssel!«, rief Paula.

Ich strecke die Hand aus. Aber ich konnte nur meinen nehmen. Alle anderen waren für mich wie Luft. Ich griff ins Leere, wenn ich versuchte, sie anzufassen.

»Oha!«, flüsterte Titus. »Das ist unheimlich!«

»Nein, ist es eigentlich nicht«, sagte Lara. »Mit der Tür war das doch anfangs genauso. Die konnten wir auch erst berühren, als wir alle zusammen waren.«

»Aber das sind wir doch«, sagte Paula. »Wir sind vollständig. Sogar mit Hund.«

Ich wischte über den Tisch. Die Schlüssel blieben an ihrem Platz, aber meine Hand ging durch sie hindurch.

Lara schob mich beiseite. »Lass mich mal.« Sie versuchte, den ersten zu berühren – nichts. Auch der zweite schien nicht da zu sein. Aber den dritten Schlüssel, den konnte sie greifen.

»Ich habe es fast vermutet. Jeder von uns kann nur seinen eigenen Schlüssel nehmen.«

Titus fischte seinen heraus. »Aber was soll der Quatsch?«

»Vielleicht eine Art Diebstahlsicherung?« Paula nahm den letzten Schlüssel und betrachtete ihn eingehend.

»Vielleicht«, sagte Lara. »Ich glaube, es gibt noch einen anderen Grund.«

»Was immer sich uns offenbaren wird – jetzt, da wir die Prüfungen bestanden haben –, dürfen wir es immer nur zu viert betreten«, sagte ich.

»Whoa«, machte Titus beeindruckt, als er seinen Schlüssel in der Hand wog. »Das heißt, wir vier sind von jetzt an miteinander verbunden?« Ihm schien die Idee ganz gut zu gefallen.

»Sieht so aus«, sagte ich.

Lara runzelte die Stirn. »Also nix gegen dich, Titus. Aber ich frage mich immer noch, wozu das gut sein soll.«

Titus seufzte. »Kannst du dich nicht einfach mal freuen?«

»Na ja, wer oder was macht sich solch eine Mühe mit uns? Und diese Schlüssel …«, sie hielt ihren in die Höhe. »Diese Schlüssel sind mehr als nur Freundschaftsbändchen.«

»Wäre das denn so schlimm?«, wollte Titus wissen.

»Natürlich nicht«, sagte Lara. »Aber mich macht das hier ein bisschen nervös. Weil ich es nicht verstehe.«

»Wir werden die Antwort finden«, sagte Paula und steckte ihren Schlüssel ein. »Davon bin ich fest überzeugt.«

»Warten wir es ab«, sagte Lara skeptisch.

»Du bist eine unverbesserliche Spaßbremse«, sagte Titus. »Das hier ist ein grandioses Abenteuer! Und du findest immer wieder ein Haar in der Suppe!«

Lara kniff die Augen zusammen und sah Titus an, als hätte er ein Stück weit seinen Verstand verloren. »Ehrlich? Ich sag dir jetzt mal was …«

»Vielleicht sollten wir es einfach erst mal dabei belassen«, unterbrach ich sie.

Lara war klug. Klüger als wir alle zusammen. Vor allem Titus würde ihr nichts entgegensetzen können. Und ich wollte es nicht zu einem Streit kommen lassen, bei dem er den Kürzeren ziehen würde. Denn eigentlich mochten sich die beiden.

»Es war ein aufregender Abend, den wir erst einmal verdauen müssen. Mir steckt er jedenfalls in den Knochen.«

Aber eine Sache fragte ich mich doch: Was würde passieren, wenn einer von uns seinen Schlüssel aus Versehen verlor? Dann würde er herumliegen, und keiner konnte ihn aufheben, weil er nur aus Licht und Luft bestand. Ich hoffte, dass das nie passieren würde.

»Lasst uns wieder raufklettern«, sagte Titus und öffnete den Rucksack. Garm hüpfte unbekümmert hinein. So machten wir uns auf den Rückweg.

Gott, waren wir müde. Was heißt müde: erschöpft! Paula hatte regelrecht dunkle Ringe unter den Augen und konnte sich kaum noch auf den Beinen halten. Lara ging es nicht viel besser. Sie hielt den Brief umklammert und war mit ihren Gedanken ganz woanders. Mit Sicherheit bei ihrem Vater. Auch wenn diese Zahlen erst einmal keinen Sinn ergaben, war er eine Nachricht von ihm gewesen. Ein greifbarer Beweis, dass er an sie gedacht hatte, bevor er verschwand. Und Titus? Der war zum ersten Mal still und stumm und leergequatscht. Er setzte gerade seinen Rucksack ab, um dem Beagle freien Lauf zu lassen, als plötzlich die Hoteltür aufschwang.

»Meine Kinder«, rief Papa und breitete die Arme aus. Er strahlte über das ganze Gesicht, das ein wenig glühte. So als hätte er einen langen strammen Marsch an der frischen Luft hinter sich. »Meine lieben, lieben Kinder.«

»Papa?«, fragte ich misstrauisch. »Alles gut bei dir?«

»Natürlich«, gluckste er.

»Ja, schon«, sagte ich. »Aber du bist so …« Seltsam, wollte ich sagen.

Doch Titus vollendete meinen Satz anders. »Gut gelaunt!«

Papa zielte mit seinem Zeigefinger auf Titus, kniff ein Auge zusammen und machte »Pew! Guuut erkannt, mein junger Padawan. Gut erkannt.«

Was um alles in der Welt war bloß passiert?

Lara hatte die Antwort. »Dein Vater ist in den Gemeinderat gewählt worden«, sagte sie grinsend.

»Nicht ganz!«, sagte Papa. »Besser! Von heute an bin ich der Stellvertretende Bürgermeister h. c. von Finsterbrook. Sei mir nicht böse, Paula. Aber ich glaube, dein Papa hat gekotzt.« Er grinste Titus an. »Deiner übrigens auch. Sorry.«

»Wie haben Sie denn das geschafft?«, fragte Paula.

»Tscha«, sagte Papa, ließ sich auf einen der Sessel fallen und schlug die Beine übereinander. »Ich könnte jetzt natürlich sagen, dass sich alle von meiner Ausstrahlung haben blenden lassen.«

»Aber?«, hakte ich misstrauisch nach.

»Ohne Magda hätte ich das nie geschafft. Sie ist eine hervorragende Wahlkampfmanagerin. Sie hat die richtigen Leute davon überzeugt, dass ich der beste Mann für den Posten bin.« Er hielt kurz inne. »Ich war allerdings auch der einzige Kandidat für das Amt.«

»Wow«, machte ich nur. »Das ging jetzt aber schnell.«

»Alles deine Schuld«, sagte Papa. »Hättest du mir nicht diese Standpauke gehalten, wäre ich gar nicht erst auf die Idee gekommen.« Er zeigte auf Lara, Paula und Titus. »Und euch dreien soll ich sagen, dass ihr sofort nach Hause kommen sollt. Ja, du auch Titus. Tut mir leid.«

»Das ist jetzt nicht wahr!«, rief Titus.

»Nein, das ist es auch nicht«, sagte Magda, die eine Kiste mit Partyutensilien hereintrug. »Justus nimmt euch auf den Arm. Heute wird gefeiert.«

»Und nächste Woche bringen wir die *Villa* auf Vordermann!«, sagte Papa. »Wir sind gekommen, um zu bleiben.«

»Komme, was wolle?«, fragte ich.

»Komme, was wolle«, sagte Papa.

»Sicher?«, fragte ich.

»Sicher«, sagte Papa.

»Versprochen?«

»Versprochen«, sagte Papa. »Ich habe Großes vor!«

Die Regel der drei. Erst wenn man dreimal Ja sagte, war es ein Schwur. Ihr erinnert euch, was ich über Endgegner in Videospielen gesagt habe? Das müsst ihr wissen, um zu verstehen, was jetzt geschah.

Denn die Musikbox sprang an.

Griechischer Wein … knacks
Griechischer Wein … knacks
Griechischer Wein … knacks

»Nanu?«, sagte Papa und drehte sich zur Wurlitzer um. »Die Platte hat einen Sprung. Das hatten wir noch nie.«

Griechischer Wein … knacks
Griechischer Wein … knacks
Griechischer Wein … knacks

Garm wedelte aufgeregt mit seinem Schwanz und bellte laut, ausdauernd und freudig. Und dann sprang er an Papa hoch. An Papa!

»Was ist denn mit dir los?«, fragte er, der so viel Zutraulichkeit von diesem Beagle gar nicht kannte. Er beugte sich hinab, doch bevor er ihm tief in die Augen schauen konnte, rannte der Hund davon, blieb aber am Eingang zur Hotelküche stehen und bellte erneut.

Griechischer Wein … knacks
Griechischer Wein … knacks
Griechischer Wein … knacks

Papa gab der Wurlitzer einen Klaps, und die Nadel hüpfte weiter.

… ist so wie das Blut der Erde.
Komm, schenk dir ein …

»Yay!«, rief Papa, ließ sich in den Sessel fallen und schlief spontan ein.

»Das war wohl alles zu viel für ihn heute«, sagte ich.

»Wie man es nimmt«, sagte Magda. »Kommt, wir lassen ihn hier sitzen. Ich werde uns in der Zwischenzeit was kochen, während ihr alles schön schmückt.

»Gott, das erinnert mich so an meine Kindheit«, sagte sie, als sie alles feierlich eindeckte. Überall in der Küche hingen jetzt Girlanden, Lampions und Luftschlangen. Wie für einen Kindergeburtstag.

»Wir müssen reden«, sagte ich.

Magda sah mich überrascht an.

Ich legte meinen Schlüssel zu Zimmer 13 auf den Tisch und sah Paula, Titus und Lara an. Sie folgten meinem Beispiel. Da waren sie. Groß und schwer und sehr, sehr alt.

»Die Insel hat euch als ihre Hüter akzeptiert«, stellte Magda fest und setzte sich. Sie streckte ihre Hand aus, und wie erwartet konnte sie keinen der Schlüssel greifen. Das Lächeln, das sich daraufhin auf ihrem Gesicht zeigte, war traurig.

»Was befindet sich in Zimmer 13?«, wollte Lara wissen.

»Ich kann es dir nicht sagen«, antwortete Magda. »Ich konnte diesen Raum nie betreten. Und Käthe hat es mir nicht gesagt.«

»Weil sie es nicht wollte?«, fragte ich.

Magda schüttelte den Kopf. »Weil sie es nicht durfte.«

»Wer hat es ihr verboten?«, fragte Lara.

»Die Insel«, sagte Magda.

Lara rollte mit den Augen. »Wollen Sie damit sagen, dass die Insel lebt?«

Mit einem Mal stand Papa in der Küchentür. Noch immer ein wenig zerzaust. Aber doch wieder gut beisammen. »Hey! Eine Überraschungsparty. Ist euch ja gut gelungen.«

»Du bist doof im Quadrat!«, sagte ich und trat ihm spielerisch gegen das Bein.

»Ich hab dich auch lieb, Adrian«, sagte Papa und nahm mich in den Arm.

»Dann sollten wir mal auf den frischgebackenen Stellvertretenden Bürgermeister anstoßen«, sagte Magda und rieb sich die Hände.

»Ähm, und womit?«, fragte Lara.

»Mit einer anständigen Zitronenbrause«, sagte Paula.

»*Zutsch!*«, rief Lara.

Magda ließ die Schultern sacken. »Eigentlich wollte ich einen Sekt von zu Hause mitbringen. Ich hatte ihn schon kalt gestellt. Ah, das ist mir jetzt peinlich.«

»Das muss es nicht sein«, sagte Papa. »Limo passt.«

»Ja, vielleicht für uns«, sagte Titus, der plötzlich fünf Flaschen in seinem Arm trug. Viel zu viele und viel zu schwer. »Aber Justus hat was anderes verdient.«

»Äh, Justus möchte gern wissen, was du da hast«, sagte Papa ein wenig alarmiert.

»Wein. Griechisch. Aus dem Keller«, sagte Titus, der sich unbemerkt davongestohlen hatte. »Ich fand die Idee der Musikbox ganz gut.«

»Okay«, sagte Papa und streckte beschwichtigend beide Hände aus. »Jetzt gehst du ganz vorsichtig zu dem Tisch und setzt die Flaschen ab. Aber ganz vorsichtig, hörst du?«

»Aye aye, Captain«, sagte Titus und drehte sich um. Den

Beagle, der auf einmal hinter ihm stand, sah er nicht. So schlug Titus der Länge nach hin, und die Flaschen machten Klickeradoms.

Gold und Silber lieb ich sehr,
Kann's auch sehr g.brauchen,
Hätt ich nur ein ganzes Meer,
Mich hineinzutauchen;
'S braucht nicht grad geprägt zu sein,
Hab's auch so ganz gerne,
Sei's des Mondes Silberschein,
Sei's das Gold der Sterne,
Sei's des Mondes Silberschein,
Sei's das Gold der Sterne.

Ein Chor plärrte aus der Musikbox. So einer von der Sorte, der sich wohl auch im Hinterzimmer des *Schwarzen Storchen* zweimal die Woche versammelte und deutsches Liedgut einübte. Aber es war nicht dieser Chor, der uns verstummen ließ. Nein, es war Titus. Denn der hätte jetzt eigentlich in einer roten Weinlache liegen müssen.

Tat er aber nicht.

»Da soll mich doch der Teufel holen«, sagte Papa, der nicht zu glauben schien, was er sah. Und auch ich hatte Schwierigkeiten, es zu glauben.

Wie alle anderen auch.

Papa bückte sich und hob einen Stein auf. Sehr grün und sehr schön geschliffen.

Lara bekam Schnappatmung. »Das ist ein Smaragd! Ganz sicher!«

»Und von denen gibt es ganz viele«, sagte Paula, die begann, die Steine vom Boden aufzuklauben.

»Rubine, Opale. Und da! Aquamarine!«, rief Lara ganz und gar aufgeregt.

»Ähm, und ist das Gold?«, fragte Titus, während er einen kleinen, schweren, gelbglänzenden Stein aufhob.

»Leute«, wisperte Titus. »Ich glaube, ich habe gerade euren Schatz auf dem Küchenboden verteilt.«

Magda ließ sich wieder auf den Stuhl fallen und wusste offensichtlich nicht, wohin mit ihren Gefühlen. Tränen glänzten in ihren Augen, sie weinte und lachte, nur um gleich darauf wieder zu weinen. Und zu lachen.

Papa hatte eine der Flaschen in der Hand, die nicht zerbrochen waren, schüttelte sie und hielt sie gegen das Licht. »Teurer

Tropfen«, sagte er irgendwie benommen und schob anerkennend die Unterlippe vor.

Ich packte Papa beim Kragen seines Hemdes, das jetzt ganz knickrig-knittrig war, und schüttelte ihn.

»Papa. Papa, wir sind reich! Stinkend reich! So richtig Zuckerberg-Bezos-Gates-reich!«

Er blinzelte. Sah die Flasche an. Sah Magda an. Lara, Titus und Paula. Und mich. Dann seufzte er. »Ach, sag doch so was nicht«, erwiderte er tonlos, fast traurig. Als wäre ihm der Schreck mit Macht in alle Glieder gefahren.

»Ich hatte erst gedacht, ich würde mich darüber freuen. Aber jetzt, wo wir den Schatz gefunden haben, will ich ihn nicht mehr.«

»Aber warum denn das?«, fragte Paula.

»Zuerst habe ich mir da keine Gedanken drum gemacht. Schätze und Piraten, das klingt nach Eskapade und Abenteuer. Aber jetzt muss ich mir die Frage stellen, wo all diese Reichtümer herkommen. Wem sie einmal gehört haben. Und wer alles deswegen sterben musste«, sagte Papa. »Das nur mal so zum Ersten. Und zum Zweiten: Hast du eine Ahnung, was auf Finsterbrook los ist, wenn das hier durchsickert?«

Ich hatte eine Ahnung. »Die alteingesessenen Familien werden mit Fackeln und Mistgabeln vor die *Villa Seelenfrieden* ziehen und die Herausgabe des Schatzes fordern.« Ich erwähnte absichtlich nicht die Namen derer, die in der ersten Reihe marschieren würden. Schließlich wollte ich meine Freunde nicht verletzen.

Magda, praktisch veranlagt wie sie war, holte aus der kleinen

Kammer neben dem Bad einen Besen und fegte alles auf einer Kehrschaufel zusammen. Dann gingen wir hinunter in den Keller und untersuchten den Weinvorrat genauer. Mindestens die unteren zwei Reihen der über zweihundert Jahre alten Flaschen waren mit allem Möglichen gefüllt. Aber nicht mit Wein.

Nachdenklich betrachteten wir die Reichtümer. Es war zum Verzweifeln.

»Jetzt haben wir gefunden, wonach alle seit Jahrhunderten suchen«, sagte ich. »Und was bringt es uns?«

»Neid und Zwietracht«, sagte Magda, als würde sie die Antwort auf diese Frage schon sehr lange kennen.

Papa nickte brummend und ließ die Schultern hängen. »Es hilft alles nix. Ich muss da erst mal drüber schlafen.«

»Dann werde ich mich mal auf den Heimweg machen«, sagte Magda.

»Wirklich?«, fragte Papa. »Ich meine, es ist schon spät, und draußen ist es dunkel. Die *Villa Seelenfrieden* ist ein Hotel. Wenn es hier etwas im Überfluss gibt, dann sind es Betten.«

Wir warfen uns verstohlene Blicke zu. Titus wollte etwas sagen, aber Lara stieß ihm mit einem *Halt-bloß-die-Klappe*-Gesicht den Ellbogen in die Rippen.

Magda dachte nach und lächelte. »Danke für die Einladung. Ich nehme sie sehr gern an.«

Papa lächelte. »Fein. Das freut mich.« Er wandte sich an uns. »Was ist mit euch? Wo werdet ihr schlafen?«

»Ähm, nicht in meinem Zimmer, dazu ist es zu klein«, sagte ich. »Hier in der Halle bei dem großen Kamin hatte ich mir gedacht.«

Die anderen nickten zustimmend.

»Wir haben unsere Schlafsäcke dabei«, sagte Paula. »Das passt schon.«

»Dann«, sagte Papa, und jetzt lächelte er, »wünsche ich euch eine gute Nacht.«

»Gute Nacht«, antworteten wir im Chor.

»Sag mal, läuft da was, zwischen deinem Vater und Magda?« Paula hatte eine Dose mit Keksen mitgebracht, die sie jetzt herumgehen ließ.

Ich hatte aus der Vorratskammer vier Flaschen Zitronenlimonade besorgt. »Dieselbe Frage habe ich Papa auch schon gestellt«, antwortete ich.

»Ach?«, sagte Lara. »Und? Was hat er gesagt?«

Titus nahm einen tiefen Schluck und rülpste leise auf. »'Tschuldigung«, sagte er, nachdem ihn Lara tadelnd angeschaut hatte. »Ja! Was hat er gesagt?«

»Na ja, er hat alles abgestritten«, sagte ich. »Aber es geht mich auch nichts an.« Ich steckte mir einen Keks in den Mund und spülte ihn mit einem Schluck Limo hinunter.

»Natürlich tut es das nicht«, sagte Paula. »Aber wie fühlst du dich dabei?«

Tja. Wie fühlte ich mich dabei? Papa hatte ab und zu mal eine Freundin mit nach Hause gebracht, die dann auch mal über Nacht blieb. Aber das war nie etwas Dauerhaftes gewesen. Sondern eher ein *Krösken*, wie Papa sagte.

»Ach, eigentlich ganz gut. Ist die Katze gesund, freut sich der Mensch.« Das war so ein Werbespruch gewesen, den ich mal aufgeschnappt hatte, und der passte ganz gut. »Wenn Papa zufrieden ist, bin ich es auch.«

»Na denn«, sagte Titus, trank noch einen Schluck, verkniff sich aber einen erneuten Rülpser. »Ich fand Magda immer ein bisschen ruppig.«

»Ich auch«, sagte Paula. »Ihre schlechte Laune ist legendär, hier auf Finsterbrook.«

»Kummerbunt kam immer gut mit ihr zurecht«, sagte Lara. »Eigentlich hatte ich die beiden ja schon zusammen gesehen. Mit Ring und allem. Bis das der Tod sie scheidet und so.«

Paula prustete. »Wirklich? Das wären aber kurze Flitterwochen geworden. Die hätten sich gegenseitig so auf die Palme gebracht!«

»Erwachsene sind extrem seltsam«, sagte Titus nachdenklich. »Ich versuche immer, mir vorzustellen, wie meine Eltern so als Kinder waren. Aber das fällt mir echt schwer.«

»Die waren mal wie wir«, sagte Lara traurig. »Glaube ich zumindest.«

»Was ist mit ihnen passiert?«, fragte Paula.

Ich hatte da so eine Ahnung. Schreckliche Erwachsene hatten als Kinder bestimmt schreckliche Eltern. Und die hatten wiederum schreckliche Eltern. Oder hatten etwas Schreckliches erlebt. Und plötzlich war ich sehr froh. Meine Mutter war zwar früh gestorben, aber sie hatte mich geliebt. Genau wie mein Vater. Da konnte passieren, was wolle, er würde immer zu mir stehen.

Ich streckte meine Hand aus. »Sie hatten keine Freunde, wie ich sie habe.«

Paula grinste und legte ihre Hand auf meine. »Auf uns!«, sagte sie.

Lara und Titus schlugen ein, und Titus bellte schwanzwedelnd. Und natürlich leierte die Musikbox an.

Wir wollen niemals auseinandergehn,
wir wollen immer zueinanderstehn.
Mag auf der großen Welt auch noch so viel geschehn,
wir wollen niemals auseinandergehn.

Und plötzlich stand sie vor uns. Die Tür. Nicht irgendwo an einer Wand. Sondern wieder mitten im Raum, so dass man um sie herumgehen konnte.

»Ich werd verrückt«, flüsterte ich.

Und wenn man genauer hinschaute, waren die vier Schlösser wohl nachträglich eingebaut worden. Denn das eigentliche Schloss unter der Klinke war aufgebrochen.

»Und jetzt?«, fragte Paula und schluckte.

»Das ist eine Einladung«, sagte Titus.

»Nein«, sagte Lara. »Das ist eine Herausforderung.«

»Wollen wir die Schlüssel ausprobieren? Oder braucht jemand von uns etwas mehr Zeit, um das alles hier zu verdauen?«, fragte ich aufgeregt. Ich wollte endlich wissen, was sich dahinter verbarg!

Titus steckte seinen Schlüssel als Erster ins Schloss. »Die Frage hast du jetzt nicht im Ernst gestellt!«

Dann steckten auch Paula, Lara und ich unsere Schlüssel in die passenden Schlösser. Ich hatte absolut keine Ahnung, was sich hinter der Tür befinden würde. Aber so ging es auch den anderen. Und dass Garm sich sogar zu freuen schien, beruhigte mich etwas.

»Okay. Dann drehen wir die Schlüssel alle gleichzeitig um?«, fragte Titus. »Oder einer nach dem anderen?«

»Gleichzeitig«, sagte Paula.

»Gleichzeitig«, sagte Lara.

»Also gut«, sagte ich. »Auf drei.«

»Eins«, sagte Lara.

»Zwei«, sagte Titus.

»Drei«, sagte Paula.

Von irgendwo hörten wir ein sattes, zufriedenes Klack. Dann schwang die Tür auf, und wir traten über die Schwelle.

Für einen kurzen Moment erwartete ich, einen Strand zu sehen. Ein Meer, das sich bis zu einem endlosen Horizont erstreckte. Und meine Mutter.

Aber das war es nicht.

»Was ist das?«, fragte Titus ein wenig enttäuscht, als er sich einmal um sich selbst drehte. Hinter uns schloss sich die Tür, als würde sie sanft zugezogen, damit wir nicht gestört werden.

Der Raum war rund und mochte vielleicht einen Durchmesser von zwanzig, fünfundzwanzig Schritt haben. Die Decke war eine gläserne Kuppel, durch die freundliches, sommerliches Tageslicht hereinströmte. Die Wände bestanden aus Regalen. Nur dass in ihnen keine Bücher aufbewahrt wurden, sondern Kugeln. Das Ganze wirkte ansonsten wie eine altmodische Bibliothek. Alles war in dunklem Holz gehalten. Hinter dem Schreibtisch loderte in einem Kamin ein lustiges Feuer. Der Boden schien aus glänzendem nachtschwarzem Marmor zu sein. In der Mitte stand eine hüfthohe Säule aus demselben Material.

»Das sind alles Kristallkugeln.« Lara legte den Kopf in den Nacken. »Hunderte … ach, was sage ich, Tausende von ihnen.«

Alles wirkte sehr alt. Wie aus der Zeit gefallen. Obwohl nirgendwo Staub lag. Laras Hand strich über einen großen Schreibtisch, auf dem sich mehrere Bücher stapelten. Neben diesem Schreibtisch stand ein Hundekorb. Garm legte sich hinein und rollte sich zufrieden zusammen. Dann schlief er ein, als wäre er hier zu Hause.

»Was sind das für Bücher?«, fragte ich Lara.

»Kataloge«, sagte sie. »Sie führen den Bestand auf.«

»Den Bestand?«, fragte ich. »Jede einzelne Kugel?«

»Ja. Die ältesten Eintragungen wurden vor über zweihundert Jahren gemacht. Die jüngste stammt von deiner Großtante Käthe Aufdermauer.«

»Und was steht da genau?«, fragte ich.

»Erst einmal haben diese Kugeln fortlaufende Nummern. Es fängt mit eins an und endet mit …« Sie blätterte weiter bis zur Mitte des Buchs. »42 981.«

Irgendetwas hatte es mit dieser Zahl auf sich, aber mir fiel nicht ein, was. Dann wusste ich es. »Der Brief! Der Brief, den dir dein Vater dir hinterlassen hat. Welche Zahl hatte er noch mal aufgeschrieben?«

Lara holte das Blatt hervor. »42 982«, sagte sie. Ihre Hand zitterte. »Sie steht nicht im Katalog.«

Ich warf noch einmal einen Blick auf die Regale, die sich in der Höhe des Raumes verloren. »Und auch nicht im Regal. Sowieso sind einige der Fächer leer.«

»Und nun?«, fragte sie. Es war Lara anzusehen, dass ihr tausend Fragen durch den Kopf schossen.

Nur dass es keine Antworten gab. Noch nicht.

»Und nun probieren wir aus, was geschieht, wenn wir eine der Kugeln auf diese Säule stellen«, sagte Titus.

Lara sah ihn mit einer hochgezogenen Augenbraue an. So als wäre sein Tatendrang ein wenig voreilig.

»Was denn?«, fragte er. »Offensichtlich sind wir erwählt worden, um diese Kugeln zu benutzen!«

»Oder zu beschützen«, sagte Paula.

Titus winkte ab. »Die waren doch vorher schon gut genug beschützt. Außer uns konnte keiner durch die Tür.«

Ich musste an Magda denken, die gesagt hatte, dass sie die Prüfung nicht bestanden hatte. Offenbar bekam nicht jeder die Möglichkeit, diesen Raum zu betreten. Vielleicht sollten wir hier wirklich eine Aufgabe erfüllen? Aber welche?

Bevor irgendeiner von uns reagieren konnte, griff Titus sich die Kugel mit der Nummer eins, legte sie in die Vertiefung auf der Säule und fragte: »Seid ihr bereit?«

Garm hatte die Ohren gespitzt und seinen Korb verlassen. Jetzt stand er vor uns, ungewöhnlich ernst und nicht zum Spielen aufgelegt.

»Also gut«, sagte ich und legte wie Titus meine Hand auf die Kugel. Paula tat es mir gleich. Nur Lara zögerte.

»Ach, was soll's«, sagte sie. »Jetzt sind wir schon so weit gekommen, dann können wir auch den letzten Schritt gehen.«

Das Gefühl, irgendwie von links nach rechts zu rucken, war genauso stark wie unten in der Höhle unter der *Villa* und drehte mir den Magen um. Es war, als würde man in einer Schiffschaukel sitzen, nur dass sie nicht vor und zurück schwang, sondern zur Seite.

Dann waren wir da. Was immer auch dieses *da* bedeuten mochte.

Ich öffnete die Augen.

Wir befanden uns an einem Ort der absoluten Dunkelheit. Die einzige Lichtquelle war die Kugel, die uns hierhergebracht hatte.

»Oh«, machte Titus erschrocken.

»Ja. Oh«, sagte ich. »Ich habe gerade ein ganz schlechtes Gefühl.« Und das war schwer untertrieben.

»Hört ihr das Geräusch?«, fragte Paula. »Etwas heult!«

»Wie ein Sturm«, sagte Titus.

»Nein, nicht wie ein Sturm«, sagte Lara. »Eher wie ein Chor, der nicht richtig singen kann.«

»Du meinst, da in der Dunkelheit sind Menschen?«, fragte Paula schaudernd.

Plötzlich war hinter uns ein Knurren zu hören, ganz tief und grollend und kehlig.

Langsam drehten wir uns um.

Uns gegenüber stand ein riesiger Hund. Und wenn ich

riesig sage, dann war das noch freundlich ausgedrückt. Es war ein Monstrum mit schwarzem, struppigem Fell. Die Augen leuchteten rot wie glühende Kohlen. Eine Hitze ging von ihm aus, die alles zu versengen drohte, wenn man ihr zu nahe kam.

Wir stießen einen lauten Schrei aus und wichen zurück. Titus stolperte und wäre beinahe über eine Kante gestürzt, wenn dieses Ungeheuer nicht nach vorn gesprungen wäre und nach seinem Hosenbund geschnappt hätte.

»Garm?«, rief Lara ungläubig. »Das ist Garm! Erinnert ihr euch noch an die Sache mit Dörte auf dem Schulhof?«

»Ja!«, rief Paula. »Natürlich! Da hat er sich auch in so ein Monster verwandelt. Aber damals war er trotzdem noch irgendwie … kleiner!«

Vielleicht, weil die Gefahr damals nicht so groß war. Das entfernte Heulen, das wir hörten, wurde lauter und kam immer näher. Der riesige Hund setzte Titus wieder ab auf seine Füße und baute sich schützend vor uns auf.

»Wir sollten von hier verschwinden«, sagte ich. »Und zwar ziemlich schnell.«

»Oh ja!«, rief Titus. »Das sollten wir, unbedingt!«

Wir standen auf der Spitze eines hohen Berges unter dem Dach eines Gebäudes, das mit seinen Säulen irgendwie römisch oder griechisch aussah. Jedenfalls sehr alt.

Plötzlich bebte der Boden, als hätte eine Ramme einen heftigen Schlag getan. Dann folgte ein zweiter, ein dritter Schlag. Einer kräftiger als der andere, so dass wir uns an den Säulen festhalten mussten, sonst hätte es uns zu Boden geworfen.

»Was ist das?«, schrie Paula

Garm, der vorher schon von riesiger Gestalt war, wuchs noch weiter. Die Kugel strahlte inzwischen wie das Feuer eines Leuchtturms. Und jetzt sahen wir, was das Beben verursachte.

»Ein Riese?«, rief Titus fassungslos.

»Ein Zyklop!«, verbesserte Lara ihn.

»Ja, aber ihm fehlt das Auge!«, rief Titus.

Der Zyklop war groß wie ein Haus! Und zwar ein mehrstöckiges!

Ich legte die Hand auf die Kugel und verdeckte damit teilweise ihr Licht.

»Los jetzt!«, rief ich.

Die anderen drei brauchten keine zweite Aufforderung. Und bevor der ehemals einäugige, jetzt blinde Unhold etwas auf uns niedersausen lassen konnte, das wie eine gigantische Keule aussah, waren wir wieder zurück in der Bibliothek.

»Uff! Das war krass!«, keuchte Titus.

»Krass wäre jetzt nicht das Wort, das ich wählen würde. Aber: Ja, es passt«, sagte Lara.

»Garm!«, rief ich. Der Beagle sprang einem nach dem andern von uns in die Arme und sah wieder ganz normal aus. Ich hätte schwören können, dass er nach Pech und Schwefel roch. »Du hast uns eben den Hintern gerettet.«

»Obwohl ich ganz schön Schiss hatte«, sagte Titus schaudernd. »Hoffentlich ist er mal nicht auf mich sauer.«

Lara nahm die Kugel vom Postament und hielt sie weit von sich fort, als wäre sie eine gefährlich tickende Bombe. »Also, von der lassen wir mal lieber die Finger«, sagte sie und stellte sie wieder zurück in ihr Fach ganz unten links neben der Tür.

»Leute, wo zum Teufel waren wir gerade?«, rief Titus.

»Hatte die Kugel in dem Buch eine Nummer?«

»Die Eins. Und einen Namen«, sagte Lara. »**Anabasis.** Aber ich habe absolut keine Ahnung, was das bedeutet.«

»Meinst du, die anderen Kugeln führen uns an ähnliche Orte?«, fragte Paula.

Lara zuckte mit den Schultern. »Weiß ich nicht. Vielleicht.«

Ich schnappte mir die letzte Kugel mit der höchsten Nummer.

»Sie hat keine weitere Beschreibung«, sagte Lara. »Keine *Anabasis*, kein gar nichts.«

»Ich habe trotzdem eine Ahnung, wohin uns diese Kugel führen wird«, sagte ich und setzte sie auf die Säule.

»Wollen wir nicht erst mal Schluss machen für heute?«, sagte Paula. »Mich hat der letzte Ausflug ziemlich fertiggemacht.«

»Das alles hier ist kein Zufall!«, sagte ich. »Die *Villa Seelenfrieden* hat uns ausgewählt. Alles hier spricht mit uns! Das Haus! Die Musikbox! Glaubt ihr, Garm wäre jetzt wieder die Ruhe selbst, wenn der Ort, zu dem uns diese Kugel führt, eine Gefahr für uns darstellt?«

Wir schauten alle auf den Hund, der wieder in seinem Korb döste, als könnte er kein Wässerchen trüben.

»Wie sieht es aus, Garm«, sagte ich und hielt ihm die Kugel entgegen. »Wollen wir noch mal?«

Garm öffnete ein Auge, gähnte, stand auf und schüttelte sich. Als wollte er sagen: *Na, dann wollen wir mal.*

Ich atmete tief durch. »*On y va.*«

Der Ruck nach rechts überraschte uns jetzt nicht mehr. Am Anfang war dieser Schritt ein echter Magenumdreher gewesen. Aber mittlerweile fühlte er sich richtig und notwendig an.

Wir standen am Rand der nördlichen Klippe von Finsterbrook. Genau da, wo eigentlich die *Villa Seelenfrieden* hätte sein müssen. Aber sie war verschwunden. So wie der Schuppen für den Schienenbus. Und die Ruine des falschen Leuchtturms der Strandpiraten. Möwen kreisten über uns, und das Meer rauschte. Ich musste an den Traum mit meiner Mutter denken.

Lara tippte mir an die Schulter. »Schau mal«, sagte sie und deutete auf eine Gestalt, die wenige Schritte von uns entfernt beängstigend nah an der Kante des Kliffs stand. »Wir sind nicht allein.«

Garm bellte laut auf, rannte los und sprang an der Frau hoch, die sich daraufhin umdrehte.

»Tante Käthe.« Ich musste an die Worte von Magda denken: dass Käthe nicht gestorben, sondern nur verschwunden war. Sie hatte sich in Luft aufgelöst. Ich kannte sie ja nur von Fotos. Aber das da vorn am Klippenrand war sie. Hundertprozentig.
Käthe lächelte. Nein, sie strahlte über das ganze Gesicht, als sie uns sah. Sie betrachtete eingehend mein Gesicht, als wäre ich ein Wunder.
»Hallo, Adrian«, flüsterte sie. »Dann hat Adam dich und deinen Vater gefunden.«
Ich nickte. Mir fehlten die Worte. Und das geschah wirklich nicht oft.
»Und das sind deine Freunde?«, fragte Käthe.
»Paula, Titus und Lara«, krächzte ich. »Leute, das ist meine Urgroßtante Käthe.«
»Es ist schön, euch kennenzulernen«, sagte sie und umarmte die drei, die ebenso sprachlos waren wie ich.
»Wo sind wir hier?«, fragte ich schließlich.
»Auf Finsterbrook, mein Lieber«, sagte Käthe.
»Ah. Okay. Und wo ist dann die *Villa Seelenfrieden*?«, fragte Lara. »Und der Leuchtturm?«
»Die gibt es hier nicht.«
»Alles klar«, sagte Titus und schnippte mit den Fingern. »Jetzt versteh ich. Wir sind in die Vergangenheit gereist. Lange bevor das alles gebaut wurde. Richtig?«
»Nein, wir sind nicht in der Vergangenheit«, sagte Käthe. »Dies hier ist *ein* Finsterbrook. Eines von vielen. Nicht das, wo ihr herkommt. Eures ist besonders, denn es lebt.«

Mir schwirrte der Kopf. »Moment. Das verstehe ich nicht. Wie kann eine Insel leben?«
»Na ja, die Insel selbst lebt natürlich nicht. Aber etwas wurde geweckt, als man auf der Insel Silber fand und danach schürfte. Dieser Raum unter der *Villa*, die meine Urururururgroßtante Grusilla Aufdermauer gebaut hat, ist sozusagen das Herz der Insel.«
»Aber, was sind dann all diese Kugeln? In der geheimen Bibliothek?«, fragte Paula.
»Sie öffnen Türen in andere Welten.«
»Und Garm? Wo kommt der her?«, fragte Titus.
»Ich weiß es nicht. Eines Tages war er einfach da«, sagte Käthe. »Er wird euch beschützen. So wie er mich beschützt hat.«
»Jetzt, wo sich die Bibliothek für uns geöffnet hat, was sollen wir tun?«, fragte Lara.
»Nun, was jeder Bibliothekar tut, meine liebe Lara. Das solltest du am besten wissen. Den Bestand erfassen und verwalten.«
»Und dann?«, fragte sie. »Eine Bibliothek lebt davon, dass jemand Bücher ausleiht.«
Käthe lachte. »Ja, vielleicht wird eines Tages jemand kommen, der euch um eine Kugel bittet.«
»Woher kommen die eigentlich?«, wollte Paula wissen. »Es sind so unglaublich viele.«
Ich musste an meinen Traum denken. All die Kugeln, die an den Strand gespült worden sind.
»Die ersten wurden in der Mine gefunden, als man immer tiefer grub, weil sich die Silbervorkommen erschöpften.

Andere wiederum fand man in Welten wie diesen. In über zweihundert Jahren ist da einiges zusammengekommen.«

»Also wissen unsere Eltern von den Kugeln«, sagte Paula.

»Vermutlich«, sagte Käthe. »Obwohl sie keine Ahnung haben, welchen Zweck sie erfüllen. Grusilla hat sie als Erste an einem Ort zusammengetragen.«

»Der Bibliothek«, sagte ich.

»Jede Kugel öffnet das Tor zu einer anderen Welt. Der Legende nach sollen sie die Tränen des Morpheus sein.«

»Morpheus ist der Gott der Träume«, erklärte Lara. »Und die Legende sagt, dass Träume nichts anderes sind als ein Blick in andere Welten, den Morpheus uns gewährt.«

Ich wurde blass und hielt mich an Paula fest, so schwindelig war mir auf einmal. Als hätte ich zu schnell eine Luftmatratze aufgeblasen.

»Whoa, Vorsicht«, rief Titus und packte mich beim Arm, denn ich hatte beinahe Paula umgerissen.

»Du weißt, dass die Geschichte stimmt und kein Märchen ist«, sagte Käthe. »Nicht wahr, Adrian?«

Ich nickte benommen. »Nagelt mich nicht darauf fest, warum das so ist. Aber Käthe hat recht.«

»Okay«, sagte Titus gedehnt. »Wenn du das sagst.«

»Aber warum sind wir die Hüter der Bibliothek geworden? Und nicht mein Vater?«

»Ich kann es dir nicht sagen. Es war die Entscheidung der Insel«, antwortete Käthe. »Ich bin selber überrascht.«

»Was ist nun unsere Aufgabe?«, wollte ich wissen. »Ich meine, was ist der Zweck dieser Bibliothek?«

»Sie wird euch helfen, etwas zu finden, das ihr suchen müsst«, sagte Käthe.
Titus verdrehte die Augen. »Oh Mann, geht es nicht noch verschwurbelter?«, rief er. »Was müssen wir finden? Den Schatz? Den haben wir schon.«
»Weil ich ihn Adrians Vater hinterlassen habe. Er sollte ihn allerdings erst bekommen, nachdem er geschworen hatte, auf Finsterbrook zu bleiben.«
»Dingeldein wusste davon?«, fragte ich.
»Ja. Und Magda. Sie waren beide meine Vertrauten.«
»Aber Magda hat uns nichts erzählt«, erwiderte ich.
»Das war auch gut so.«
Käthe holte tief Luft. »Es gibt einen Ort«, sagte sie, »der sehr gefährlich ist. Er heißt *Die Wiege der Nacht*.«
»Ist es da immer dunkel? Und haust da ein Zyklop?« Titus winkte. »Da waren wir schon. Bisschen unheimlich war es da, stimmt. Ging aber eigentlich.«
»Also, ich hab mir fast in die Hose gemacht«, sagte Lara. »Besten Dank auch.«
Käthe sah uns überrascht an. »Dann habt ihr auch bemerkt, dass der Zyklop blind war.«
Titus machte immer noch auf cool und zuckte gelangweilt mit den Schultern. »Ja. Und?«
»Ihr müsst sein Auge finden«, sagte Käthe eindringlich.
»Wieso? Was hat es damit auf sich?«, wollte ich wissen.
»Dem Überbringer des Auges erfüllt der Zyklop einen Wunsch.«
»Egal welchen?«, wollte Paula wissen.
Käthe nickte. »Egal welchen.«

»Wow«, machte Titus. »Dann würde ich mir wünschen, unendlich viele Wünsche zu haben.«

»Das ist doch Quatsch!«, rief Lara. »So geht das nicht mit den Wünschen.« Sie wandte sich an Käthe. »Oder liege ich da falsch?«

Käthe verzog keine Miene. »Ich habe keine Ahnung.«

»Okay«, sagte Paula, die zu ahnen schien, wie groß das Abenteuer sein würde, auf das wir uns einließen. Wenn wir uns darauf einließen. »Und wo müssen wir nach dem Auge suchen? In den alten Silberminen von Finsterbrook?«

»Ich glaube, wir müssen größer denken«, sagte Lara tonlos.

»Die ganze Insel?«, fragte Paula.

Lara schüttelte den Kopf. Ich konnte sehen, wie sie versuchte, sich das Unvorstellbare vorzustellen.

»In Dustersiel auch noch? Na super.«

»Wie viele Welten hat man bisher entdeckt?«, fragte Lara. »42 982?« Sie hatte die Zahl genannt, die ihr Vater auf den Zettel geschrieben hatte.

»Wahrscheinlich noch viele mehr«, sagte Käthe. »Denn jede Welt dürfte wiederum ihre eigenen Kugeln haben.«

Mein Verstand drehte sich im Kreis. 42 982. Multipliziert mit 42 982. Und diese Zahl wiederum multipliziert 42 982. Und so weiter. Und so fort. Ich bekam plötzlich eine Ahnung, was Unendlichkeit bedeutete.

»Gehen wir einmal davon aus, dass wir mehr Glück haben, als sechsmal hintereinander einen Sechser im Lotto anzukreuzen, und wir finden das Auge des Zyklopen«, sagte ich. »Dann geben wir es zurück, und wünschen uns einfach etwas?«

»Ihr zerstört es«, sagte Käthe. »Damit es nicht in falsche Hände gelangt.«
»Und der Zyklop bleibt blind?«, fragte Paula, als hätte sich Käthe gerade als überaus kaltherziges Monster entlarvt. »Ich meine, wir könnten uns auch was Schönes wünschen.«
Zum Beispiel, dass ihre Mutter wieder lebt, dachte ich. Oder meine.
»Ich kann euch nur dringend davor warnen, diesen einen Wunsch auszusprechen«, sagte Käthe sehr ernst. »Denn ich weiß nicht, was dann geschieht.«
Wir alle schwiegen.
»Meinst du nicht, dass diese Aufgabe ein wenig zu groß für uns sein könnte?«, sagte ich schließlich. »Ich meine, wir sind nur vier Kinder.«
»Ihr seid vier *Freunde*«, sagte Käthe. »Und damit etwas ganz Besonderes.«
Ich nickte, und wir umarmten uns zum Abschied.
»Wenn ihr Hilfe braucht, wisst ihr, wo ihr mich findet«, sagte Käthe. »Schlaft eine Nacht drüber. Diese Entscheidung wird euer Leben verändern. Trefft sie mit klarem Verstand.«

In dieser Nacht machten wir tatsächlich kaum ein Auge zu. Jeder von uns musste erst einmal für sich verdauen, was in den letzten achtundvierzig Stunden geschehen war. Und das war heftig. Die Welt, wie wir sie kannten, war auf einmal größer geworden. Bis ins Unendliche. Finsterbrook war im wahrsten Sinne des Wortes eine Insel im Meer unendlicher Welten, unendlicher Möglichkeiten. Wir konnten natürlich sagen: Stopp, nein, das ist uns jetzt alles eine Nummer zu groß. Doch was dann? Wir waren wie Alice im Wunderland durch einen vertrackten Kaninchenbau gekrochen, an dessen Ende wir etwas gefunden hatten, das einem Angst machen konnte. Weil es so verrückt war. Aber konnten wir wirklich einfach wieder zurückkriechen? Die Frage war blöd. Irgendwie war sie falsch gestellt. *Wollten* wir zurück? Diese Frage passte besser. Ich für meinen Teil konnte sie mit einem beherzten Nein beantworten. Und ich wusste, den anderen ging es genauso.

Gegen morgen schliefen wir endlich ein, nur, um dann unsanft geweckt zu werden.

»Los«, rief Papa und rüttelte an meiner Schulter. »Raus mit euch!«

Ich blinzelte und rieb mir verwirrt die Augen. »Wassnlos?«, brummmelte ich.

Es dauerte einen Moment, bis ich kapierte, dass ich nicht in meinem Bett lag. Paula und Titus waren auch noch nicht ganz wach. Nur Lara rollte schon ihren Schlafsack zusammen. Das Feuer im Kamin war heruntergebrannt.

»Sag ich dir, wenn wir da sind«, sagte Papa.

»Wir haben euch ein paar Frühstückstüten gepackt«, sagte Magda, die wie Papa schon lange wach zu sein schien, denn sie sah aus wie aus dem Ei gepellt. »Ihr werdet unterwegs essen müssen.«

»Wohin unterwegs?«, fragte ich noch immer benommen.

»Ins Rathaus«, sagte Papa. »Ich haben eine Gemeindeversammlung einberufen.«

»Und da müssen wir mit?« Eigentlich wollte ich noch ein bisschen weiterschlafen. Ich war so müde wie noch nie in meinem Leben.

»Unbedingt. Ihr müsst mir tragen helfen.« Papa deutete auf sechs Weinkisten.

»Du willst den Schatz hergeben?« Jetzt war ich hellwach.

»Nein, das hatte ich eigentlich nicht vor. Also, nicht so, wie du denkst«, sagte Papa. »Los, los! Auf mit euch! Wir sind schon spät dran!«

Papa grinste Magda an, und Magda grinste zurück. Was hatten die beiden ausgeheckt?

Wir fuhren mit dem Schienenbus zum Hafen, wo Kummerbunt schon mit einer Kutsche auf uns wartete. Der Weg zum Rathaus war nicht weit, aber die Kisten waren schwer.

Magda hatte ein Gerücht gestreut, oder wie Papa sagte, ›eine gezielte Indiskretion lanciert‹, denn vor dem Rathaus hatten sich schon einige Dutzend Menschen versammelt. Erst dachte ich, dass sie darauf warteten, in den Sitzungssaal eingelassen zu werden. Doch dann merkte ich, dass er bereits geöffnet war. Und überfüllt. Wir drängelten uns durch und stellten die Kisten auf Papas Platz.

Der Saal war nicht groß. Er hatte die Abmessung einer kleinen Sporthalle und war sehr auf Eiche rustikal getrimmt. Das obligatorische Seestück hing auch hier an der Wand, genau über Niederstedts Kopf. Es gab sieben Gemeinderäte, darunter Herrn Henkelpott und Frau Magenbrot. Aber auch Herrn Direktor Schreiner, und das verwunderte mich dann doch. Auf mich hatte er den Eindruck gemacht, als würden ihn die Inselbelange wenig interessieren, aber so konnte man sich täuschen.

Paulas Vater sah meinen Vater an, als hätte er den Verstand verloren. »Was soll das werden?«, fragte Herr Niederstedt. »Ein Frühschoppen?«

Doch Papa antwortete nicht darauf. »Darf ich mal?«

Bevor Herr Niederstedt auch nur den Mund aufmachen konnte, hatte ihm Papa den Sitzungshammer aus der Hand gerissen und laut auf den Tisch geklopft.

»Meine Damen und Herren!«, rief er. »Meine Damen und Herren, darf ich kurz um Ruhe bitten?«

Es wurde »Scht« gemacht und »Ruhe« gerufen. Das laute Gemurmel verebbte.

»Danke«, sagte Papa und räusperte sich. »Für alle, die mich noch nicht kennen, mein Name ist Justus Aufdermauer, und ich habe zusammen mit meinem Sohn Adrian die *Villa Seelenfrieden* geerbt. Nun ist es so, dass der Name Aufdermauer kein großes Ansehen auf Finsterbrook genießt. Und nach allem, was ich gehört habe, durchaus zu Recht.«

Keine Reaktion. Keine Zustimmung, aber auch keine Ablehnung.

»Also«, fuhr Papa fort. »Ich weiß, dass der verschwundene Schatz der *Villa Seelenfrieden* immer wieder ein großes Thema für einige Familien hier war. Weil er sich unberechtigt im Besitz meiner Vorfahren befunden haben soll. Nun, ich will es kurz machen. Gestern ist der Schatz aufgetaucht. Herr Henkelpotts Sohn hat ihn entdeckt und in meiner Küche auf dem Boden verstreut.«

Titus gluckste. Aber als er den finsteren Blick seines Vaters bemerkte, schlug er die Hand vor den Mund und schaute in eine andere Richtung.

Papa leerte eine Flasche vor sich auf den Tisch aus. »Griechischer Wein. Zweihundert Jahre alt. Insgesamt sechsunddreißig Flaschen.«

Die Leute sprangen auf, als die Klunker über die Tischplatte kollerten. Ein lautes Durcheinander war zu hören. Fast ein Tumult. Niederstedt riss nun Papa den Hammer aus der Hand und drosch auf den Tisch ein.

»Ruhe, verdammt nochmal!«, schrie er mit hochrotem Kopf. »Und hinsetzen!«

Alle Blicke blieben auf Papa gerichtet.

»Ich habe keinen Anspruch auf diesen Schatz«, sagte er. »Eigentlich gehört er den Menschen, die wegen ihm sterben mussten. Den Seeleuten, die durch den falschen Leuchtturm hier gestrandet sind. Deswegen habe ich einen Entschluss gefasst: Alles, was sie hier sehen, wird in eine Stiftung überführt.«

Wieder ein Tumult. Wieder Hammmerschläge.

»Diese Stiftung wird der Entwicklung Finsterbrooks dienen. Die Schule muss renoviert werden. Der Fußballverein braucht neue Umkleiden und endlich einen Rasenplatz. Der *Schwarze Storch*, Herr Niederstedt, könnte auch mal einen neuen Anstrich vertragen. Nicht wahr? Die *Käthe-Aufdermauer*-Stiftung würde dafür aufkommen.«

Friedbert Niederstedts Kopf wurde rot. »Käthe Aufdermauer?«

»Der Name ist nicht verhandelbar«, sagte Papa. »Sie können es annehmen. Oder bleiben lassen. Mir ist es egal.« Er sah sich suchend im Publikum um. »Ah, da sind Sie ja. Würden Sie bitte nach vorn kommen?«

»Natürlich«, sagte eine Stimme, die mir irgendwie vertraut vorkam.

Ein kleiner knubbeliger Mann mit Ledertasche und grauem Anzug trat vor. Als er mich sah, grinste er über beide Ohren und winkte mir zu.

»Adrian! Schön Sie zu sehen!«

»Herr Dingeldein! Die Freude ist ganz meinerseits!«

»Herr Dingeldein ist mein Anwalt«, sagte Papa. »Und er hat den ersten Entwurf einer Stiftungssatzung mitgebracht.«

»Hallo, Friedbert«, sagte Dingeldein und grinste quietschvergnügt. Doch Herr Niederstedt vergrub nur müde sein Gesicht in beiden Händen.

»Und wenn ich Sie nun bitten dürfte, den Sitzungssaal zu verlassen«, sagte Papa. »Der Gemeinderat tagt jetzt weiter in nichtöffentlicher Sitzung.«

Die Sonne schien von einem blitzeblankblauen Himmel, als wir aus dem Rathaus traten. Es war ein wunderbarer Tag, und ich holte tief Luft.

Plötzlich stand Magda vor mir, die Arme ausgebreitet. »Darf ich?«

»Natürlich«, sagte ich, und wir umarmten uns.

»Es ist schön, dass ihr da seid«, sagte sie.

»Ja, es war nicht die schlechteste Entscheidung«, sagte ich und grinste meine drei Freunde an. »Dingeldein. Gibt es da eine verwandtschaftliche Verbindung?«

Magda zuckte mit den Schultern. »Er ist mein Bruder.«

»Aha«, machte ich nur. »Dann war das hier alles von langer Hand eingefädelt?«

»Ein wenig, ich gebe es zu«, sagte Magda.

»Läuft da was zwischen Adrians Papa und Ihnen?«, krähte Titus dazwischen.

Ich wäre am liebsten im Boden versunken.

»Titus, mein Lieber«, sagte Magda. »Du darfst zwar alles essen. Aber längst nicht alles wissen.«

»Was nu? Ja oder nein?«

»Titus, halt die Klappe!«, fuhr ihn Lara an. »Das geht dich alles gar nichts an!«

»Käthe lebt«, sagte Paula. »Wir haben mit ihr gesprochen.«

Magdas Haltung straffte sich. »Sie lebt? Wo?«

»Auf einer Welt mit der Nummer 42 981«, sagte Paula, bevor ich etwas sagen konnte.

Ich fand, das war eine Information, die Magda nicht unbedingt haben musste. Denn wenn jemand gestorben war, konnte man Abschied nehmen. Fragt mich, ich bin ein Experte was das angeht. Aber zu wissen, dass jemand, den man liebt, an einem unerreichbaren Ort ist, würde mich fertigmachen.

Magda schien sich aber schnell wieder zu fangen, als Kapitän Kummerbunt zu uns kam. Er streckte mir seine Hand entgegen, und ich schlug ein.

»Ich wusste ja, dass die beiden aus dem richtigen Holz geschnitzt sind«, sagte er tadelnd zu Magda.

»Jajaja«, erwiderte Magda.

Garm sprang schwanzwedelnd an ihm hoch, und Kummerbunt kraulte den Beagle hinter den Ohren. Er nickte Paula, Lara und Titus anerkennend zu.

»Ihr seid knorke«, sagte er. »Ihr habt Schneid. Und Mut.«

Ich wusste, dass Magda sich der Prüfung unterzogen hatte. Und sie nicht bestanden hatte. Ich fragte mich, ob es dem alten Kapitän ähnlich ergangen war.

»Und wissen Sie, was das Beste ist?«, sagte ich. »Die *Villa Seelenfrieden* wird auferstehen. Denn eines war allen klar. Wir waren in der Tat

Reif für die Insel

Junge, komm bald wieder, Freddy Quinn (1962)
Mendocino, Michael Holm (1970)
Immer wieder sonntags, Cindy & Bert (1973)
Ein kleines Glück, Salvatore Adamo (1972)
Schön ist es, auf der Welt zu sein, Roy Black & Anita (1969)
Hab Sonne im Herzen, Chris Roberts (1972)
Ein bisschen Spaß muss sein, Roberto Blanco (1997)
Griechischer Wein, Udo Jürgens (1971)
Gold und Silber lieb ich sehr, August Schnezler (1830)

VILLA
SEELENFRIEDEN

N
W
O
S
Hotel
Villa
Seelenfrieden
Kleiner
Bruderberg
Silbermine
kleiner
Leuchtturm